U0898298

21th

1998-2018

太阳鸟文学年选

2018中国最佳随笔

主　编｜王　蒙
分卷主编｜潘凯雄
王必胜

辽宁人民出版社

图书在版编目（CIP）数据

2018中国最佳随笔 / 潘凯雄，王必胜主编．—沈阳：辽宁人民出版社，2019.1
（太阳鸟文学年选 / 王蒙主编）
ISBN 978-7-205-09478-2

Ⅰ．①2…　Ⅱ．①潘…　②王…　Ⅲ．①随笔—作品集—中国—当代　Ⅳ．①I267.1

中国版本图书馆CIP数据核字（2018）第258185号

出版发行：辽宁人民出版社
地址：沈阳市和平区十一纬路25号　邮编：110003
电话：024-23284321（邮　购）　024-23284324（发行部）
传真：024-23284191（发行部）　024-23284304（办公室）
http://www.lnpph.com.cn
印　　刷：辽宁星海彩色印刷有限公司
幅面尺寸：170mm×240mm
印　　张：15
字　　数：235千字
出版时间：2019年1月第1版
印刷时间：2019年1月第1次印刷
责任编辑：赵维宁
装帧设计：丁末末
责任校对：耿　珺
书　　号：ISBN 978-7-205-09478-2

定　　价：50.00元

太阳鸟文学年选
编辑委员会

说些选本内容以外的“闲话”

潘凯雄

今年年初北京图书订货会的首日，辽宁人民出版社在北京老国展举办了一场简朴的名为“太阳鸟文学年选”持续出版20周年的纪念活动。身为这套文学年选和这场活动的参与者，一方面倍感时光飞逝，年复一年地做着同一件事不知不觉地过去了20年竟也浑然一觉；另一方面又深为辽宁人民出版社20年如一日的这种坚守感到由衷的敬佩。

出版界竞相推出文学分类年选者众，但坚持20年如一日者寡。早些年文学出版市场好的时候，大家争着抢着干同一件事不足为奇；后来这个市场不那么热甚至还有些凉的时候，退出者众坚守者寡也正常。出版本身毕竟兼具文化与商业的双重功能，对此也需多一点理解与宽容。

尽管如此，我还是要对辽宁人民出版社20年如一日的坚守致敬。作为他们这套“年选”丛书出版的参与者和同行，自然更能体味到他们这份坚守的不易。从最初每册的35万字压缩到现在的每册的25万字，虽也可理解为精益求精，但我揣测其更多的缘由恐怕还是出于市场与成本的考量。虽然如此，这套“年选”也未必能够为出版社带来经济上的收获。只是这样20年如一日的累积，不知不觉地却为中国当代文学事业留下了“这一份”档案，这样的功德无论如何是不应该被忽略的。

也正是20年来的一路伴随，自己在年复一年编选时的心态也从最初的说不上特别经心到后来愈加的诚惶诚恐。自省起来缘由大致有二：一是限于自己的阅读范围，每年要想编出点新意越往后的确越难。比如本人有一年曾想过多到一些新媒体上比如微博、比如微信公众号上去选一些随笔佳作，让读者看看那个“世界”上的文字与情绪又是一种什么状态。但稍加尝试便立即放弃，不是因为别的，盖由于那个“世界”实在太大，“海量”到无从下手。二是面对出版方顽强而诚意的坚守，如果自己的编选漫不经心，也着实对不住他们的那番苦心，本人作为他们的同行，在这一点上自然能多一分理解与了解。

在外围绕了如此一大圈，该来说说今年这本“随笔选”的特点了。坦率地说，与每年的编选工作比较起来，更愁人的其实还在于要完成这则字数要求并不太多的所谓“序”。理论上说，这样的“序”理应概括一下本年入选作品的特色和入选理由即可，但恰是这一点不容易。所谓“特色”、所谓“理由”，说几年还能对付，要不重复地说上20年实在太难。我当然不能责怪作家们的写作没有长进，只能怨自己的能耐浅、修行得远远不够。如果硬要说今年本人的选择有何特点的话，那恐怕就是简单的、空灵的、抒情性感慨式的文字少了许多，而实实在在说理的、阅读的、记事的文字多了不少。当然这些文字又不是论文式学理性的，而是灵动的、活泼的、入情的和动心的。这样的选择或许与自己年龄的增长有关，“耳顺”之后，越来越不喜欢“虚”而更在意“实”。的确考虑过将个人的这种好恶带入一种职业的工作状态是否合适，后来一想，我们当下的整个社会其同样也更需要一个“实”字，虚言空语不时充斥在我们周围令人厌恶，不如干脆换个胃口，于是就有了呈现在读者面前的这个选本。

由于本人长进迟缓，每年在完成这篇文字时不得不重复如下三层意思：首先，一些作家对本书的成稿予以禀力支持，对此本人深表谢意；其次，恕本人孤陋寡闻，少数入选作品的作者一时还未能联系上，惟因不忍割爱，故未先征得其同意就冒昧将其大作入选，在深表歉意并请求他们宽恕之时，也请其在见到本书后及时与出版社联系；最后，限于本人学识及阅读量所限，特别是面对各种新媒体的海量，遗珠之憾是一定的，敬请广大读者见谅。

是为序。

说“天”（外一篇）

◎邵燕祥

将近一个月前，读到一篇驳王诚的文章，其中有“不知天高地厚”一语，一直萦回心中不去。以我有限的自然常识，地有多厚，是可测量的，天有多高，就难说，因为天没有边际。并不像白居易说的“天可度，地可量，唯有人心不可防”，那是为了说人心险恶，拿天地当衬托，故极其说罢了。

天、地、人，是个三角关系，在人间世，放眼看，以人为主，天地只是人活动的空间，可称舞台，或今天人们爱说的“平台”。但经验告诉人们，个体的人是渺小的，相对于天地，只是沧海一粟，永恒中的一瞬，而天和地在时间流程中则是天长地久的。“与天地同寿”，只是人们的想象，是人们虚拟的颂词，比山呼万岁还玄乎：天地岂止万岁呢。

又是白居易，说“天长地久有时尽”，也只是为了烘托“此恨绵绵无绝期”。科学家承认，虽“天长地久”却终有尽期，但那也跟追溯地球以至宇宙的形成一样，是将长期延续下去的研究课题。

但不管作为人类的整体，还是个体的人，他或他们如何狂妄，自居地球的主人，但在中国人的观念上，却不能不承认，“天地人”里，其实天字是第一号。

最朴素的初民传说，中国（汉族、彝族等）的《创世纪》，讲盘古开天辟地，是盘古这个人（神化的巨人），将混沌中的天地分开，“清轻者上浮而为天”，这才有了天地之分。开天辟地者，开天即辟（也就是“开”）地，无地也就无天。“日月经天”，天为宇，即空间，且是无限的空间（宙是时间，也是无限的）。人生天地间，天地不但生人，还生万物。证明天地都是物质的存在。

这个天，不但从物理学的意义上，成了无远弗届和永恒的象征，而且，与“厚德载物”的地一起，成为“天行健，君子以自强不息”的道德示范。一个天道，一个地道——现在“地道”成了形容真诚无欺的日用俗语，曰“这个人办事、对人都很地道”“某某这一手太不地道了”。

自然科学还不发达的古代，人们对天地的认知，是从朴素的感觉开始的。人们仰望所及，青青者天，风云来去，这个天是“空”的，乃有“天空”一词（天空似是近代造词，可见直到近代，造词的人都只从直觉看天，以为它空无一物）。游牧民族说“天似穹庐，笼盖四野”，却也指明是“似”，天并非是像穹庐那样有一个可以触及的穹顶。

起初，不知多少年，这个天只是自然的存在。“皇天后土”的观念是有了皇帝和皇权之后才产生的。

后来人们发现天空不空，不但日月悬天，日照雨露是人和万物生命所必需，空气更是呼吸相通，不可须臾离开，连天上的月亮也与地下的潮汐遥相呼应，与此同时，异常的天时，形成世间的灾难，风暴雷殛，洪涝频仍，且不说上古的冰河时期，单是有史以来，水旱为灾，已不知造成几多饥荒，夺去了几多人命！

我们人类的祖先在自然力的威胁下屡战屡败（百千万年中当然也屡败屡战），于长久的世代相传的恐惧中产生了对自然神及其人格化（人格神）的敬畏。于是，据学者说，初民的传说中乃有大量神话出现。这就是我们在基督教《圣经》（新、旧约全书）中看到的若干古犹太的人、神故事，还有希腊神话和罗马神话中那些传说，以至《山海经》中的神异成分。这都可以看作宗教的心理起源。

当人们因骤然的悲喜或其他异常感受临身时，惊呼“啊，上帝”“啊，真主”，一听即知是基督徒或穆斯林。而听到“我的妈耶”“老天爷啊”，显然就是中国（中原、中土，所谓远东这一个不大不小的文化圈）里的声音，无论是痛彻肝肠的呼天抢地，还是念念有词的虔诚祷告，都是面对着“苍天在上”，认为冥冥中自有“天佑我民”的神明。无以名之，直呼为天。

既然相信我们头顶的其色青苍的天，是可以主宰我们祸福的一种神秘力量，那就是承认了天是有意志的。

天的意志，暗合了西哲所说的宇宙精神，绝对理性，成为一种非人身的、非人格化的，虚化了的“上帝”（后来在某种条件下，衍生出“天帝”之说）。

汉语中有“天”为词根的造词，我没有统计，少说怕也有成百之数。其中语义，有积极的，有消极的，也有中性的。随手举例：

天道，天意，说天行使其意志，并行赏罚；

天机（不可泄露），是说上苍也是暗箱操作，不以人的意志为转移，人们不分贵贱只能顺从；

未定之天，寓意一切概由天定，天定之前一切皆属悬而未决；

畏天命，畏大人，怎么办？乐天知命，比听天由命更“积极地被动”，是说天定即是命定，你要欣然从命，至少是随遇而安，说得不好听，即苟活——只求苟安于一时吧……

人们认定天道、天意、天命必须顺从，是以相信其符合人们自己的是非善恶的标准为前提的。

就是说，天所不容者，首先是逆天而行的，不合理的一切。天的意志不同于人间权力者的意志，而是合乎自然和人间事物的规律、规矩、法理……合乎自然之理，合乎社会之理，所谓天理人情，天理缘于人情，是天理与人情的统一。

天道、天意的范畴适用于各种领域，包括文学艺术“天意君须会，人间要好诗”，天意管到了诗人诗作，甚至可据以评判诗的好坏了。

因知，“天”这个范畴，首先是哲学的，不仅是天文学的、物理学的，然后也是人类学的、社会学的、法学的、政治学的，总之，这是一个涵盖甚广，内涵外延接近无限的人文概念。

从常识的角度来看中国人的“天”，它既无预于宗教信仰，更与迷信无关。

以上云云，是从当下中国一般人主要是在口头表达中涉及的“天”引起的话题。我希望专家学者们就此有更深入的探讨。记得好像在五六十年代偶然看过围绕这个题目的谈论，但限于当时的学术环境，似乎充斥着唯心论、唯物论，主观唯心论、客观唯心论一类的大词，结果说不清是把简单的问题复杂化了，还是把复杂的问题简单化了。

当代的中国社会，没有所谓国教式的宗教。毋宁说是一个无神论的社会，又是个多神论的社会。

我小时候所在的汇文小学，原是美国基督教教会在中国办的学校。日本侵略者于太平洋战争爆发后接管。敌伪统治下的学校唯一保留下来带有基督教色彩的遗物，是音乐教室内挂着的《大秦景教流行中国碑》拓本。于是以为基督教在唐代就已流行于中国。后来才知道，这个碑不知为什么一刻好就埋在土里，直到明代才刨出来，还崭崭新呢。

而在明代以前一两千年间，中国社会的信仰空间，主要是儒、道、释三家的天下。在佛教进入中土之前，最具宗教形态的是道家，不是儒家。道家——道教所构建的"天国"，就是"上清宫"及相应的太上老君等神仙，都是青天、苍天的化身和代表。

儒家也以天为标榜，儒家的道统"天、地、君、亲、师"，更是以天为尊。孔夫子口说"天厌之，天厌之"，就宣告某种人物和现象不合天道，无异于判之以道德死刑。后来儒家所倡的"天人合一"，正是在尊天的前提下鼓励和规范符合天理人情的人的主观能动性，和人不得违天的从属性。

尊天成为主流意识形态的社会舆论下，首先是历代皇帝自称天子，奉天承运，受命于天，来君临天下。他们所发的"大人之言"也成了跟"天命"并列的必须敬畏的金科玉律。连作为强盗的梁山好汉们（相对于闾巷乡村弱势百姓的江湖"强人"），也不得不打出"替天行道"的旗号，而弱势群体一方面把希望寄托在清官好官"青天大老爷"身上，一方面也以相信（迷信）"天道好还"（亦即"善有善报，恶有恶报"）作为自慰性的精神寄托。直到他们忍无可忍时，还会像明代民歌中那样，以祈祷的口吻呼吁："老天爷，你年纪大，耳又聋，眼又花，杀人放火的享尽荣华，吃素念佛的活活饿煞。老天爷，你不会做天，你塌了吧！你不会做天，你塌了吧！"

而在漫长的中国古代社会里，也有过微弱的不同的声音。如唐代诗人石曼卿，有一名句传诸后世，"天若有情天亦老"，他不承认天是有情的，不论是实指自在的天，还是作为象征的天，都是无情物，因此天是外在于人间社会的存在，其言外之意，应该是让人们不要期待天的赐佑和救赎（也许这是我们赋予这句诗的现代解读吧）。

还有一句传诵不绝的古训："天作孽，犹可违；自作孽，不可活。"所说的"作孽"，当然不同的人或有不同的指认，但对于"天"的"作孽"居然"可违"，这是一句石破天惊的话，虽然意在警诫人们不要"自作孽"（也许这就是至今人们口头说的"作"吧），但毕竟道出了对"天"之所为也可以否定、否决，这真也是黑暗王国里的一线光明，把人们从宿命论的精神束缚下解脱出来。

至于见诸经典的“天视自我民视，天听自我民听”，以折中之论劝导人间的统治者要尊重百姓的意见，也带着朴素的民本主义的底色。而流传于民间口头的“人在做，天在看”，则分明带着警告的性质，其意若曰：我们在盯着你看！

这些只言片语，都是传统文化的碎片。

我对传统文化和现代文化，都知之甚少，一知半解，妄议云云，姑且当作“聊天”“谈天”吧。

说故居

故居成为话题，多数是由于主人，不是一般的“古建”或什么“民国建筑”的缘故。不过，这里要说的是保留供参观的名人故居，却只限于文化人范围，政治人物的故居，不似成问题，也就不成其为话题，于兹不议。

从一本旧书里散落一片发黄的剪报，标题为《“钱氏故居”拆不拆？公堂上有话好好说》。没有注明年月，想来已成史事，随便聊聊，没有干预司法的嫌疑了。这个“钱氏故居”位于无锡市新街巷30号、32号，是建于1923年可称百年的钱绳武堂，由三进院组成的典型的江南民居，钱锺书家族的私产。说起来，我还记得门外那一带灰色的长墙。

怎么说我记得呢？我去过。二十世纪八十年代末我曾到无锡参加一次关于散文杂文评奖的会，会外跟着同时与会的姜德明、舒展二兄前去探访钱锺书的旧居。最得意的是在这圈长墙里面找到了青年钱锺书和杨绛结婚的洞房。我们在一进房门处站好拍了一张照片。门边窗下书桌上还有一个小小笔架插着一支蘸水钢笔，一小瓶蘸水钢笔用的墨水，自然都不是旧物了；另有一个红色的行李提包，也许是钱杨夫妇当年用过，或是仿他们结婚当年所用，提包外面还有绣花朵朵，留着新婚的喜气。

那年回到北京，稍事休息，我就把这张照片寄给了钱杨夫妇，料他们离家多年，看了洞房现状或当会心一笑。

锺书先生复我一信，说“一九三五年赴欧后仅于一九四六年返故居一宿曾作一诗”，并把《还乡》一首抄示：

出郭青山解送迎，劫馀弥切近乡情。

故人不见多新冢，长物原无祗短檠。

重觅钓游嗟世换，惯经离乱觉家轻。

十年著处迷方了，又卧荒斋听柝声。

（原注：寇乱前报更旧俗未改）

那时还未见先生的《聚槐诗存》，难得读到钱诗，但觉八句中怀旧悼亡，不胜故园乔木之感。捧读钱先生手录的旧作，同此一慨。

剪报反映的拆迁一事，我估计发生在钱先生去世之后，不然他会劝阻无锡的族人和亲友，不要为保留"钱锺书旧居"所在的老宅而起争竞。正如他生前就反对以研究他的学术成果为名建立什么机构一样。

我原来也是像旅游节目表一样把名人故居当作名胜古迹看待。但在卢森堡，我放弃了跟大队人马去参观卢森堡大公官邸，偏要独自寻访剧作家拉辛故居，结果穿行许多小巷，"寻隐者不遇"，枉费了附庸风雅的一番苦心。归来有诗记之：

（前略）

坐在国母像前石阶上发愣/杳茫中似有人声问/你懂得古典主义吗//你读过《昂朵马格》吗/你谴责宫廷的残暴吗/你读过悲剧《阿达利》吗/你读过《戴巴依特》《亚历山大大帝》《勃里塔尼克斯》《费达尔》吗/你知道作者为什么维护君主制却又遭到宫廷贵族的攻击吗/如果你没读过这一切/你来找他的作者干什么

我默默/我唯唯/附庸风雅的我/终于懂得/拉辛的灵魂/没住在故居/而是栖息在他的书里

照我这里所悟，我真的没资格去拉辛故居，的确，我没读过他的任何一本著作。不过，郑敏先生读了我的这首诗，表示欣赏我说的"拉辛的灵魂/没住在故居/而是栖息在他的书里"，在接受肯定之余，我也就用自己的话，把自己坐实为"附庸风雅"的浅薄之徒了。

循着这个思路，光是读了《围城》（更不要说只是看了同名电视剧）和几本钱氏散文集是不够的，如果不至少把《谈艺录》《管锥编》浏览一遍，你找钱锺书旧居干什么？这不是比钱先生笑谈吃了鸡蛋还要看看母鸡更无趣，是连鸡蛋都没尝过，却跑老远去找那只下蛋母鸡的鸡窝吗？

后来没听说无锡的官司结果如何，但经历了梁思成、林徽因夫妇故居的存废纠纷。我在这里没把林徽因名字写在梁思成之前，一定会引起女权主义者不满，还有就是大量林先生的“粉丝”，他们积极参与维护梁林北京北牌坊胡同故居，目标明确，只是缘于以林徽因为女主人的“太太客厅”。我也认为这个“太太客厅”旧地有值得保留的价值，因为这里是现代文学史上“京派”文人长期会面之地，对于三十年代北平文化人的聚合方式，如同中山公园来今雨轩等地一样有代表性和可纪念性，对比西欧和帝俄十八九世纪文化人的沙龙，也显示了京派文人的生活方式如同海派文人一样受到国外的影响，这里具有标本的意义。

不过，由于只强调了这个方面，对于梁、林二位作为大有贡献的建筑学家这方面的忽视，是不公平的，对梁思成尤不公平。好像如果没有“太太客厅”的故实，那作为建筑学家的梁林夫妇是否可用保留故居的方式来纪念，都在两可之间。而像上海对于匈牙利建筑师邬达克建筑作品隆重推崇，对其上海番禺路29号故居的加意保护，更是望尘莫及了。

而据说，在北牌坊胡同梁林故居后续报道争议的尘埃未定时，强势的施工方就动手拆除了。

经过这一番强弱博弈，我的认知才又进了一步。诚然，不一定吃了鸡蛋还要看生蛋的鸡，更不一定还要看鸡窝；然而，没吃过鸡蛋的老中青幼各色过往行人，按照导游手册或墙上铭牌，找到一个有名的鸡窝，听人介绍了其中栖息过不同凡响的母鸡，从而一尝其所生鸡蛋的味道，不也很好吗？

仔细想想，其实事情就是这样的。我在美国南方那个也叫作“牛津”的地方，参观福克纳故居的时候，还只读过他的一本短篇小说，之后才寻他的经典长篇拜读的。

而且，读了一位作家的一部或哪怕是几部作品，未必还像专业的人士那样再读他们的传记。然则如果有直观的故居来展示一下他们曾经的生存状态、生活状况，不是也很好吗？

读陀思妥耶夫斯基的书，也看过对他生平的介绍，他这一辈子过得好苦，想象他的住处应该与贫民窟为邻。但参观了他的故居，也许因为我们来自“住也难”的地方，真的大出意外。想起我们的“两当轩”诗人黄仲则，“全家都在风声里，九月衣裳未剪裁”，才真的可以想见他住在一间既是书房又是卧房的陋室，门窗缝隙能不能挡住九月夜晚的冷风，还真是问题。几百年后，在古城里，也就找不到这个两当轩的旧址，一点也不奇怪。

杜甫的草堂，当然比黄仲则的两当轩质量高些，至少宽敞些，但我们今天看到的并非以草苫顶的那个大院，是后来历代的“杜粉”整个就地重修了。这“杜粉”首先包括地方政府官员，他们用的是公款，那是因为老杜已经上升为“诗圣”，且时过多年，其写“世上疮痍，民间疾苦”的诗作不会给本朝脸上“抹黑”了。

在二十世纪八十年代，北京西城八道湾胡同里那个鲁迅住过，后来是周作人长期住的大院，也有过存废之争。那是刚刚结束泛政治、轻文化的年代，又刚刚开启重视经济，乃至正向经济挂帅滑去的年代，文化仍然不足道也。由于其地正当房地产划入拆迁范围，文化界有人主张保留这一鲁迅曾在此写出部分早期小说和散文的院落。而反对之声不仅出于房地规划和施工一方，甚至来自政文两界，据说如果留下这个大院，就是借纪念鲁迅为名，实际为“汉奸文人”周作人树碑立传的意思了。这个帽子够大！

主要是房地产这一行成为支柱产业，在向经济建设为中心的转变中走在前面。遇有拆与不拆这一类争议，几乎胜负早判。比如陈梦家、赵萝蕤夫妇家在钱粮胡同的老四合院，还是赵家的祖产，也是萝蕤之父、近代宗教界名宿赵紫宸先生的故居，极富清代建筑营造艺术特色，只是由于划入了房地产开发的地界，不顾有关多方的申诉，硬是拆了。证诸许多列入文物保护名单的单位至今不断遭到兵燹式或盗匪式破坏，在没有法律规范保障的环境里，仅靠一时一地的主政者的明智，靠抽签式的政策支持，这种施政或准施政的随意性，是不可避免的。

话说远了。我终也不知道钱锺书先生老家无锡那座钱氏大院旧宅，是否以钱锺书故居的名义保存了下来。

但在几种可能的选择中，最可能是依照无锡市政府的折中方案，将“钱氏旧居”这个不可分割的整体中，依其两个大门的门牌号一分为二，决定保留新街巷30号399.5平方米面积，该就是与钱锺书青少年居停直到结婚时“洞房”相关的部分房、地了。为此，无锡市公用房产经营总公司承建的中医院新病房大楼适当北移。至于毗连的新街巷32号，拥有与30号面积和格局相当的宅院，也就是一直由钱锺书亲属包括其令弟钱锺韩先生等居住的部分，则不加保留，予以拆迁。

不过，依我对国情的了解，如果争议推迟若干年，比如发生在今天，很可能这个争议就不存在，或若有争议，内容却转为如何保存好这座连体的颇具规模的民国建筑，并加修缮，以“钱氏故居·钱绳武堂”的名义登录，其中开放“钱锺书早年旧居”，布置一些纪念性陈列。因为全国一盘棋，你看今天的首都，已经处处不惜工本在恢复旧貌，拆了的有些还要重建，不以到处修些板楼为荣，为唯一的财源了（按：九月末且报道公布了北京城建的总体规划，中共中央、国务院批示老城内不再“拆”了）。

然乎？否乎？质诸高明。

缕述了这些“故居”旧话，想想，虽说文化名人是活在他们的作品和事功里，但走街串巷，能看看梁思成、林徽因北牌坊生气勃勃的小院，看看陈梦家与赵萝蕤命运与共的老四合院，看看钱锺书、杨绛年轻时一起出入的旧宅或只是造访一下他们的婚房，回想一下这些前辈的平生际遇，真的没有什么不好，也不必胶柱鼓瑟地非问你是否先已读过这些人的生平著作不可。

（原载《随笔》2018年第4期）

六十年后观我记

◎贾平凹

一、书案上时常就发现一根头发。这头发是自己的，却不知是什么时候掉的。摸着秃顶说：草长在高山巅上到底还是草，冬一来，就枯了！

二、听人说，突然地打一个喷嚏定是谁在想念，打两个喷嚏是谁在咒骂，连打三个喷嚏就是感冒呀。唉，宁愿感冒，也不去追究情人和仇人了，心脏已经平庸，经不住悲，经不住喜，跳动的节奏一乱，就得出一身的冷汗。

三、一直以为身子里装着一台机器，没想到还似乎住了个别的，或许是肠胃里，或许是喉咙里和鼻腔里，总觉得有说话声。说些什么，又听不懂。

四、脚老是冷，尤其怕风，睡觉首先得把被角窝好，但弄不明白往往脚上不舒服了，牙咋就疼。疼得拔掉了四颗，从此少了四块骨头，再不吃肉。

五、自感新添了一种本事，能在人里认出哪一个是狼变的，哪一个是鬼托生。但不去说破。开始能与高官处得，与乞丐也处得，凡是来家都是客，走时要送到楼道的电梯口了，说：这是村口啊！

六、花不了多少钱了，钱就是纸，喝不了多少酒了，酒就是水。不再上台站，就不再看风景，不在其位，就不再作声。钟不悬，看钟就是一疙瘩铁么。

七、吃的越来越简单，每顿就是一碗饭，却过生日不告诉人了，自己给自己写一条幅：补粮。并题款：寿之长短在于吃粮多少，故今日补粮三百担。

八、是相信着有神，为了受命神的安排而沉着，一是在家里摆许多玉，因为古书上有神食玉的记载，二是继续多聚精神写作，聚精才能会神。

九、肯花大量的精力和钱去收购佛像了，为的是不让它成为商品在市场上反复流转。每日都焚香礼佛了，然后坐下来吃纸烟，吃纸烟自敬。

十、啥都能耐烦了。

十一、不再使用最字。晓得了生活中没有什么是最好，也没有什么是最坏。不再说谎，即使是没恶意，说一个谎就需要十个谎来圆，得不偿失，又太累人。

十二、没有了见到新土地就想着去撒种子的冲动，也戒了在雪上踩泥脚印子的习惯。但美人还是爱的，而且乐意与其照相，想着怎样去衬出人家的美。

十三、早晚都喜欢开窗看天，天气就是天意，该热了减衫，该冷了着棉。养两盆绿萝，多注目绿萝，叶子就繁，像涂了蜡一样光亮。养一只大尾巴猫，猫尾大了懒，会整日地卧在桌前打酣，倒觉得坦然。

十四、劈自家的柴生自家的火吧。火小时一碗水就浇灭了，不怨水；火大了泼一桶水都是油，感谢油。

十五、蜂酿蜜如果是在遣天毒，自己几十年也是积毒太多，就不拒绝任何人任何事了，包括吃亏、受骗、委屈和被诽谤，自我遣毒着，别人也替代着遣毒。

十六、每到大年三十夜里，肯定回老家去父母坟头点灯，知道自己是从哪儿来的。大年初一早上，肯定拿出规划来补充，六十五到七十，七十到八十九十一百，哪一年都干啥，哪一月都干啥，越具体越好。生命是以有价值而存在的，有那么多的事情往前做，阎王就不来招呼，身体也会只有小病不致有大病了。

（原载《人民文学》2018年第5期）

我想这就是人类的美德

◎余　华

我这篇文章题目叫《广阔的文学》，这是两个月前应主办方的要求提供的，这是一个很大的题目，我当时选择这个题目是基于自己的江湖经验，演讲的题目越大越好，题目大了怎么说都不会跑题。今天上午我准备下午应该说些什么的时候，意识到这个题目出问题了，不应该用这么大的题目，这个题目是唬人的，我阅历有限能力也有限，我说不出文学真正意义上的广阔。

然后呢，我找不到笔。华中科技大学很友好，让我住在学校宾馆的套房里，可是没有笔，我花了一个多小时找笔，写字台上没有，床头柜上没有，所有的柜子和抽屉都打开来找了，连卫生间也没有放过，就是没有笔。我想利用上午的时间把下午要讲的写个提纲出来，可是没有笔。本来想写个提纲讲讲文学的宽度，没能力讲文学的广阔，就讲讲文学的宽度。可是没有笔，所以今天晚上的演讲可能连宽度也没了。我不是抱怨华科大的宾馆，我作为一个作家自己没带笔，我也没有抱怨自己，因为衣服的口袋资源有限，原来放笔的口袋现在放手机了。这么想想还是当年穿中山装的时候好，胸前口袋插上一支钢笔很般配，现在都穿西装了，西装胸前口袋插上钢笔就不伦不类了。

不管我能不能说出文学的广阔，文学的广阔都在那里，那是包罗万象的广阔。估计我今天也就是说些坐井观天的事，好在你们都知道天空有多么广阔。

去年11月份，我在罗马尼亚书展的一个论坛上有一个发言，我说："当我们在一部小说里读到有三个人在走过去、有一个人在走过来，这已经涉及了数学，'3+1=4'；当我们读到树叶在飘落下来，这就涉及了物理；当我们读到糖在热水里融化的时候，那就已经涉及了化学。所以，假如文学连数理化都不能回避的话，它根本不可能回避社会或者政治。"

希腊神话里宙斯对人类表示不满的时候，会用夸张的句子说"他想用闪电鞭挞整个大地"，这样的描写确实会让你觉得他是一个众神之王，他的鞭子就是闪电，符合他的身份。同时你也觉得这个描写很有气势，这又涉及了气象学，所以文学里什么都有。

文学里有很多夸张的描写，比如莎士比亚，他的悲剧和喜剧都非常好，当然他的戏剧有一个套路，先让邪恶战胜正义，最终再让正义战胜邪恶。他有一个戏剧，我忘了剧名了，里面描写一个忠臣被奸臣诬陷，国王把他流放到一个没有人的荒岛上，他在那里孤独地生活，而且极其艰难。他的荒岛比《鲁滨孙漂流记》的荒岛还要可怕，到处都是毒蛇，天长日久他的眼睛瞎了。再后来就是正义战胜邪恶，国王幡然醒悟，发现自己错怪了这个忠臣，派人给他送诏书，把他召回来，恢复他的官职。当那个人带着皇帝的诏书来到荒岛上找到这个双目失明的老人，给他念皇帝诏书的时候，这个历经苦难的人无动于衷，他说，即使上面每个字都是一个太阳，我也看不见了。这是典型的莎士比亚式的语言，天才作家的夸张。为什么这么说？夸张在文学里是很不好处理的，很容易失真，所以更需要叙述分寸的把握。莎士比亚让这个双目失明的老人说出这样的话，让读者或者观众心酸，而且准确表达出了这个老人在有过荣华富贵又经历苦难之后对一切淡然的内心状态。李白也夸张，他说“白发三千丈”。我记得2008年《兄弟》在日本出版的时候，日本有一个评论家写文章说，这部小说很夸张，但是这部小说来自一个有过“白发三千丈”诗句的国家，也不足为奇。这是一个日本人的看法。李白“白发三千丈”后面一句是“缘愁似个长”，愁成什么样了？这个涉及精神病学，妄想症的一个病例。

我不是说李白是个精神病患者，我只是觉得他会有精神不正常的时候，我今天在这里说“广阔的文学”也是妄想症的一个病例，夸大妄想症。其实每个人都有来自精神方面的问题，只是有时候分裂了有时候还没有分裂，有时候发作了有时候还没有发作。李白发作的时候就是“白发三千丈”，我发作的时候就是今天说“广阔的文学”，当然我的病情远没他的那么猛烈。

文学和疾病的关系源远流长，有些作家能够写出不朽之作，所患疾病在后面起到推波助澜的作用。比如普鲁斯特，他的感觉十分奇妙，他写晚上入睡时，脸枕在丝绸面料的枕头上，觉得清新光滑，像是枕在自己童年的脸庞上；他写早晨醒来，看着阳光从百叶窗照射进来，觉得百叶窗上插满了羽毛。这和他体弱多病有很大关系，他10岁时得了哮喘病，这种病在当时很麻烦，后来他的哮喘病越来越严重，影响晚上入睡，他入睡前要喝一种麻醉药水，这种药水喝多了会产生幻觉，所以睡在自己童年的脸庞上和百叶窗上插满了羽毛都是药水作用下的美丽幻觉。

很多作家有忧郁症，爱伦·坡几乎每天觉得自己快要死了，可是他好好的，一直没死，还写下一系列阴森森的故事给别人看，看了他故事的这些别人一个个觉得自己的健康每况愈下。安徒生也是，一生都在担心自己的身体，担心自己眉毛上的小印记会扩大盖住眼睛，担心自己偶然间被别人的拐杖碰到会导致胃破裂，所以他写出了《卖火柴的小女孩》。麦尔维尔的忧郁症用另外一种方式表达出来，《白鲸》看似很强大，其实是在掩饰他长期以来的沮丧和忧郁，最后还是没有掩饰住，还是在作品中流露出来了。卡夫卡就不用说了，他的忧郁症在书信日记里一览无余。那个号称硬汉的海明威也经常会不正常，在非洲打猎时心血来潮，以为自己是西部电影里的神枪手，让他的一个朋友头顶一只碗，他一边后退一边举起猎枪，他的朋友对他的枪法实在没有信心，在他开枪之前就逃跑了。德国的席勒写作时桌子上要摆着烂苹果，烂苹果的气味会给他带来灵感。如果你们有兴趣跑到街上去，随便找一个过路的女孩，现在流行的说法叫美女，你们问美女写作时闻烂苹果意味着什么，美女肯定会说这太变态了。

至于在文学作品中描写出来的疾病，那就太多了，什么样的病都有。我年轻时读过很多被文学描写出来的疾病，那时候我身体很好，可是读着读着觉得自己这里不舒服那里有毛病了，觉得自己应该去医院了。所以文学又涉及了医学，或者说文学有时候就是医院，从大城市的三甲医院到下面的乡镇卫生院，里面挤满了作家、作品中的人物，还有读者，也分不清谁是医生谁是病人。

在广阔的文学里，我们读到过各种各样题材和形形色色的故事。我刚才说到了涉及数理化的、涉及气象学的、涉及医学的，涉及最多的，我想应该是社会和历史了。先来谈谈文学怎样涉及社会，我们读到的那些伟大的文学作品，托尔斯泰的、陀思妥耶夫斯基的、狄更斯的、巴尔扎克的、司汤达的等，还有20世纪的很多伟大作品，无一例外，每一个文学文本的后面都存在着一个社会文本，这是讲述文学如何广阔时最大的一个话题。

我今天还是讲短篇小说，讲长篇小说太费劲了，把自己说死了也说不完。我现在脑子里首先出现的是大家熟悉的鲁迅的《风波》。《风波》描写的是当时社会出现巨大变化的时候，处在社会动荡边缘的农村——绍兴乡下的一个地方，那个地方那些人的反应。小说很巧妙，鲁迅写得好像很随意，虽然不像《孔乙己》那么讲究，它仍然是一部和《孔乙己》并驾齐驱的短篇小说。

《风波》一上来就是九斤老太在抱怨孙女六斤，都要吃饭了还在吃豆子，要把这个家吃穷了。然后她的孙女躲在树后面说："这个老不死的。"接下来是七斤回来了，七斤回来以后忧心忡忡，说皇帝好像要坐龙庭了。我估计就是张勋复辟的那个前后传到浙江绍兴，那个时候没有互联网，更没有后来的微信什么的。我曾经在一个收藏古玩的作家朋友家里看到他收藏的地契，那个地契居然是洪宪五年时的地契。我们都知道袁世凯是个短命皇帝，那个时候信息闭塞，袁世凯早就死了，相对偏远的地方还以为他是个活皇帝，还是用洪宪的年号。《风波》的关键是什么？就是辫子，这篇小说关注的是辫子，尤其是赵七爷的辫子。七斤摇船去城里，他不想做田里活，想到城里挣钱，到城里遇到革命军把辫子给剪了，回来以后也不觉得这是多么严重的一件事情，七斤嫂还说辫子没了看上去人挺精神的。后来一听说皇帝又回来了，没有辫子那就是要砍头的罪，八斤嫂和七斤嫂因此有一次吵架。鲁迅把吵架写得很简洁，但是写得传神。

我觉得小说最妙的是赵七爷。革命军来了，他把辫子盘到头顶上；革命军走了，听说皇帝又坐龙庭了，他就把辫子放下来。我认为鲁迅《风波》里最重要的人物是赵七爷，不是七斤。当然七斤是小说叙述的角度，鲁迅是从七斤的角度来写的。这是反映辛亥革命胜利之后旧的势力反扑回来的一篇大变革时期的小说，仔细想想，其实我们都是赵七爷，我们在社会重大变迁的时期如何来掌握自己的命运？谁能够掌握自己的命运？那些立在潮头的人都掌握不了自己的命运，更何况我们这些随波逐流的人。所以我们每个人都是赵七爷，都是审时度势把辫子盘到头顶上，又审时度势把辫子放下来。我觉得这是中国人的生存之道，这是面对社会巨变时的应对方式，是一个很好的方式，也是常用的一个方式。

每个故事都有一个灵魂，有时候灵魂是几个细节，有时候灵魂是一句话，有时候灵魂可能就是一小段的描写，它各不相同。《风波》的灵魂是辫子，赵七爷盘上放下的辫子和七斤被剪掉的辫子。涉及社会巨变，用一部短篇小说把它表现出来，《风波》是一个好例子，当然也可以找到其他的例子，很多都是长篇小说了。比如托尔斯泰的《安娜·卡列尼娜》，读了里面关于列文的篇章，就知道当时的俄罗斯出现变化了，列文是一个思想比较先进的地主，属于一个新兴地主。巴尔扎克的作品也一样。雨果的作品不用说了，雨果的作品是属于时代感很强的作品，涉及社会或者涉及其他诸如此类的方面。另外还有一些作品既涉及社会又涉及历史，《风波》里面同样有历史，我们现在读它的时候，它就是一段历史。小说《风波》有一个社会文本，还有一个历史文本。你们再读读《风波》里的人物对话，我觉得过了那么多年后的今天，仍然可以听到我们周边会出现类似的对话。

文学有一种奇妙的力量，就是历久弥新。我记得有一次在巴黎街头，太阳下山、天快黑了，所有人都在匆匆忙忙走路。我一个人在逛街，我的翻译还没有过来跟我一起吃晚饭，我就一个人在旅馆附近的街上闲逛。突然我脑子里出现了欧阳修的一句诗“人远天涯近”。这句诗也在王实甫的《西厢记》里出现过，有两个出处，这个不用关心，重要的是我们今天站在武汉或者北京这样大城市的街上，看着那么多人在匆匆忙忙走来走去，所有从你身旁经过的人和你一点关系也没有，再看看远处的山脉，反而觉得和你有关系，那个时候就会感到人和人之间是遥远的，人和山之间是亲近的。那句诗表达的可是宋代和元代的人的感受，到了今天仍然会有这样的感受。鲁迅给予我们的感受也是这样，我1983年开始混入文坛，在文坛已经晃荡了34年，现在再读鲁迅的杂文，虽然讽刺的是当时的社会和当时的文人，我们读来有时觉得是在讽刺今天的社会和今天的文人。

我曾经有过一个比喻，如果把我们的现实当成一个法庭，文学不是原告不是被告，不是法官不是检察官，不是律师不是陪审团成员，而是那个最不起眼的书记员。很多年过去后，人们想要知道法庭上发生了什么时，书记员变得最重要了。所以文学的价值不是在此刻，那是新闻干的活，而是在此后，欧阳修的诗句和鲁迅的文章就是此后的价值。我前面所说的一个文学文本的后面存在着社会文本和历史文本也是这个意思，社会文本说过了，现在来说说历史文本。

很多伟大的作品两者皆有，我前面提到的《风波》《安娜·卡列尼娜》，还有很多作家的作品，都是在文学文本的后面同时存在社会文本和历史文本，说起来可以滔滔不绝，不去说他们了。今天说说茨威格，他有一本很有意思的书，这本书看不出后面有社会文本，只有历史文本，所以就说这本书了。茨威格像写小说那样去写重大的历史事件，那几个改变人类进程的历史事件。其中一个是《拜占庭的陷落》，写的是苏丹率领大军如何攻打当时的东罗马帝国首都拜占庭，就是后来的君士坦丁堡、现在的伊斯坦布尔。茨威格的描写有着明显的虚构，他写东罗马帝国的军人如何奋勇抵抗，让苏丹觉得攻不下拜占庭准备率军退回。他率大军包围拜占庭，进攻时牺牲减员很多，同时需要很大的给养，时间长了给养跟不上。在苏丹准备撤军的时候，发现了一个小问题，什么问题呢？就是拜占庭有个凯尔波尔塔小门，这个小门当时是给皇宫里的用人进出使用的，东罗马帝国把整个拜占庭的各个地方都守住了，唯独忘了这个小门。结果土耳其人发现了这个小门，攻了进去，拜占庭就陷落了，人类历史此后出现了重大的变化，伊斯兰世界兴起了。所以茨威格认为就是这扇小门改变了欧洲的历史，他也许是有依据的，但是拜占庭的陷落不会只是一个因素造成的，应该由很多个因素集合到一起造成的。

茨威格的思维很有意思，他的思维就是人类历史的进程往往是一个被疏忽的小问题演变成了人类历史的重大变化。他还写了当年拿破仑的战败，热爱古典音乐的人肯定都知道贝多芬的《威灵顿的胜利》，你们可能听过卡拉扬的版本，里面的大炮声是用真的大炮轰出来的声音录制的，《威灵顿的胜利》就是写拿破仑如何败给威灵顿的那场战争。当时拿破仑手下有一个叫格鲁希的元帅，其实他并不是当元帅的材料，当时拿破仑手下那些能干的元帅基本上都已经战死沙场，剩下的就是像格鲁希这样才能有限但是忠心耿耿的人还活着，所以格鲁希成了元帅。拿破仑给了他一支部队让他守住一个要塞，自己率领部队去进攻，结果拿破仑中了威灵顿的埋伏。当时这位元帅知道拿破仑和敌人在激战，他们听到了远处传来的枪炮声，他手下的将军们都坚决要求率领自己的部队去援救拿破仑，格鲁希说，给我几分钟考虑一下。其实不止几分钟，茨威格说就是这几分钟改变了这场战争的格局。格鲁希的理由很简单，就是忠诚，他要忠于拿破仑的命令，拿破仑让他在那儿，他就在那儿，没有拿破仑的命令他不能动。格鲁希不会审时度势，因为他不是一个帅才，他应该是个和拿破仑在一起，在拿破仑身边，拿破仑让他干什么他就干什么的人。由于拿破仑能够放出去独当一面的元帅都已经战死了，只能把他拿出去独当一面，结果导致了拿破仑的失败。格鲁希犹豫以后同意手下的将军率兵去营救，但是晚了，威灵顿已经胜利了。茨威格的故事讲得很吸引人，这本书现在好像是叫《人类群星璀璨时》，过去在中国出版时不叫这个书名。茨威格把他的历史观融入这样一个半虚构半非虚构的写作之中。茨威格这两个故事的灵魂在哪里？在于一个小门和几分钟的犹豫改变了欧洲的历史，他寻找到了历史的切入点，也是写作的切入点。仔细想想，很多历史的改变确实是在不经意之处发出的，人生也一样，后来的壮举当初只是一个小小杂念，很多的成功其实是歪打正着。

文学包罗万象，我说到现在也没说出多少来，但是有一点是我最后要说的，就是文学最重要的是什么？就是人。上世纪20年代流行过雨果的一首诗：世界上最宽阔的是海洋，比海洋宽阔的是天空，比天空宽阔的是人的心灵。

现在我要说一个人的心灵的故事。我年轻时读过《圣经》，我不是基督徒，也不是天主教徒，什么都不是，我是把《圣经》作为一部伟大的文学作品来读的。假如现在有人要我选择，说只能选择一部你认为最了不起的文学作品，我会说那就是《圣经》。《圣经》里有很多故事，其中有一个故事至今难忘，由于读的时间久远我已经忘了在哪个篇章里，也忘了里面人物的名字，但是故事的内容我记住了，因为我知道这个故事的力量在什么地方。

这个故事讲一个富人，他有很多头羊。《圣经》里计算一个人的财富都是用多少只羊来计算的，羊就好比是现在的银行存款。这个富人有好多只羊，还有一个城堡，过着丰衣足食的生活。有一天他突然厌倦这样的生活，想带着他的妻子孩子们去远游，就把所有的羊还有城堡交给他最信任的一个仆人，然后他带着家人和一些仆人走了。他在外面漂泊了很久之后，开始想家了，身体也不好，想落叶归根，就让一个仆人去通知帮他看家的仆人，让看家的仆人准备一下，他要回来了。过了一段时间消息传来，说那个看家的仆人把他派去的仆人杀了。跟随他的仆人们说，那个仆人已经背叛你了，已经把你的财产据为己有。这个富人不相信，他责怪自己不该把一个笨嘴笨舌的仆人派去。然后派了一个他认为聪明伶俐的仆人去报信。他说，前面那个仆人肯定没有说清楚，只要这个仆人去就能说清楚了。这个富人根本不会去想那个仆人是否已经背叛了他，他脑子里没有这样的想法。结果那个聪明伶俐的仆人去了也被杀了，他还是不相信，他说，还是我错了，我应该派我最疼爱的小儿子去，他只要看到我的小儿子，就知道我是真的要回来了。他把最疼爱的小儿子派过去，也被杀了。《圣经》就是用这样的方式讲述一个人内心的纯洁，人性的纯洁能够讲到这种激烈的程度，当他知道那个仆人确实背叛他以后，愤怒爆发了，故事最后是他率领一直跟随他的家人和仆人打了回去，背叛他的那个仆人被处死，这就是结局。故事的前半段讲述的不是人的愚蠢，而是人性的善良和纯洁，善良或者纯洁看似天真软弱，但是爆发时的力量是任何东西都无法阻挡的，我想这就是人类的美德。

（原载《北京文学》2018年第3期）

一个作家应该谢谢什么

◎迟子建

对于我这样一个出生在中国最北端的写作者来说，首先要谢谢脚下的冻土地，它在五十四年前元宵节的黄昏，让我落脚，尽管我像其他婴儿一样，带给它的第一声是哭声。但大地就是大地，它从不会因哭声而不向我们敞开怀抱。其次我要谢谢正月的飞雪，它使我睁开眼睛，就看见它们精灵的舞蹈，尽管它们脱胎于天，但也选择大地作为飞翔的终点——它是为大地的复苏，做着滋润的储备吧。当然，还要谢谢长夜火炉里燃烧的劈柴，以及户外寒风中飘拂的灯笼，它给予一个婴儿的身体和眼睛，以最初的暖和光明。

我渐渐长大了，大自然让我知道春花不会永远开，冬天的寒风也不会没有闭嘴的时刻。我要谢谢姥姥给我讲的神话故事，让我知道生命以外还有星空；我要谢谢姥爷给我讲的采金故事，让我知道闪光而珍贵的东西，常埋于深处，要去挖掘。我要谢谢妈妈，她在我六岁时带着我们姐弟回乡，由于长途客车中途抛锚，我们赶到三合站的码头时，每周一趟的大轮船，已经起航了。我在妈妈近乎绝望的哭声中，看着那艘渐行渐远的轮船，明白自己虽然爱做会飞的梦，却是没有翅膀的家伙！我要谢谢会拉琴的爸爸，他让琴声在一座山村小镇的泥屋萦绕，让我懂得，能从屋顶袅袅升起的，不只炊烟，还有音乐。

我要谢谢夏日的激流，那些诱人的野果常生长在镇子对岸，我想采得，必须学会渡过激流；我要谢谢暴风雪，当我在户外迎击它时，不仅要穿得暖，还要学会奔跑，让血液快速流动，点燃自己。我要谢谢那些长着如水眼睛的小动物，猫儿是粮仓的守护神，而看家狗就是门上的锁头。当然，我也要谢谢山中那一座座曾给我带来恐惧的坟墓，它们是森林一年四季都会生长出来的“蘑菇”，让我知道生命是有句号的，句号前的每一个逗号都是呼吸。

我要谢谢端午采到的带着露水的艾蒿，赏过的中秋圆月和除夕焰火，园田和地窖的蔬菜，豆腐坊的豆腐，以及家乡河流的鱼。它们给予我精神和身体双重的营养。谢谢帮我们犁地的牛，给我们下蛋的鸡，来我们窗前歌唱的燕子，当然还要感谢马车——它曾载着童年的我进城买年画，也载着成人的我去山外求学，最后它还载着红棺材，把爷爷和爸爸送到松林安息处。

我还要谢谢在异域相遇的莫斯科郊外教堂打扫祭坛烛油的老妇人，让我懂得光明的获得不在仰头时刻，而在低头一瞬；谢谢在悉尼火车站遭遇的精神颓废的土著，突然发出的悲凉无奈的哭声，让我反思现代文明丛林里游荡着多少无可皈依的灵魂；谢谢在都柏林海滩相遇的迎风而立的盲人老妪，让我懂得听海的心比看海更重要；谢谢在卑尔根格里格故居赏乐时，那扇不推自开的门，让我幻想是格里格回来了；谢谢能够在香港维多利亚海滩上空看见飞翔的鹰，让我从同样盘旋着私人飞机的那片视域中，辨出这世上真正的繁华是什么；谢谢阿根廷大冰川以悲壮的一次次解体，为我们敲示的警钟；谢谢巴黎奥赛博物馆里米勒的油画，让我知道经典的魅力；谢谢在美国爱荷华国际写作坊时，与聂华苓老师把酒言谈的每个时刻，山坡一闪一闪的野鹿，让我们把目光转向窗外的精灵。

我要谢谢乡亲，三十二年前我父亲去世后，我去井台挑水，所有的人自动闪开，无声地让给一个刚失去父亲的人，一条优先打水的雪路；谢谢已经离世十六年的爱人，他带走了爱，却留给了我故乡依然明亮的窗，让我看到天上人间，咫尺之遥。爱人的永诀给予我痛，但透过个人的痛，我看到了众生之痛。我要谢谢我年过半百孤独地行走在故乡的雪野时，在我头顶呀呀飞过的乌鸦，它们以骑士的姿态，身披黑氅，接替爱人，护卫着我。我要谢谢磨难，谢谢我生命中从未断过的寒流，它们的吹打，使我筋骨更加强健，能够紧握不离不弃的笔，发现和书写着这大地之泥泞、之壮美，之创痛、之深沉，成为一个不会倒在命运隘口的人。我要谢谢我笔下因之诞生的人物，让我在一个虚构的世界中，与高贵的灵魂对话，也识得魑魅魍魉。

当然，在我们的生活中，还有很多无处答谢的谢谢，那是我作品闪烁的人性之光的来源吧，比如我爱人去世的那年春天，正是婆婆丁生长的时节，我妈妈好几次清晨打开家门，发现院门外放着谁采来悄悄送给我们的婆婆丁，妈妈说这一定是大家知道她失去了女婿，一家人沉浸在悲伤中，特意采来可以败火的婆婆丁给我们。这种馈赠，怎能忘怀！

一个作家写了三十多年，在持续攀登的时候，也会遭遇写作的艰难时刻。

我要谢谢这样的时刻，它让我知道有所停顿，懂得自省，在伟大的书籍和丰富复杂的生活中汲取营养。只有储备更足，脚踏实地，艺术的翅膀才会刚健，才有可能实现真正的飞跃。

当一个作家能够对万事万物学会感恩，你会发现除了风雨后的彩虹，拥着一轮明月入睡的河流，那在垃圾堆旁傲然绽放的花朵和在瓦砾中顽强生长的碧草，也是美的。酸甜苦辣，是人生和写作的春夏秋冬，缺一不可。而从我们降生到大地的那一刻，当我们与母体相连的那条脐带被“咔嚓——”剪断时，我们生命的脐带，就与脚下的大地终生相连了。这条看不见的脐带，流淌着民族之血、命运之血，无论你身处何方，无论它是清澈还是浑浊，无论冷热，也无论浓淡，它注定是我们的命根子，是我们的心脏得以勃勃跳动的情感溪流，是我们的笔得以飞升的动力之源。谢谢这条脐带吧。

（原载《人民日报》2018年8月28日）

茨威格和《陌生女人的来信》

◎麦　家

几乎看过所有译成中文的茨威格的作品，但怪得很，提到他，我脑海里最先浮出的是一张黑白照片：一张单人铁床，一个瘦女人侧着身子，下巴搁在同样瘦的男人的肩头；男人鼻下留一撮胡子，修剪得很整齐，头枕着白色蓬松的棉花枕头，眼闭紧，嘴巴微张，是睡得香美的样子；女人也是睡得死沉的样子，或许在做梦。两人手牵着，穿着衣裳，感觉是在外奔波忙碌一天，回到家，累得不行，连脱衣服的力气都没了，直接上床睡了，并一下睡过去，天黑地黑的，酣得很。

这是一九四二年二月二十二日，地点是巴西里约热内卢近郊的佩特罗波利斯小镇，男人就是茨威格；女人叫伊丽莎白·绿蒂，是他第二任妻子，时年三十三岁，也是花样年华。我要伤心地告诉你，他们不是睡着了，而是死了。而且，更伤心的是，他们不是被人杀的，而是自杀，靠的是不知名的毒药。总之，他们是服毒自杀的。

说到自杀，我曾写过一篇文章，谈作家的自杀，列出一串长长的耳熟能详的名单，吓死人！莫泊桑、杰克·伦敦、海明威、叶赛宁、弗吉尼亚·伍尔芙、茨维塔耶娃、马雅可夫斯基、法捷耶夫、芥川龙之介、太宰治、川端康成、三岛由纪夫——更熟悉的尊姓大名：王国维、杨朔、徐迟、海子、顾城、老舍、傅雷、三毛，当然还有屈原，等等吧。这些是我记得的，如果去查资料，从古及今，国内国外，这名单可以翻几番。虽无考证过，但我几乎可以大胆认定，作家是自杀率最高的职业，不是之一，就是第一。为什么作家跟自杀的距离这么近？这说来话长，今天不说，如果感兴趣，可以去看我那篇文章：《不该死的作家》。

话说回来，茨威格是犹太人，这也是他自杀的原因之一。二十世纪四十年代，在希特勒滥杀犹太人的时代背景下，作为奥地利的一个出身优渥、养尊处优、感情细腻、尊严感极强的犹太人，离死亡比任何人都近。同时作为犹太人，茨威格也不失本族人早慧、聪颖、勤奋的基因，中学时代便开始发表诗歌，且出手不凡；二十岁，还在读大学便出版第一本诗集。他先后在维也纳大学和柏林大学攻读文学和哲学，并获哲学博士学位。哲学是父亲，美学是母亲，它们生下的儿女叫文学；用现在的话，他出身科班，文学功底和修养是十足的。

茨威格一生创作了大量文学作品，且体裁多样，诗歌、戏剧、小说、散文、游记、传记及自传，样样涉足，遍地开花。散文和游记且不说吧，一个作家在漫长的写作生涯里总会留下这些笔墨，像一个画家总会有些素描、速写一样。这是点心，是路边野花，是顺手摘一朵的意思。分析一个作家，这只能作为旁证，当不了家的，除非专业的游记散文作家。茨威格当然不是这样的作家。我们来分析他创作走过的路，会发现一个有趣的现象：他从诗歌出道，然后戏剧，然后小说，然后传记，虽然中间有些交叉、穿插，但总体是这么一个进程：从诗歌出发，途经戏剧、小说、传记，止于自传。

这个进程说明什么？打个不恰当的比方——其实也是恰当的——诗歌是天上的东西，床前明月光，疑是地上霜，没有情节，没有人物，有的是一种心情、一种意境，是空灵的；戏剧有情节，有人物，但没有小说的现实感，锅碗瓢盆，山川河流，街头巷尾，活色生香，总之是少了小说的烟火气、红尘味；传记就是史实，匍匐在真实的物是人非上，一是一，二是二，容不得虚构；自传更是如此，是对着镜子照出来的。虚构是小说飞翔的翅膀，到了传记，尤其是自传，翅膀被彻底折断、拆掉，只能按图索骥，照葫芦画瓢。深思细想一下，不难发现，从诗歌到戏剧、小说、传记、自传，这个进程，其实是一个不断从远到近、从虚至实的过程。

再打个不恰当的比方，诗歌是苍鹰，翱翔在天际的老鹰，独孤孤一只，孑然一身，有影无形，无声无息；戏剧是大雁，成群结队，有阵形，有声音——雁过留声嘛，甚至有羽毛飘落，近在眼前，又远在天上，可望而不可即；而小说就是麻雀了，在我们身边飞来飞去，叽叽喳喳，偷食拉屎，活灵活现，直接切入我们的生活。那么传记就是传记，比不了的，它就是自己，就是跟我们一样的人——一样又不一样，他们是非凡的、独特的，青史有名，后世不忘，镶在画框里，或竖在城市广场上。

茨威格一生写下大量传记文学，一部分是文学家传记，如巴尔扎克、狄更斯、陀思妥耶夫斯基、荷尔德林、克莱斯特、尼采、卡萨诺瓦、司汤达、列夫·托尔斯泰等，都在他笔下复活；另一部分是历史人物传记，如伊拉斯、卡斯特里（两人均为欧洲人文主义先驱）、玛丽·斯图亚特（苏格兰女王）、玛丽·安托内特（法国国王路易十六的王后）等，都被他倾情泼墨，悉心勾勒，再造一个“同一个”，也是“另一个”。

从高高在上、空灵务虚的诗歌，到戏剧，到小说，到真实得不容虚构的传记文学，这一路走来，其实是一路的“入世”。然而作为一个犹太人，他生活的时代在一路冷落他、歧视他、抛弃他，以致整个欧洲没有他立锥之地，没有读者，没有尊严，如一只丧家犬，只能沦落异域，漂泊他乡。他要“入世”，但世界不要他，他的心路和身世完全背道而驰。这便是撕裂，是挣扎，最后挣扎不下去，撕开，断绝，以自杀结束，几乎是一道加法题：像一根绳子，在加法的拉力下，终归是要绷断的。

假设一下，如果他创作的历程是反过来的，掉个头，转个向：从实出发，向虚而去，即始于传记，止于诗歌（超现实的语言、声音、阳光、天空、街角），我想他大概是不会自绝人寰的。或许他会当隐士，大隐于市，小隐于野，日出而作，日落而息，逍遥自在；或许会遁入空门，卸掉自重，一心向灵，好吃不如茶泡饭，好活莫过晨钟暮鼓。人生在世，真真假假，虚虚实实，一团乱麻，两头乌黑。人年轻时虚无不得，因为年轻本身是空的，要装东西进去：感情，朋友，敌人，知识，趣味，钱财，荣誉，地位，都要一手一脚去盘。老了，日落西山，大漠孤烟直，不妨得过且过，一切随他去吧，较不得真。真实是有重量的，金属老了也会疲劳的，英勇地死，是因为过度疲劳。

话说回来，茨威格能在文学界立世，靠的还是小说，而且主要是中短篇小说。给我印象深的也是中短篇小说，如《一个女人一生中的二十四小时》《月光胡同》《灼人的秘密》《陌生女人的来信》《看不见的收藏》《象棋的故事》等。二十世纪八十年代中期，我刚开始学写小说时，这些大作是我照虎画猫——不是照猫画虎——的范文。如今，不少作家把茨威格原有的文学影响挤到一边（有人说他是二流作家），我一直默默珍爱着他，把足够的敬意留给他。有时候我想，我这样待他是不是有点过于感情用事？但这次重读，我确信茨威格是值得尊敬的，也许他的文学趣味有些老化，但他的文学才能绝对不容置疑。

我可以不谦虚，现在我对文学的欣赏力肯定比三十年前高得多，就感受力来讲又笃定麻木得多。我一度担心重读会破坏我对他的好感，但他依然把过去还给我，依然让我在痴痴迷迷中生出一波波的震惊和敬佩。茨威格的小说有种少见的令人窒息的文学密度和强度，随便读一篇都使我强烈地感到作家内心极其丰富、敏感、脆弱、善良，而这些是一个作家最重要的。作家是靠内心生活的人，内心寡淡的人当作家属于先天不足。茨威格的内心也许不宽大、不刚强，但深到底、细到底、软到底。再打个不恰当的比方——比喻总是蹩脚的——有的小说像西瓜、苹果、香蕉，可以一口口吃，他的小说是石榴，得一粒粒剥着吃，一口咬就糟蹋了。现在我认为，茨威格被我们淡忘、疏远，不是他的小说也不是我们的文学能力出了问题，而是我们的耐心出了问题。

好，言归正传，来说说《陌生女人的来信》（下称《来信》）吧。茨威格有不少作品是以妇女的不幸命运与情感挣扎为题材，借助他一向擅长的细腻入微的描写，表达他对女性情感的深层开掘，虽不乏温存、体贴、尊重、同情、理解、怜悯，但总的说是俯视的、居高临下的。《来信》一以贯之，且变本加厉，把这一追求和风格推到极致，极致到有些变形、失真。

小说主体是一封长又长的信：作家R收到一个陌生女人的来信，信里燃着一个女人极端痴情又悲苦的心，悲得滴血，苦得要死。我要说，这是世上最凄婉动人的一封信，至少是之一吧。你，一个从来也没有认识我的唐璜一样倜傥风流的男人；我，一个十三岁就痴情你的少女，一个为你付出全部爱情的女人，一个为你生下孩子的女人，一个把你孩子养大的女人，一个刚刚失去孩子的女人，一个已经苦得没法活下去、准备去死的女人，用生命的最后一点时间，写下这封惨绝人寰的绝命书。

我真觉得这是一封惨绝人寰的信，她为你失去了少女的天真烂漫，姑娘的芳心恋情，生为女人的骄傲、娇宠、尊严、贞洁、妇道、孩子、生命：一切，一切的一切，都因你而随风飘散，你却有眼不识，不知不晓；她为你低下头，弯下腰，跪下来，趴下去，钻到缝里，舔你脚趾，低到尘埃里，你却视她不如尘埃。天若有情天也老，但天在她面前残酷无情，失去了天理。

我要问，这是一个误会吗？我要说，正因是误会，所以更为惨绝！我要问，这是女人自找的吗？我要说，正因是自找的，所以也更为惨绝！这不是一个故事、一篇小说。作为故事和小说，它缺乏故事和小说应有的理性，或者说逻辑性，也可以说是纪律。小说的参照体是现实，是生活，生活中这样的人和事毕竟稀有、罕见，缺乏普遍性。刚刚我在看王安忆的一篇文章，写的是她看史铁生的长篇小说《务虚笔记》的感受，里面有一段话讲的大致也是这个意思。

王安忆说："这是一部纯粹虚构的小说。我说'纯粹虚构'，意思不是说还有不是虚构的小说。小说当然是虚构的性质，但小说是以现实的逻辑来演绎故事。我在此说的'纯粹虚构'，指的是，史铁生的这部小说摆脱了外部的现实模拟性，以虚构来虚构。追其小说的究竟，情节为什么这样发生，而非那样发生，理由只是一条，那就是经验，我们共同承认的经验，这是虚构中人与事发生、进行，最终完成虚构的依附。而史铁生的《务虚笔记》完全推开了这依附，徒手走在了虚构的刀刃上，它将走到哪里去呢？这实在是很险的。"

《来信》也是这样，这里面的人，这个陌生女人，缺乏现实基础；她是个案，是奇人怪事，是稀奇。怎么样让一个特殊人的一桩稀奇事，去打动一个普通人，一个被现实逻辑统治奴役的读者，这是需要技术和窍门的。我们古代，自魏晋南北朝起，有大量的"志怪"和"志人"小说，包括"唐传奇"，讲的多是奇人异事，或轶事轶闻，新鲜刺激，好看得很，也好记得很，听了就可以转述，一等的谈资。但你很少也很难被感动，你可能会惊心动魄，但不会撕心裂肺。为什么？因为缺乏现实逻辑，缺乏人之常情、世之常理的依托和支持，你不会把自己放进去；你会觉得，这是古代的事、天上的事，落不了地的，更不会落到你身上，所以"事不关己，高高挂起"，是这种旁观的心态；你会把它当作谈资，不会化作心智。这是这类小说基因里的风险，搞不好只是一个无关痛痒的东西，浅薄得很。

茨威格的许多小说，如《象棋的故事》《看不见的收藏》《旧书商门德尔》《一个女人一生中的二十四小时》等，都是这类小说，主人公不是疯魔的痴情就是天赋异秉，不是置身怪诞乱世，就是身处怪力乱神。《来信》尤其如此，她不但让作家陌生，也让我们陌生。我们不禁会问，怎么会有这样的人？这不神经病嘛。当你这样发问时，这小说已经处于坠落悬崖——被你抛弃——的风险中；当你最后确实认为，这是一个犯神经的女人时，这小说彻底失败！

这篇小说就是这样，从悬崖上开始生长，长在石头缝里，缺土少肥，吃风吃寒，很难长大的，长大了可能就会被重力和风力拽入悬崖。但最后坠落悬崖的不是它，小说，而是我们，读小说的人。这就是茨威格的了不得，他总是铤而走险，而又总能涉险过关，有惊无险，化险为夷。这当中暗藏着大量技术、魔术性的东西，语言的魅力、刻画的功力、人物的设计、情绪的收放、节奏的把控、细节的精致打磨等。我不想也无须完全展开来讲，挑两个最浅表的例子讲吧。

一个是小说中“你”的身份是一位作家，长相好，名声大，夜生活丰富——经常深夜回家。后面这些且不说，一般都会这么设计。说说作家这个身份。我们假设一下，如果他不是作家，是富商，或者官员、演员、画家，小说真实的逻辑性就会受到一定伤害。为什么？因为这封信写得太好了！感情细腻、真切，情绪饱满，措辞考究，表达通透，前呼后拥，文学色彩这么浓厚的一封信，一般人是写不出来的。但现在“你”是作家，她作为一个暗恋作家的女人，我们就会给她一个特权：文学的特权。

人在青春期都爱看文学作品，因为单纯，要通过文学来丰满自己，这给一个十三岁少女暗恋作家提供了一定甚至是相当的现实基础。然后她一直痴情于他——一个作家——于是我们可以想象，有理由设想，她一直没有离开文学，至少在反复读他的书吧，或许还在日记本上反复给他写信呢。这么多年来，她“文采飞扬”我们便不足为怪，因为逻辑上她和文学的距离是近的；她是文学的邻居，所以她可以获得文学的特权。这权力，如果她是一个暗恋演员或者官员的女人，我们不一定愿意给。给她，我们是愿意的。

而且因为“他”是作家，我们很容易猜想，这可能是作者本人的经历，有一定自传色彩。作为自传，它本身就是真实的；作为自传小说，作者在这里除了有些自恋外，更多的是在批判自己，没有直接的忏悔，隐隐的是有的。要的就是“隐”，话说一半，衣脱一层；脱光了就俗了，爆掉了。“隐”是引而不发，千钧一发，摇摇欲坠的，最让人提心吊胆。这就是技术，小说家的把戏，也是小说最基础的手艺。小说，说到底必定是假的、虚构的，你为什么明知是假还喜欢读？孙悟空会七十二变，假得不得了，可你照样喜欢看，信。这是技术和人性的合谋，配合好，上天入地，读者都认。这是小说存在的理由，若没有这个土壤，小说是长不出来的。茨威格通过一个“隐”字，透出一种诚恳，这种诚恳将和读者构建谅解的暗道，谅解了，就真实了。

第二个例子，是信的第一句话：你，一个从来也没有认识过我的你啊！这句话是有丰沛的信息量的，它也为小说的真实性提供了牢靠的基础。这个“啊”字和感叹号，是感情强度也是时间长度，然后的“你，从来也没有认识我”，这说明什么？是暗恋，是单相思，高强度、长时间的单相思，一下把这个女人的某种特性烘托出来：好奇、多情、腼腆、内敛，多少也有些偏执、好强、要面子。正因为这句话给我们提供了这些信息，给我们心里打下了底子，于是后面的一系列稀奇，我们也有准备似的收下了。卡夫卡的《变形记》，从标题到第一句话都和读者约定：这不是一部现实主义小说，是寓言，是象征主义。所以，你看下去不会去要求客观真实、现实逻辑，你要的是超现实，是现实芯子的东西，不是表面的真实，是芯子里的真实。

小说家和读者的约定必须一开始就建立，茨威格是深谙这个门道的。类似的例子，就是把稀奇变成不稀奇，把“铤而走险”化成“有惊无险”，小说里有许多。你有兴趣可以去找一找，像拆枪一样，把小说拆开来看一看，这是蛮有意思的一个过程。想装枪，首先要学会拆枪，从一定意义上讲，小说也是一把枪，它的子弹直穿人心——只穿身体的小说，一定不是好小说。

最后顺便说一下，茨威格去世后，巴西总统下令为他举行了国葬，正是因为他写出一系列像《来信》这样深情精致的文学作品。没有文学、宗教、艺术，人类也许早已经灭亡，或者变成野兽了，这就是我们在这里相聚的意义。文学不是一个专业，文学就是人生，我们在文学里相聚的意义，是可以让我们的人生变得更从容、更宽广。匪夷所思的是，那么多创造文学的人那么急地去死了，似乎并不宽广。

（原载《人民文学》2018年第7期）

生命在别处

◎南　帆

“生活在别处”——如同许多人那样，我也是在昆德拉的小说之中读到这句话，并且知道这是十九世纪法国诗人兰波的诗句。不幸的是，我在一个毫无意趣的场合突然想到这句诗：一个穿大衣的妇人慢悠悠地走过马路的斑马线，对于周边往返飞驰的汽车视而不见。她的双眼盯住手中的手机屏幕，脸上浮出了神往的笑容。我猜她收到了一条有趣的微信。眼前这个红尘滚滚的世界又算什么？真正的故事发生在手机里面。多年以前，我们的渴望是坐上火车奔赴远方，遭遇一个浪漫的邂逅；现今，我们的人生轨道轻巧地拐入手机——手机里的微信犹如人生百态的收纳袋：一个会场的局部，一篇心仪的文章，晚餐的几盘菜肴，屋角的一丛小花……不管怎么说，只有那些显现于手机屏幕的景象才会产生非凡的魅力。凡夫俗子的日子庸碌不堪，手机屏幕是一个魔幻之域，那里收藏了无数遥远的良辰美景——生活在别处。

这一段时间开始流行一个词：“佛系”。据说“佛系青年”风轻云淡，与世无争，脸上一副落寞的表情。言及日常的起居饮食，他们的口头禅是“可以”“都行”。然而，电子游戏开始的时候，他们如同突然换了个人，目光炯炯，声嘶力竭。《修真诀》《明月传说》《三国无双》《王者荣耀》，刀光剑影之中，血脉偾张，炽烈的激情火焰一般燃烧起来了，一个大智大勇的王者终于矗立在虚拟空间的地平线上。

生活在别处。虚拟空间肯定比乏味的写字楼或者逼仄的蜗居精彩。可是，梁园虽好，不是久恋之家；虚拟空间无非镜花水月，过眼烟云。我们的双脚迟早要回到真实的泥土地面。这才是我们存放生命的空间。只有泥土地面才能长出水稻、苹果，百草丰茂，牛羊成群。虚拟空间的各种故事无非电子元件和信息配置的壮烈和浪漫，谁会愚蠢地为若干信息的衰老、消亡而伤感，或者如痴如醉地爱上电脑屏幕上的那个美妇人影像？

必须承认，写下这几句话的时候我有些心虚。数日之前，我删除电脑之中一个多余的软件。即将卸载的时候，界面上出现一个掩面而泣的孩子，一句旁白是："你不要我啦?"一时之间，几乎不忍心按下确认键。我联想到了电子宠物。屏幕上跳出一只顽皮而又憨态可掬的小狗或者鸭子，它们会撒娇，会生病，需要喂养和照料，不小心也会死去。什么时候开始，我们不知不觉地惦记这些小玩意，甚至魂牵梦绕，似乎生怕它们有什么不测。我曾经抱怨那些可恶的工程师，他们伪造种种电子生命窃取我们的怜爱之心。现在，我突然觉得世界正在变质。是不是到了修改那句名言的时候了——生命在别处?

我们的习俗之中，喜爱一张桌子、一部电影、一支钢笔或者自己的汽车座驾与喜爱一个人乃至一匹马、一条狗存在重大差异。前者仅仅是物，后者是生命。生命之间的交流包含了深刻的互动：慈爱收获感恩，怨恨收获复仇。忘恩负义或者以德报怨往往由于重大的失衡而成为众目睽睽的特例。相对地说，物无嗔无喜，从不因为离合而悲欢。这极大地减轻了我们的内心负担。更换一部手机，不会如同离婚一般痛苦；购置一辆新车的时候，没有必要顾虑旧车的不快。众多女性情深意长，从一而终，可是，她们从不因为频繁地添置衣橱里的服装而感到内疚。人不如故，衣不如新，这是性质迥异的两件事情。然而，现在我想说的是，两件事情的边界似乎开始混淆，物与生命开始交织为一体。

戴一副眼镜增添视力，借助一部电话扩大听觉的范围，骑一辆自行车代步，工具并非躯体的组成部分；放下工具之后，这些功能立即从躯体之中分离出去。然而，如果发明一种智能的负重骨骼呢？事实上，这一套装备（HULC）已经问世。穿上这一套装备如同增添了一副微型计算机与液压驱动构造的骨骼，躯体的负载能力大幅增加。这一套装备与躯体合而为一，人们可以自如地行走、下蹲乃至匍匐，机械的能量仿佛就是从躯体之中涌现出来的。如果说，假牙、假肢、股骨头或者心脏起搏器、支架仅仅是挪用某种医学器材修复躯体的某一个小小局部，那么，大规模地改造躯体的工程肯定已经列入生物科学的议程。

躯体的改造无疑将改写“生命”的定义。那位谷歌工程总监雷-库兹韦尔信心十足地告诉人们，“奇点”正在临近。人工智能与生物科技的全面合作正在导演的伟大剧目是，人类将于2045年左右实现永生。库兹韦尔的设想是，聘请若干纳米机器人居住于人体的血管之中，摧毁各种病原体，清除血栓和肿瘤，纠正基因的错误，并且将前额叶皮质——人脑的中枢，理性思辨、重大决策或者幽默、音乐的产出区域——与计算机的云端数据联结起来。由于科学技术的干预，人类体魄的强健程度和智商指数迅速地突破自然赋予“生命”的疆域，并且无限扩展。这个理论前景极大地激励了一批有志者锻炼身体的热情。只要安全地在时光隧道继续长跑28年，这一副血肉之躯就可以从科学家——彼时的上帝——那儿换取一个真正的金刚不坏之身。据说库兹韦尔本人业已到了古稀之年，他每日都要勤勉地吞食一大把五颜六色的药片，力图保证冲刺2045年决不掉队。让我们从令人激动的理想回到那个令人困惑的主题：未来的日子里，我们会向那个既吃五谷杂粮又组装了各种计算机软件与生物科技产品的“生命”示爱、撒娇或者寻求抚慰吗？当然，还有爱情——我们可能爱上一个半是肉身、半是金属材料的躯体吗？

然而，愈来愈多的迹象表明，人类正在悄悄地放弃“生命”的传统边界。示爱或者撒娇远非想象的那么困难，我们已经在科幻电影之中练习过了：迷恋那个钢铁的“终极战警”或者崇拜神通广大的“变形金刚”，各种情感曾经如此自然地从我们的小心脏里冒出来。而且，令人意外的是，秘不示人的性领域欣然邀请科学技术全面管控。性是一个令人羞愧的话题，讳莫如深；同时，性又是生命之中如此重大的主题，没有人绕得过去。可是，现今的科学技术正在协助人类将性从生命的锁扣之中解脱出来。作为繁衍生殖的一个副产品，短暂的性快感是上帝赐予抚育后代的生物奖赏。然而，性快感如此强烈，繁衍生殖的后续工作如此烦人，以至于许多人试图将这种福利单独窃取出来。许多人的真实愿望是，仅仅享受销魂的一刻，多余的负担不再尾随而至——信誓旦旦地守护爱情，养儿育女的辛苦，对付难缠的丈母娘，各种不期而至的家庭纠纷，某些时候甚至负有振兴整个家族的重任。能否避开众多设置于性领域的陷阱？这时，科学技术慷慨地提供了不同级别的性代用品，据说女版的智能机器人形神兼备。然而，未来的某一天，科学技术可能遭受社会学家的严厉质询：自作聪明地将两性关系移出生命范畴，这种僭妄会不会瓦解社会的某种基本秩序？

基本秩序的瓦解可能带来未来社会的垮塌。不过，另一批科学家脸上的表情远比社会学家严峻。根据他们的计算，危险的到来可能比社会学家预料的要快——科学家的恐惧对象是迅速逼近的人工智能。他们以专家的口吻警告说，人工智能是潘多拉的魔盒，贸然打开可能带来毁灭性的灾难。不要以为人类真的管得住那个正在客厅里打扫卫生的机器人。机器人身手矫健，力敌千钧，刀枪不入，而且从不贪生怕死。众多科幻电影生动地展现了它们的英雄事迹。如果这些机器人与人工智能结合，生命的血肉之躯不堪一击。人工智能具备超级的自我学习能力——今天仅仅拥有一条狗的智力，明日可以超越全世界最为杰出的大脑。这是人类的缓慢进化无法企及的。无论是计算、运筹、识别、监控还是围棋、音乐、书法、绘画，人类的所有领域都将迅速陷落。与这种机器人开战，昔日积累的作战规划乃至所有的战争想象可能全部丧失意义。从冷兵器、热兵器到核武器，人类训练出武功超群的剑客、百步穿杨的狙击手或者决胜于千里之外的导弹部队，并且制订了各种坦克、战斗机或者航空母舰的攻防方案。尽管如此，人类的全部假想敌仍然是人类；例如，没有哪一个国家现有的武器系统可以对付漫天飞舞的小小蜜蜂。相信许多人看过一个视频：一个人工智能操控的机械“杀人蜂”悬在空中，它的处理器反应速度比人类要快100倍，挥动巴掌扑打不到这个机械小精灵。“杀人蜂”上安装了脸部识别器和几微克的炸药。发现了预设的捕猎对象之后，它可以从任何角度抵近，泊在对方的脑门上；炸药制造的微型爆炸足以摧毁脑壳里面的一切。事实上，人工智能贮存了各种取人性命的新颖形式，防不胜防。黑格尔告诉我们，所谓的“主奴关系”充满了紧张与逆转的可能。当人工智能试图改变奴隶的命运时，人类溃败是一个没有悬念的结局。这也是那一批科学家如此惊恐的理由。

我对于这种结论不持任何异议。我所存疑的仅仅是一个所有分析人士都要关注的问题：动机何在？鉴于哪些动机，人工智能操控的机器人必须与我们为敌，甚至歼灭人类？这些由集成电路、软件和金属材料装配的机器人缺少粮食、水源还是热衷于争夺未来的发展空间？或者，这些力大无穷的家伙仍然忙不过来，不得不奴役人类为它们种田、洗碗或者修桥铺路？试图改变食物链之中的不利位置？它们的基因内部贮存了强大的攻击性密码——它们有基因吗？我宁可认为，人工智能的所有特征无不来自人类的初始范本：那么多任劳任怨的人，那么多热衷于杀戮的人，那么多的善良、慈爱、高尚、深明大义、无私无畏；同时，那么多的嫉妒、阴谋、趋炎附势与恃强凌弱，“关系”之中的压迫带来的反抗以及凶猛的报复仍然来自人类的行为准则。我想说的是，机器人与人类互为镜像。科学家对于人工智能的恐惧是否存在一个隐秘的原因——他们是否被人工智能之中的人类投影吓住了？也许，人工智能的自我学习隐含了不可预测的裂变，但是，软件程序之中第一行仇恨的种子是否来自人类的指令？现在，我愿意悲哀地指出一个事实：我们竭力赞颂的人类“生命”并非一个完美的形象，人工智能的可怕放大甚至让我们不愿意认出自己。

人类社会能不能显现更多的仁慈、更多的慷慨、更多的情义与互助？我时常觉得，机器人正在某一个地方目光闪烁地盯住我们，观察这个群体如何相待，继而续写人类开启的历史故事。我们愿意传递出哪些信息？人工智能方兴未艾，也许还来得及。

（原载《文汇报》2018年4月19日）

在那《道德经》诞生的地方

◎张守仁

1

在我一生阅读史中，发现世上没有哪本书比《道德经》更有高度、广度和深度。自从我20岁那年，在南京新街口书店购得这本小册子后，它一直是我的枕边书，指导我如何做人，教育我无我无争、无奢无欲、无怨无悔地生活。

我今年已84岁，经历了许多。我的青年、中年、壮年岁月，怀有许多困惑、疑虑、苦闷。当我陷入无力自拔之际，是《道德经》如一盏指路明灯，帮我释疑解惑，教我忍辱负重、谦卑自下、刻苦砥砺，让我摆脱郁闷，渡过难关。

我是个普通人，一生得益于《道德经》极多。就是至圣先师孔夫子，也要向老子李耳请教。他老人家长途跋涉，自鲁至洛阳向时任周朝国家图书馆馆长的李耳虔诚问学。他听了老子一席话，出门后对弟子说："我知道鱼怎样在水里游，鸟怎样在天上飞，兽怎样在地下走，却不知道风云之中的龙到底是什么。今天见到的老子，就是这样的龙。他的智慧像大海一样深。"

老子是先秦时期孔子、墨子、孟子、孙子、庄子、荀子、韩非子等智人的启蒙导师，他的学说获得德国大哲学家黑格尔高度赞赏。思想家尼采说："《道德经》像一口永不枯竭的井泉，满载宝藏，放下汲桶，取之不尽。"美国前总统里根在其1987年国情咨文中，曾引用老子《道德经》第六十章"治大国若烹小鲜"的名言，阐述他的治国理政方略：煎小鱼如果经常翻腾它，鱼碎了，就不能吃了；治理大国，如果多变，随心所欲，率性而为，必然劳民伤财，搞乱国家。几任联合国秘书长包括安南、潘基文在内，常引用《道德经》中"善士者不武""不以兵强于天下""大军之后，必有凶年""夫兵者，不祥之器也，不得已而用之"等隽语，引导各国人民和平共处。

老子常用日常之物如水、弓、谷、车轮、器皿等形象地说明深奥的哲理：

至柔如水，却能冲决坚石；一只碗、一间屋空了，才能盛饭、住人；虚怀若谷了，方可增长智慧；书法、绘画留白了，更显咫尺天涯、丰富多彩。

《道德经》是一部论述天道、宇宙、万物、军事、政治、经济、教育、修行、建筑、艺术的哲学大书，也是一册语言巨著。精炼五千言，竟有上百条箴言、熟语流传至今，成为人们日常语言，如“祸兮福之所倚，福兮祸之所伏”“圣人无常心，以百姓心为心”“我无欲而自朴”“千里之行，始于足下”“民之饥，以其上食税之多”“鸡犬之声相闻，老死不相往来”，以及“金玉满堂”“功成身退”“出生入死”“宠辱不惊”等众多成语。仅此一端，已使我这个终身以编辑、写作、翻译为业的人，佩服得五体投地。

美国《纽约时报》曾郑重评出世上最著名的十大作家，老子排名第一。目前全球各大小语种《道德经》的译本，阐释它、评论它、关注它的著作，已有三四千种之多。《道德经》在各国的发行量仅次于《圣经》，但《圣经》是古代犹太民族的集体创作，而《道德经》是2500年前老子一人所写。我退休后用20年的时间编选、出版了一部60万言的《世界美文观止》，其中辑集了古今中外160位名家的经典作品160篇。我个人认为，把我编选的这160人的名作加在一起，放在天平上称，其重量不如一册五千言的《道德经》。《道德经》是一座珠穆朗玛高峰，高不可攀；它是一片浩渺的海洋，深不可测。《道德经》已教导了人类2500年，还将继续教导人类几千年、几万年。《道德经》和《圣经》一样，内在精神是相通的，都是不朽的人间瑰宝。《德德经》这部宝书写于纪元前灵宝县（古称桃林县、弘农郡）的函谷关，因而那道远古雄关，一直是我多年来盼望登临、瞻仰的圣地。

2

2017年11月初，趁去豫西讲学之便，终于在河南作家刘育贤、灵宝市作协主席李亚民等文友陪同下，赴市北十多公里处瞻仰了函谷关。

那天天气晴暖，红叶满山。我们乘车来到著名景区，经过阔大的广场，便是老子当年写经的太初宫。新中国成立之初，这所房子里曾开办过一所简陋小学。后经多次修葺，模仿汉唐风格，改建成面阔三间、有进深的圣宫。殿前植有古柏数株，当年老子汲水的深井一口，右侧是颇有仙气的铁锈色写经陨石一块。

相传公元前491年（周敬王二十九年）的一天，函谷关令尹喜清早从家出门，站在观星台上看气象，见东方紫气腾腾，霞光四射，心中大喜，欢呼："紫气东来，必有异人通过。"忙命人打扫路径，洒洗庭院，恭候宾客。不一会儿，果有一位银发飘逸、器宇轩昂的老翁，骑着青牛前来。尹喜忙上前迎接，互通姓名之后，诚邀贵客在此停留休息。老子对尹喜说："我要出关往西云游。"尹喜说："您老在此写部著作，留给后人，再出关不迟。"老子欣然允诺，以他博爱之心、辩证之思，在太初宫陨石上，废寝忘食地写了五个月，著成五千言《道德经》交给关令。尹喜接书后想再挽留老子住些日子。李耳婉辞道："我急想找个清净地方安度余生。"尹喜便设宴饯行，送老子出关。李耳西去秦地后，行踪无人知悉，遂隐去。

绕过太初宫，前面就是函谷关。关楼砖木结构，巍峨雄伟，气势不凡。关门高大，坚如宫阙。进入重门，穿越瓮城，路经书写"函谷古道"四个大字的碑石，前面就是主关楼。据《辞海》释义：函谷关"因关在谷中，深险如函得名"。它西靠高原，东临深涧，南接秦岭，北滨黄河。真可谓一人守关，万夫莫开。据最近发现的史料证明，三千多年前周康王时已置关于此。

秦汉以来，政治中心主要在长安、洛阳。于是函谷关这咽喉要塞便成刘邦、曹操、张鲁、安禄山、李自成等的必争之地，上演了无数惊心动魄的战争场面。

我站立在主关楼外的台阶上，问导游："除了帝王将相们在这一带活动、打仗外，有哪些重量级的文人在函谷关、在灵宝留下了他们的脚印和作品？"

导游说：提到停留灵宝、函谷关写出作品的人，最重量级的要数老子李耳。他在这里写成的《道德经》，已成为全人类共同的精神财富。唐代大诗人李白、杜甫、白居易都在灵宝停留过、写过诗。"初唐四杰"之一的王勃，还任过灵宝县参军一职。公元765年春夏之交，他从这儿出发，前往交趾探望贬官在那里的父亲，路经洛阳、扬州、江宁，于当年9月抵达南昌，留下了"落霞与孤鹜齐飞，秋水共长天一色"的千古名句。"诗圣"杜甫娶的妻子，是灵宝杨村的闺女，故他经常往来于老家巩县和灵宝之间。"安史之乱"后，杜甫从洛阳经新安、灵宝去华州，一路所见，惨不忍睹，为此作了“三吏”“三别”的组诗。他在《石壕吏》中写道：“暮投石壕村，有吏夜捉人。老翁逾墙走，老妇出门看。吏呼一何怒，妇啼一何苦……”此外，宋之问、张九龄、高适、岑参、刘禹锡、孟郊、贾岛、皮日休等都写过函谷关的诗。宋之问的《函谷关》云：“六国兵同合，七雄势未分。纵成拒帝秦，策决问苏君。”张九龄的《经函谷关》云：“函谷虽云险，黄河已复清。”皮日休的《古函谷》云：“破落古关城，犹能扼帝京。今朝行过客，不待晓鸡鸣。”如果把历代诗人的诗汇集起来，编一本《函谷关集》，一定很有价值。

这时一位灵宝作家告诉我：“大文豪鲁迅先生也登过函谷关呢。”我惊问：“真的吗?”导游姑娘说：“真的。”1924年暑假，鲁迅应国立西北大学和陕西省教育厅邀请赴西安讲《中国小说史》。当年8月8日，返京途中，临函谷关，俯瞰黄河，远眺秦岭，逸兴飞扬，兴致盎然。鲁迅在1924年8月9日日记中写道：“九日晴，逆风。午抵函谷关略泊，与伏园登眺。归途在水滩拾石子二枚做纪念。”后在1935年12月创作的历史小说《出关》里，鲁迅就是根据十一年前登临函谷关的感受，描绘了老子李耳出关路过险峻山道的情景。

我对旅伴们感慨道：“和只有六百多年历史的山海关相比，这三千多年前就建置的古关，才是‘天下第一关’啊!”

3

离开函谷关，东南去燕子山森林高处，采摘了两兜大苹果，直奔黄河岸边。文友告诉我：“灵宝古有三宝：棉花、核桃、枣。后来发现了金矿，还大规模引种了苹果，就改说成黄金、苹果、枣。”说话间，我们穿过万亩枣林。时值深秋，绿叶脱尽，黑褐色的枣枝零乱地斜、直伸向天空。文友望着窗外连片枣树说：灵宝的枣集中产在沿黄河沙壤地带，果大、皮红、肉厚、核小、味甘，还带有清香，闻名全国。枣子将熟，枣商云集，赶来采购。翻译家曹靖华是邻县卢氏人，早年就是鲁迅“未名社”骨干成员，两人交谊很深。曹先生常把灵宝红枣寄赠给鲁迅享用。鲁迅1935年1月15日日记中记道：“得靖华信，并红枣一包。”三天后复信给曹：“红枣早取来，煮粥、做糕，已经吃得不少了，还分给舍弟（周建人）。”后又写信给曹说：“红枣极佳，为南中所无法购得。”鲁迅先生对灵宝大枣赞誉有加。我接着文友的话说：曹靖华先生我认识，在北京的一次文学座谈会上见过，与周立波、徐迟等同桌吃饭时跟他交谈过。他是北大俄语系教授，曾译过契诃夫的《三姐妹》、绥拉菲莫维奇的《铁流》、费定的《城与年》等名著。我年轻时学俄语，也译过几本苏俄文学著作如《屠格涅夫散文选》等，曹先生是我的学习榜样。

经过绵延不尽的枣林，掠过植株很高的几块棉田，驰过千亩荷塘——塘中莲茎已枯，荷叶残败。又颠簸过一段凹凸不平的泥路，终于来到黄河滩地。这儿离三门峡水库不远，水量丰沛，河面浩阔。当我们站到岸边，西方正有一轮鲜红落日照射过来，霞光贴着水面延伸到脚下，仿佛给我们铺了一块长长的红地毯。一行大雁排成人字形从我们头顶上自东向西飞去。雁阵飞进长河落日的大圆轮里，天然形成一幅难得的画面，朋友们赶紧举起手机抢拍起来。我们站立的岸边，簇长着一片开着灰白芦花的苇丛。苇边泊着一只半浸水中、半搁泥浆的小舟，颇有“野渡无人舟自横”的意境。

离开人群，我独自穿过一排杨树林，跨过滩地上耕种的一畦畦玉米根茬，向主河道靠近。河北岸黄土崖参差高耸，那儿已属晋南芮城县境。我清晰听到了从对岸塬上山村里传来的狗吠、鸡鸣声，西边就是老潼关，真切体验了“鸡鸣三省”的情景。

静坐在河边黄昏里，看见不远处曳游着四五只野禽。我想到来灵宝已经三天了，接触了村主任、乡长、小学校长、文联领导、创新苦干的企业家以及二十多位亲如兄妹、热情似火的文学爱好者。我从他们的眼神、手势、语气里，从接待我的简朴、自然、亲切上，感受到自己始终被温暖和真诚重重包围，心情分外欢畅。这儿是《道德经》诞生的地方。想不到它深邃的哲理，已潜移默化地融入到当地不少精英分子的血脉和行动里。人们“甘其食、美其服、乐其俗、安其居”、自足无争的日常生活，一直是我向往的伊甸园。

黄河水从我面前汩汩东泻，奔向大海。李耳曰：“上善若水。”水是生命之源，更是文明之根。世上一切古文明均孕育于大河流域：巴比伦文明诞生于底格里斯河和幼发拉底河；埃及文明萌芽于尼罗河；印度文明肇始于恒河；中华文明则发源于黄河两岸。五大洲各国人民都深情地歌颂养育他们的母亲河。印度尼西亚人民唱着《美丽的梭罗河》，奥地利人奏起《蓝色多瑙河》。诗人光未然1938年从离此不远的晋西经过壶口瀑布时，写下了雄浑豪迈、气势磅礴的《黄河颂》：“啊！黄河！你是中华民族的摇篮，五千年的古国文化，从你这儿发源……”

世上没有比水更善的事物。它润泽万物，谦居低处，清白自守，大美不言。

暮色中离开黄河滩，归路经过函谷关，关前那尊高达28米、手执《道德经》宝卷的老子镀金塑像，以他大哲人的慧眼，远远地俯视着我们，关注着他的后代子孙们的言行……

（原载《光明日报》2018年1月12日）

“百无一用是书生”（外一篇）

◎卜　健

与弘历对书生的复杂心态大致相合，乾隆朝的文化与学术，也呈现着错落缠结的状态：一方面是禁言禁书，苛细吹求，不断制造大大小小的文字狱；一方面是学术兴盛，彬彬济济，官修《明史》与《四库全书》等先后行世。正因为皇上对古代典籍浸润较深，能读懂那些弦外之音，使书生辈无论在朝在野都变得小心谨畏。大家不约而同地先降低嗓门，再集体缄默。当缄默也可能被指为腹诽或包藏祸心，大量精美的颂圣之章便应运而生，嗡嗡营营，竞为高亢。

于是，“书生”的光晕渐渐消退，不再需要那些目不识丁的满族与蒙古族大臣（乾隆年间其实越来越少了）挑剔指责，颇多汉臣已自惭形秽。翻看那些大致雷同的谢恩折，触目皆是“臣材同樗植、质陋蓬心”等自贬之词，应不是出于真心，却写得极为真诚，演为一个基本话语模式。

恃才狂傲、唇天齿地本是文人常态，所谓“书生意气，挥斥方遒”是也，此际虽较为少见，却也不会绝迹。如博通载籍、慨然有用世之志的黄景仁，“见者以为谪仙人复出”（洪亮吉语），“乾隆六十年间，论诗者推为第一”（包世臣语），却是久困场屋，蹉跎早逝。这位文坛奇才与曹雪芹同时稍晚，也是贫病交迫，未曾得到几缕盛世的阳光。“全家都在风声里，九月衣裳未剪裁”，是黄景仁的纪事诗，一色白描，“语语沉痛，字字辛酸”。更为辛酸的是他在《杂感》中的名句：

> 十有九人堪白眼，百无一用是书生。

这大概是“读书无用论”的一种极端表述。百无一用之说，有点儿调侃，有点儿自省与自嘲，不宜当真，又绝非作假，应于言外求之。两句连读，能见出黄景仁的刺世锋芒，打压与弃掷读书人，还算是盛朝景象吗?

拣读清朝档案史料，斯时也堪称重视人才，正科恩科，大挑拔贡，加上皇帝出巡途中的召试等，书生的出路和机遇不可谓不多，可仍有饱学之士被隔在体制之外。其间有淡泊遗世、专心著述者，有性情偏执、愤世嫉俗者，更多的则在求仕长途上左冲右突，终不得其门而入。景仁即属此类，不得已捐纳一个小小县丞，还迟迟得不到实缺，短促一生身如飘蓬，最后病逝于求食途中。

即使有幸考中进士，选入庶常馆，留在翰林院，也多有沉抑下僚者，景仁的同乡好友洪亮吉即其一。亮吉曾以才学得乾隆帝关注，庶吉士未毕业即钦派考差，接下来出任贵州学政，"两年前尚一书生，持节今看万里行"（《邯郸题吕祖祠》），是怎样的意气风发！任满回京，入为上书房师傅，仍见上眷不移。然其孤傲为权臣和珅所不喜，上升之路便被堵住，淹蹇数年，仍是一介编修。太上皇驾崩，和珅被赐死，朱珪（嘉庆帝做皇子时的师傅，也是洪亮吉的座师）进入权力核心，召在家乡的他回京，然翰林院乃至整个官场的风气并无改变。洪亮吉期待大用，给的差使却是编纂《高宗实录》，青灯黄卷，薪俸菲薄。心高气傲的书生常会缺少耐心，着急后更会冒傻气，他又要以请假表达不满，也再次立即获得批准。洪亮吉临行前有所不甘，奏上一本，主题是议论朝政，顺便也对身边的一众翰林予以揭露：

> 十余年以来，有尚书、侍郎甘为宰相屈膝者矣；有大学士、七卿之长，且年长以倍，而求拜门生，求为私人者矣；有交及宰相之僮隶，并乐与僮隶抗礼者矣。太学三馆，风气所由出也，今则有昏夜乞怜，以求署祭酒者矣；有人前长跪，以求讲官者矣。翰林大考，国家所据以升黜词臣也，今则有先走军机章京之门，求认师生，以探取御制诗韵者矣；行贿于门阑侍卫，以求传递倩代，藏卷而出，制就而入者矣……夫大考如此，何以责乡会试之怀挟替代？士大夫之行如此，何以责小民之夸诈夤缘？辇毂之下如此，何以责四海九州之营私舞弊？

这是清中叶的一道名疏，嘉庆帝怒其有谤讪之语，将洪亮吉下狱审讯，遣发新疆，却将此疏置于御案上，反复阅读。颙琰公开称道洪亮吉的忠贞与犀利，命主审亲王传旨"亮吉读书人，体弱，毋许用刑"，又指斥洪亮吉"平日耽酒狂纵、放荡礼法之外，儒风士品，扫地无余"，进而谴责一众翰詹："近日风气，往往好为议论，造作无根之谈，或见诸诗文，自负通品，此则人心士习所关，不可不示以惩戒。岂可以本朝极盛之时，而辄蹈明末声气陋习哉！”（《清仁宗实录》卷五〇）

此在乾隆帝逝世未久，颙琰亲政，仍是父皇的腔调。

“毕竟是书生”

这句话是周一良先生回忆录的书名，自责、自谑与自辩皆在其中，写照一代学人的命运沉浮，值得回思品味。作为一个分属不同社会阶层的庞杂群体，对书生的准确定义甚难，更难的是做出整体评价。韩愈曾从三个方面论书生，即习学诗书礼乐，修行仁义，遵守法度。“留取丹心照汗青”，说的是书生；“仗义每从屠狗辈，负心都是读书人”，斥的也是书生；高山流水，范张鸡黍，是读书人同声相应、同气相求的典范，而文人相轻相斥的例子也不胜枚举。不管书生中出过多少庸人和败类，都不能说是读书之误，而恰恰在于不能领悟与践行书中精义。这是乾隆帝登基之初的观点，应是一种不刊之论。

那时的弘历颇以书生自诩，后来似乎未见说过这样的话。但其一生都酷爱读书，每日晨起先要读书，还写了许多读史和题咏“某某书屋”的诗；他为圆明园的上书房题写“斯文在兹”，寄寓着对皇子成为书生的期望。清廷重视宗室觉罗与满人教育，天潢贵胄中可称书生者甚多。曾静案件，雍正帝怒极恨极而偏不杀，亲撰诏谕，论证“华夷一家”“大德者必受命”，并对所指“谋父、逼母、弑兄、屠弟”等罪过逐条反驳。于是，一宗惊天大案演为书生与书生的论战，书生皇帝胤禛自然是胜利者，命乡野书生曾静到全国巡回宣讲，现身说法，与明成祖的残暴手段迥异。毕竟曾是书生，即便是大兴文字狱，仍可见缥缈着几缕书气。

弘历晚年身边信用的大臣仍以书生居多，如王杰、董诰，如刘墉、纪昀、彭元瑞。当然更受宠溺的是和珅，王杰等视其为异类丑类，不屑与之为伍，而和珅能诗文，擅书法，通晓四种文字，发身与飞升都与在咸安宫官学做过书生有关。和珅当然不能算是真书生，却也真的读了不少书，据说连《红楼梦》都是他推荐给乾隆帝的。

书生群体从来都是混淆驳杂的，才深才浅，得意失意，高洁卑污，正邪两赋……对于那些真正的读书人，“书生”二字应是极尊贵极洁净的，寄托甚多：孟郊“春风得意马蹄疾，一日看尽长安花”，不光染写登科后的喜悦，还传递出兼济天下的抱负；苏轼“粗缯大布裹生涯，腹有诗书气自华”，则体现了困境中的道德底线与文化自信；洪亮吉劫后余生，仍写下“毕竟词臣解韬略，平蛮万里仗书生”的诗句。

龚自珍注意到乾隆帝“朕亦一书生”之说，赞美其“炳六籍，训万祀”，进而将书生与俗吏对举，批驳官员惧怕担“书生”之名的怪现象：

> 天下事舍书生无所属，真书生又寡有，一于是，而惧人之訾己而讳之耶？且如君者……啮指而自誓不为书生，以喙自卫，哓哓然力辩其非书生，其终能肖俗吏之所为也哉？（《定盦全集》文集卷上，《送夏进士序》）

可证当龚自珍之世，“书生”已是一种官场差评，蒙其讥者，往往要力加辩驳。而龚自珍所呼唤的真书生，至今读来仍令人感慕警勉，切切自励。

（原载《读书》2018年第1期）

安静的风暴

◎周晓枫

动 因

为什么写作？我不知怎么回答，可为什么不写呢？

写作里有我的乐趣和虚荣，而且是超过预期的虚荣。尽管这种虚荣被严密包裹，连自己都未必看得清。我本性羞涩，骨子里虚荣，所以，生了一口烂牙齿的人畏惧糖——我难以在大庭广众之下接受掌声，那会让我更为羞涩和恐惧。

文字和文字的碰撞，会产生美好的乐音——有如最为宁静的掌声，我听得到。如果文字的物理组合，没有产生化学反应，那种沉闷会让我调整和放弃——我既没有炫耀中的紧张，也没有失落中的尴尬。写作是适宜的安慰，也包括，不会伤及尊严的自我批评。

对我来说，一生什么最重要？我想是安全感，以及在这之上的自尊与自由。既敏感，畏惧伤害；又好奇，热爱冒险……胆怯的我可以躲在率性的文字里，浪迹天涯，胡作非为。写作懵懂，一切，被执笔者的性格所决定。

热情与冷漠，吝啬与慷慨，自私与利他，结合在同一个体之中……这是我。此岸和彼岸的我，天然和人工的我，拘谨和狂野的我，羞涩和无耻的我，泥浆里翻滚和云端上飞翔的我。这是每个写作者的境遇，在文字里遇到自己……那个无能和万能的“我”。

职业写作

专业作家，我想象不出比这更美好的职业，我由此放弃二十多年的编辑生涯。有朋友替我惋惜，想象虚拟中的仕途前景，他们遗憾于我似乎放弃了什么重要的财富。

可对我来说，根本不存在纠结，这不是52比48，而是悬殊的99.52比0.48，能有什么选择困难？还有什么放不下的？有人告诫：不做编辑，就会失去文坛话语权，没人有兴趣再来联络和问候，你会备感冷落。我才不在乎呢。失去一个讨好者的同时，十个讨厌的人也跟着不见了，就像扔出去一个保龄球打倒十个小人一样。多好，清静。

有些作家书法、绘画、摄影、乐器、收藏……样样精通，无所不能。我什么都不会。我的自卑培养了我的专注。就像借助凸透镜聚拢光线，我把所有热爱集中在一起。不要以看似专情实际空洞的眼睛去观察素材，心神足够凝聚，才能使它们释放火焰。专业写作，最重要的是专注写作。

写作是漫无尽头的、倔强而绝望的努力。每当有人自述在写作上高开低走，我就怀疑，写作开始阶段的高，高能高到哪儿去呢？我相信持续的自我训练。唯此，才能把词语的偶然性，过渡到趋向完美的必然性。

弦不能一直松着，需要拧；但不能拧断，也不能拧到固化……在压制、克制与控制中的走动，才是写作的有力节奏。侠客拿到一本错误的武功秘笈，但他专注投入，练得废寝忘食、走火入魔，乃至血液倒流、内脏错位……最后，竟无往不至，练出另一种周天。即使犯错，专注，也会使你得到意外的回报。

训练敏感，训练精确，训练自己如何去制造一种并非习惯之物。

飞机能够飞行，因为它的流线形状和曲面构造，因为它的燃烧与旋转，因为它严格依据空气力学原理……无论叠加多少个因为，你依然不能适应成吨的钢铁被悬举半空。写作，就是组装材料，以结构的严谨逻辑性，达至艺术效果的奇迹。

温　度

写作时，我一定会喝咖啡。有人喝咖啡是因享乐而沉浸，有人是因成瘾而受束，除了这两个原因，我还出于畏惧。每每开始动笔，我都担扰和害怕，我不相信自己能够从心所欲地独立完成。我需要借助外在的神秘力量，灵感就是皮肤透明的神，咖啡就是皮肤深棕的液体神。冬天必须喝烫口的，热气升腾，电脑上字迹像隔着蜃气轻微抖动的幻境；夏天，我消耗大量星冰乐或冷萃咖啡，它们携带着冰冷的温度和汹涌的热量，进入胃和血液。温度特别重要，凉了的热咖啡和热了的凉咖啡，根本不是咖啡。形容词的温度，一掌定乾坤。

同样，需要精确控制写作的温度。对美德或罪行，即使内心情感炽烈到几近燃烧的程度，我相反让笔调保持一种控制中的冷淡——这样，可以把读者引领到源头，不至因写作者强烈的态度而迷失途中。可以不用哭或笑来表达悲喜，那样温度释放太快，容易丧失后劲。写性，更要控制温度，要写得既惊心动魄又若无其事，既狂热又冷酷。

判断作品好坏，常常用到“情怀”这个词。先得有“情”，那个“怀”，才有栽植成活的土壤。这个“情”，不是抒情中泛滥的“啊啊啊”，而是热爱、好奇、尊重、悲悯，也包括貌似无情的冷漠与绝望……“情”绝非一味暖热，恰恰它应该具有最丰富的温度层次。即使零度叙事，也需要格外的控制，并非尸体那么懒怠，然后炫耀获得所谓的冷静。温度决定烘焙的成色，写作炉火纯青，是在暗示一种关于温度的技艺。

形容词

我们有着奉简约为上的散文传统。起步阶段的习作者常常写得环佩叮当，成熟之后，他们与形容词的一夕之欢迅速瓦解，并耻于承认和回忆。这是修辞上潜在的种族歧视吗？动词站上台阶，名词驻足平地，劣势的形容词位居洼地。

那种昏天黑地、纸醉金迷的过度修饰存在问题，但唯简是尊，未必就是铁律。写意有写意的好，工笔有工笔的妙。有人是写作上省俭的环保主义者，极简主义无可厚非，很好。有人用字铺张，也谈不上罪过——毕竟词汇和物资不一样，浪费倒是个创造和积累的过程。这个世界，有素食主义者的佛教徒，也有大口吃肉、大碗喝酒的游牧者……不能因为饮食清雅，就肉食者鄙。各自的身体和情感需要不同罢了。还是让天鹅和孔雀都好好活着吧，不用雁过拔毛把自己变成西装鸡。

没有什么词语可以天然被辜负，包括被反复诟病的形容词。有人轻视乃至蔑视形容词的价值，他有他的道理；我为形容词辩护，也有我的原因。形容词是导向精确的条件，是对常规、平庸、简化和粗糙表达的一种纠正。比如月亮，它是公共的，但“温暖的月亮”和“荒凉的月亮”迥异，揭示出词语背后那个仰头的凝望者……所以名词是公共的，而形容词，隶属个体。

上帝命名万物，魔鬼用动词篡改，留给人类的，只剩形容词。我们通过形容词或形容词性质的书写，标记各自独特的属性。

我觉得中英文不同。中文的名词里也隐含着某种形容词性，比如牛肉、鸡肉、鱼肉；英文的beef、chicken、fish，彼此之间没有血缘关系。我们为什么不简易地统称为“肉”？因为必须在形容词性的保障下才指代无误。还有动词。打和拍、掐和拧、扔和摔、摘和拽、推和搡……查阅这些动词的定义，联想这些动词的场面，你会发现暗含其中的，是形容词之别。我们斟酌使用哪个动词更准确，其实，就是在寻找和推敲这些动词里埋藏的形容词。我的英语水平堪称尴尬，有限的初级阅读正好让我形成足够的偏见：英文段落里的动词，作用至关重要，为了走向实证主义和科学精神所需要的精确；中文可以古道西风瘦马，可以枯藤老树昏鸦，这里面没有动词，为了走向模糊，并抵达唯有模糊里才能传达的精确。形容词，其实无所不在。

形容词里有我的狂喜和忧惧，也有我的淡漠……我爱慕它们。一个平凡的形容词或者一个讨厌的副词，嫁给了对的名词或动词，可以成就近乎完美的婚姻。好的修辞也是一种意外而完美的镶嵌，天衣无缝。

大美不雕，对不对？当然对。但形容词的判断标准，是必要性，并非动辄概以修辞之过。李亚伟有句诗：“我在一群业余政客中间闻到了楼梯间寂寞的黑眼睛的香气。”哪个形容词应该去掉？一个都不能少。

可以朴素，不能赤贫。可以克制，不能乏力。我怕那种简单到简陋却自以为是简朗的得道者，他们以法西斯的眼神看待每一个犹太形容词。

才 华

写作需要才华。有看得见的才华，有看不见的才华。土地上的庄稼看得见，到了季节就收割；土层下也有别的，得找，找得着矿脉就丰富，找不着，就是一片荒凉的不毛之地。无论是外部题材还是内在才华，都可共享这个比喻。

深藏的矿脉才华不稳定，然而，一旦发现，总比显见的才华更具价值。所以，挖掘题材和才华，无惧于前方矿难般的危险和痛苦，才有可能找到那条难看而价值巨大的矿脉。

有人鼓励过，说我有才华。当然感激。可惜我只是偶尔且短暂地信一下，马上就是内心的否定。看看周围有多少人，写得那么好，那么元气饱满，令我羡慕不已。有人是天赋，我是运气。区别在哪儿？天赋，是每时每刻都不会离开的运气；运气，是盼星星盼月亮盼来了转瞬即逝的天赋。

我伤感，即使我相信了自己有才华又怎么样呢？我既无法放松，又无法炫耀，永远不能为所欲为。像个走钢索的人，在地面上我无法展示天赋，所以平常状态下我没有自信；即使有了钢索，到了写作的高空，全部精力都用于维护个人安危，无暇他顾……所以，我还是不自信。没有志得意满的时候，总是临近绝望。

困 境

创作艺术品，如在心脏上雕镂，想象力和耐受力在博弈。

常遇困境。每当感到力量衰减、体能缺乏，我无法安慰自己说，登上的山峰越高，越要忍受稀薄的氧气——艰难并非预示即将登顶的成功，可能仅是自欺中的错觉；假设我被困枯井，同样会喘不上气，产生濒死中或难受或美妙的幻觉。

感觉以前努力，是在小数点之前的；现在，怎么都是小数点之后的位移，变化甚微。真希望在写作里无所不能。谁有本事梦想成真呢？谁能面对尘俗，样子和心境都澄澈如婴儿，握着自己机器猫那样胖而万能的拳头？

别无他法，只有写作能解决写作本身存在的问题。障碍和瓶颈，只能通过边写边克服；仅仅靠思考，更像靠回避和停顿来解决问题，事倍功半。是的，我们必须像被钉在十字架上一样钉在写作的椅子上，死在上面，然后复活在上面。

作家是随时自设牢笼以寻求突围的人。写作是与未来的自己博弈，一点点接近绝对可能的那种绝对不可能——你赢不了，才是妙处，在输局里可以精进技艺，并戒骄戒躁。一旦你赢了，那才不幸，意味着你输了自己未来的可能性。

立 场

“奥斯维辛之后，写诗是野蛮的”，这句阿多诺提出并被反复引用的圣典，令人震撼。

但写小说不野蛮吗？写散文不野蛮吗？不写诗，是否就更文明？诗比之其他文体，潜在地多了语言上的修饰性，多了情感上的形容词效果。一个激进的朋友向我引述这句诗，似乎暗指，那时那境，诗人放弃个人技艺，投入体力式的营救才不羞愧。

然而，写诗，在婚礼上写，在葬礼上写；清醒时写，梦境里写；与仇恨相逢时写，与爱情绝别时写；在奥斯维辛之前写，在奥斯维辛之后写，无论如何野蛮……这是否也象征一种无畏、忠诚、牺牲与殉难？任何压力下，让笔尖裸露，一个人能否因为诗歌的脆弱或野蛮而成为圣徒？

何况，“奥斯维辛之后，写诗是野蛮的”，本身就是修辞，它难道不是一句诗吗？

也许只要写，野蛮发生得就没有那么容易。即使是一个人的写作也具有社会意义。

遭受劳改、流放和驱逐出境的索尔仁尼琴，被称为“俄罗斯的良心”，他的笔像脊骨一样从未弯曲：“对于一个国家来说，拥有一个讲真话的作家就等于有了另外一个政府。”

在极端年代，一个人极尽妥协和屈服尚不能保证自身安全。捍卫真理？将直接要了他的命。捍卫者像佩戴珠宝只身行走在夜色中，易招致劫掠乃至杀害。然而，孤往绝诣的独行者，是撕裂黑暗的一道闪电——短暂而强烈的光明，令人陷入失明般的恐慌，也使罪恶之手暴露发白的骨节。

以单薄个体，对抗机械般的制度，身怀螳臂挡车的勇气……不要像嘲笑堂·吉诃德一样，不，他是真正的勇气，知而后行、起而论道。洪流席卷，从集体到少数，从少数到个人——这是残酷的筛选过程，想要不改其志地活下来，相当于要在搅拌机里维持完整。珍贵的幸存者远比庸者坚硬。高贵的心未曾堕落，因为它不等待谁的拯救，它拒绝恩典里所包含的隐约权力。哪怕他的写作就是通过一支笔，通过这把掘进的锄头挖开自己黑暗中的坟墓，他也不停顿，他因这种致命的劳动而增长肌肉、骨骼和体魄。

海象鱼体型很大，又名巨骨舌鱼，它的舌头上真的有硬骨头。这是写作者的理想，成为大写的作家，应该在舌头上生出硬骨和反骨。

内　力

“修辞立其诚”，我喜欢其中的内力，并把它作为自己一生的写作原则。我以为自己会始终勇敢，像个黑天使，善于对事物做出果断的形容，并无畏于后果。鱼能够承受海里的盐，真正的作家能够承受写作里的困境，这甚至是游动在文字之间必需的压力。不过二十年，我已不敢再对命运轻许诺言，这既是我的成熟，也是我的怯懦。

板凳坐得十年冷，说的是耐心，已鲜有人能做到；若是老虎凳坐得十年，恐怕谁也说不出什么内敛的漂亮话了。且不谈社会性责任，仅仅是承受自身的重力，已让人犹豫和恐慌。如何贯彻写作的诚实？如何在逐渐沦陷的危机中自救？

想起在旅游景区，游客喜欢在岩石下面的缝隙里，摆上许多小小的树枝，这叫做撑腰木。据说撑上以后，自己的腰就不疼了。幼木棍承受得住巨石的重压——希望里怎能诞生这样的奇迹？这可笑的寄托，这天真的悲剧。

但在爬满苔藓的岩石下，我看到，一根截断的树枝魔术般生出一片嘴唇大小的绿叶。被野蛮砍下之后，它决定野蛮地生长。

写作者能够拥有植物的智慧吗？当我们不能像动物，自由地奔跑与捕杀，不能撕开猎物的血喉；当我们不能移动，被钉死在贫瘠的原地，却不能避开捕食自己的嘴和牙……我们依然可以保留蓄意的气味和毒素。即使我们像罪犯被拴上不能移动的脚镣，也能学习以奇迹般的化学魔法维生：把阳光转化为食物。

阅　读

在所有休闲方式中，读书最累，在静态中耗费脑力、情感和体能。可它最有意思，我们得以进入万花筒的魔法世界。

看书时，唯一的活动就是挪移视线。人的视网膜可以看作是一个传感器，越往边缘去，传感效果越差。只有通过最中间一个叫做中央窝的地方，我们才能以视觉分辨。这个中央窝很小，只能容下八个字母。所以在阅读时，我们其实是从一个针孔似的小洞里窥探世界……管中窥豹，仅见一斑。连续窥探，才能目睹豹纹锦簇，身形斑斓。每一个文字都是秘密的孔隙，让我们得以突破闭锁，看到众生和天下。精神上有轻微自闭倾向的人，阅读，是他对外部世界谨慎的眺望和试探。

我喜欢临睡前的阅读。读到什么，易在墨色夜中得到拓印。我的梦、我半夜醒来的瞬间、我清晨起床后持续的恍惚里，都荡漾着一些词语、诗句和句段……是残片。但一张剪纸比一张白纸更有创造性。

我平时阅读不规律，出差或旅游，倒是效率最高的时候。大概因为那种状态下，时间的压迫感和流逝感都变得特别具体，形成有效的催促。出门在外，没有带够书，比没有带够钱更丧失安全感。总有一两本书带在身上，哪怕来不及看，平添负担；但这额外的重量，恰如灵魂的镇纸，让人内心踏实。

我买书的速度远远大于阅读，以平息缺少阅读的焦虑。不过，也有人买书：满墙、精装、全套，他的目的，可能不是为了阅读，而是怕别人发现他不阅读。对许多人来说，思考是负担而非快乐。啊，若有所思——他们只是要呈现这个姿态。若你追问，所思为何？什么也没有，里面是空的。他们摆出“若”的造型就够了。对他们来说，形式比内容重要，思比所思重要——买书只是日常生活里唯一能实现的行为艺术。

读　者

我每隔几年出一本散文集。喜悦同时有点内疚，责任编辑为难了，几千册印数需要几年才能耗尽库存。滞销是我的命运，属于他人的加印奇迹，我从来没有体会过。

“市场不景气。人们只看手机，纸书的江湖地位被撼动。谁会关心巴尔扎克怎么说？人们只关心扎克伯格。”类似的解释不成立，是虚假安慰。我也无法以严肃文学为借口，因为很多有品质的写作者风生水起。

从事出版的朋友，批评我缺乏宣传上的配合。属实。我对宣传的态度，目前停留在排斥和痛恨之间。我慌慌张张，缺乏对作品集的停顿和总结，只顾跌跌撞撞向前跑。我看似心无旁骛，看似缺乏经营功名的乐趣，其实绝非如此。我只是胆怯心虚，无法在观众前卖弄自己的知识或品德。我习惯躲在舒适的黑暗里，怕聚光灯，我是探照灯扫过来也想转身的那种人。更重要的，是我缺乏余力。如果有时间和精力，我为什么不继续写，或者舒舒服服地看本书呢？我对新人恐惧，对旧人怀恋；对事物的态度相反，好奇新物，厌倦旧物。我几乎没有第二遍读的书目，甚至少有耐心摘抄激赏的精彩句子，哪有心思反刍自己的文章？写的时候缠绵不已，印出来就恩断情绝。编辑认为，我由此错过推广自己的某个重要机会。然而，机会未必会在迎接或等待之后必然来临；并且，即使这个所谓的机会如约而至，我想起之前为此殉葬的时光，就觉得，它无论怎么重要都是不值得的。

竞争激烈的出版环境下，有些图书自说自话、自生自灭。即使如此，我认命。之所以不痛改前非，是我觉得自己的性格和风格根本不适合营销。即使我偶尔听从发行安排，一路摇唇鼓舌，我看销量未必能有起色。效果呢，不过像和一个高尚到丧失低级趣味的女子交欢，把自己累得够呛，她又不叫好又不叫床，唉，气死了。

好吧，耕植文字，我要它们在我内心成活，不急于嫁接到读者那里。其实没有观众也有益处——至少，写作者可以作为一个人，而不是一个演员，去爱或恨。写作，永远是孤军奋战，是一己之勇。还是尊重内心吧，无论是被褒还是被贬，被关注还是被冷落，被喝彩还是被呵斥，不改其志。

何况读者助阵的呐喊，不能进入创作环境，那会相当于噪音。对于写作者来说，环境的安静和内心的安静非常重要，有助于他专心地追踪题材。我想，成功猎杀的前提，除了需要锋利的牙和凶暴的指爪，还有个重要因素就是安静。一个能安静的大动物，才能生杀予夺。

我一直喜欢宁静的事物，因此迷恋写作。一个书写故事的人，他所制造的惊心动魄比秒针走动的声音还轻，这太美妙了。我以前必须在真空般的寂静里写，后来改变习惯，边听音乐边写。奇怪，音乐没有加重声音的存在，反而，加重了安静。

……你可以成为音乐的听众。音乐也可以成为你的读者。

专业批评

我对评论的态度比较模糊，说不出是欢迎、淡漠还是反感。

有的批评无论下了多么重的猛毒，我都口服心服，只要蛇打七寸。无论下毒者是资深批评家还是网络闪客，无论与我关系亲近还是不睦。针对作品，不看脸色和眼色，我觉得专业批评就是一叶障目、六亲不认。好的评论家，应该与写作者同道，或者背道而驰……真正称得上敌人或导师，可以同样赢得保持距离的尊重。他们拥有凛冽的独立性。

我不喜欢看具备专业水准的批评家勉强自己扮演表扬家，像失效的暖水袋坚持散热。刻薄地说，这样的囊袋，不比酒囊饭袋强到哪儿去。一个从事专业批评的人，不储存贬义词，不具备挑毛病的眼光……像手指已经发颤的外科医生其实不适合做手术了。人际关系代替专业批评，这样的批评家，更像是照顾巨婴的雇佣保姆，最重要的工作，是随时处理后者的眼泪和屎尿。

批评家并非天然享有指点迷津的特权，他们需要在作品中学习，与写作者一起获得成长。决非远隔或寄生。不好的评论，未曾触及作品的皮毛；不好的评论，会成为作品血肉里坦然的附属——像第六根手指，像多余的肿块，甚至影响作品自身的天然性，使其健康受累。有的批评家，无论有着怎样的资格证书和多久的从业经历，我依然觉得他们是门外的徘徊者。他们想用一种理念的缰绳，套牢所有作品。比如有的业余批评家，支撑生涯，靠的是对苦难生活的崇拜。这样不令人信服的批评家，能奈我何？无论多么蓄意、敌意、恶意的攻击，我都不怕。他们以为的枪林弹雨，对我来说，不过节日里的鞭炮，噼里啪啦，助个兴而已。缺乏他们的批评，何憾之有？没有干扰，我可以扮演自己的批评者，扮演给自己施行手术的人。

远　方

到达远方的时候，我们也许什么都没有收获，反而途中遗失太多；也许没有遗失，我们就根本无法抵达远方。有人写，是因为他想知道自己什么时候就写不了了，就像人活一辈子，是想知道自己什么时候死一样。以写作为信仰的人，容易沦为殉道者，不过一笔一画，他也为自己的灵魂搭建天梯。

我对远方缺乏想象，写作之路本身足够回报我。过程九十九米，终点一米……如果可能，我愿永远都是过程。初心不改，写作始终是寂暗中的安慰，每一个写下的笔画，都是卖火柴的小女孩擦出的光痕。

每个人一生所走的道路，相当于绕地球两周半；如果体内血管相连，我们也是抵达这样的长度。你的心要指挥你的笔，你的笔所传达出来的，重新抵达你的心——这个三角形，要完成连续而流畅的循环，所写的东西才是有效的。从身到心，写作是孤独漫游，是走到极境，又倦鸟归巢。我们可能是因丰富而宽广，也可能是丧失纯粹而污驳。在这条路上，我们将看到自己的虚荣、软弱和恐惧……看清自己的能力，同时就会看清自己的无望，最后看清，无所畏惧也无所顾忌的悲伤。

一笔一画。一个字，一个句子，一个段落，一个篇章……使自己的写作无限靠近自己绝望的期待。最美的前方，从来不是琼林宴或金銮殿，而是星宿满天的虚空。唯写作里，有我们的河流、星空和万神殿……

（原载《上海文学》2018年第1期）

两种指法

◎苍　耳

中医切脉的指法与发密电的指法肯定不同，但沙飞在住院期间，却对日本大夫津泽胜切脉的指法产生怀疑，认为跟发电报的指法一样。他断定这个表面上温文尔雅的大夫，一定是潜伏下来的日本特务。这个细节是沙飞生前护理员四十年后搜索记忆所得。有一次散步，沙飞问护理员津泽胜是不是好人。他不假思索回答说是好人。沙飞听了很不高兴，生气地说：津泽胜要求病人多散步，冬天多晒太阳，表面是为病人好，实际是消耗他的体力，利用紫外线杀伤他的细胞，借此达到杀人的目的。

沙飞尽管表面上跟正常人一样，但其实患有严重的精神疾病。按今天的说法，是得了抑郁症，或者叫“战争综合征”。十四年抗战中那些灭绝人性的惨酷场面他亲历过，其中一部分被相机留存下来。精神受创是不会流血的。他自己不知道，周围的人也不知道。当时精神病学并无“抑郁症”这个概念。沙飞因结核病入院治疗，却因枪杀日本大夫津泽胜而被军法判处死刑。聂荣臻判决前曾提出沙飞精神是否正常的问题，大约是想找到免死的依据。但沙飞平时的思维、言行与常人未见明显差异，书信也字迹清楚、文笔流畅。结果沙飞用自己的命承担了枪杀的责任。

沙飞本不该死，他的悲剧也并非个案。那些经历过异乎寻常的创伤事件或非人性场域的人，经常会不由自主地陷入回忆，产生意识上的错觉和幻觉，伴以心悸、失眠、狂躁不安、多疑、选择性遗忘等症状。抑郁症与个人经历和心理素质有关，更与非正常场域的经久辐射有关。事实上沙飞入院后抑郁症已相当严重，若不安排日本大夫为其治病，两个人或许会逃过一劫。对沙飞而言，“日本大夫”成了抑郁场域中的尖锐诱因，直接导致抑郁值爆表。

由此想到海明威用双管猎枪自杀。人们认同他死于抑郁症，却认为根因肇始于其家族的“抑郁基因”。此说谬矣！据他的好友艾伦·霍奇纳披露，海明威被美国官方视为“亲近共产主义”，同情古巴革命，因此遭到联邦特工的监视和盯梢，他的车被安装了窃听器，电话不能打，信件被拆检。有一次霍奇纳建议忧郁的海明威“归隐山林”，没想到他突然大发雷霆：你无非是想从我嘴里套点什么，再把我出卖给FBI（联邦调查局）！海明威晚年变得暴躁易怒，加上旧伤发作，多病缠身，以致有一天端起猎枪对准自己的脑袋。扣响扳机的指法并无不同，只是这一次他将自己当成猎物——类似那只乞力马扎罗之豹。

> “你可千万别相信死神是镰刀和骷髅，”他告诉她。“它很可能是两个从从容容骑着自行车的警察或者是一只鸟儿，或者是像鬣狗一样有一只大鼻子。”

在《乞力马扎罗的雪》这部小说中，作家哈里身上有海明威的影子，他临死前将死神想象成“警察”是不同寻常的。

世间具备“钢铁意志”的强者固然有，但人性的先天弱点不以个体意志为转移，即便意志如钢铁者也未必没有“脆弱时刻”。当张纯如举枪自杀时，扣动扳机的是她的一只手，支配这只手的却是更大的手——有关“南京大屠杀”的图文、口述和实物，以及日本右翼分子或明或暗的恶毒攻击。不要小看这种抑郁能量的日积月累，一旦抑郁指数超高，其后果必然是毁灭性的。张纯如是杰出而坚强的女性，但尚未达到“钢铁是怎样炼成的”那样的强度。这不仅不影响她的杰出，更见证了她灵魂的高洁和以身殉道的卓绝气度。然而，一个健康文明的社会除了关注空气污染指数，更应该关注幸福指数的反面——抑郁指数。为什么下岗工人、农村妇女、应试体制中的学生自杀比例高，原因在于社会对特殊群体的保护不够，在于那种违逆人性的基本土壤仍然存在。

爱伦堡在《人·岁月·生活》中回忆三十年代大清洗：秘密逮捕大都在深夜进行，因此人们在夜里对电梯、电铃声非常恐惧。为免遭被捕后的严刑拷打与侮辱，住在高楼的人听见敲门便纵身从窗口跳下。“在1938年3月间，我常惊恐不安地倾听电梯的声音，当时我想活下去，同别的许多人一样，我准备好了一个装着两套换洗衣服的小皮箱。”他的好友、外交家季维诺夫从三十年代直到一九五二年病故，一直把左轮手枪放在床边的小桌上，如果深夜听到铃响，他就不再等待以后的事了……曼德尔施塔姆在一首诗中呈述了同样场景：“彼得堡，我还不愿意死：/你有我的电话号码。//彼得堡，我还有那些地址/我可以召回死者的声音。//我住在后楼梯，被拽响的门铃/敲打我的太阳穴。//我整夜等待可爱的客人，/门链像镣铐哐当作响。”不难读出“可爱的客人”指的是谁。在那个战战兢兢、如履薄冰的阴怖环境里，不患抑郁症反倒异常了。

拉响门链的指法是不同的，有的发出幸福的颤响，有的响得像镣铐。

再看契诃夫在小说中塑造的“套中人”和“变色龙”，虽为沙皇俄国时期的人物，但置于人类历史的各个时代都具有典型性。“别利科夫把自己的思想也竭力藏进套子里。对他来说，只有那些刊登各种禁令的官方文告和报纸文章才是明白无误的。既然规定晚九点后中学生不得外出，或者报上有篇文章提出禁止性爱，那么他认为这很清楚，很明确，既然禁止了，那就够了。”（《套中人》）这种精神的畸形、变态乃至分裂，至少不应视为当事人从娘胎里带来的。鲁迅小说中的“阿Q”和“狂人”也是如此。若进行精神病理学分析，他们其实都伴有严重的抑郁症，只是被其他的表征掩盖了而已。西方谚语说：没有一滴雨会认为自己造成了洪灾。事实是，没有哪个年代不存在侵蚀与摧残人之精神的雾霾。

笔者在报上曾读到一件真实的事：一对生活在山区的老夫妻，长年累月生活在阴森可怖的暗影下，因为屋里每逢下雨四处都是响声，窸窸窣窣的，如阴风窜入后弄出的声响，又似一群老鼠在暗中作祟。久而久之，老人发现无风时也如此，家中养猫也无济于事。最后他们认定家中有鬼，村里人也持同样看法。村干和电工来了，也没发现什么异常。对于有形的可视之物，尚可找到相克之物加以防范；对于无形的幽昧之物，他们只得认命，只得忍受。于是生活照常进行，炊烟照常升起，间或还有说笑声。不过恐惧和死神的阴影是无法根除的，每当雷暴来临，老夫妻俩便精神恍惚，穿好老衣睡在床上等待那黑色时刻降临——跟别利科夫的情形有某种类似，“他躺在被子里恐怖至极。他生怕会出什么事情……之后就通宵做着噩梦”（《套中人》）。

后来谜团终于解开：原来是高压输电线从房顶上面穿过，导致他们终年处在强烈的电磁辐射下。这诡谲事件令我震恐不已！我无法想象他们终年生存在阴怖中，要承受多大的肉体折磨与精神煎熬。但往深处想，这幅怪诞的图景击中我的，更多的是它弥散开来的沉黯气息和寓言般的意味。可怕的梦魇附着在人们身上，将他们的灵魂扭曲成醉虾一般，以适应这种蔚蓝而奇特的电磁辐射。

想想看，这对老夫妻在屋顶下拿筷子的指法，和给自己穿老衣的指法，无论如何是不同的。然而始作俑者的命运也不会好到哪里去。因为在这个星球上，所有的人都在一条船上，祸福相系，无人能独享上帝的苹果，亦无人能孤立地面对洪水滔天。

（原载《随笔》2018年第3期）

我所知道的王元化

◎章念驰

这是一篇必须偿还的文债。

人过七十五岁，是不知明天醒来是否还清健的，所以必须把每一天当作最后一天来过，该做的事情必须抓紧去完成。这就是我为什么要写我所知道的王元化，因为我欠了元化先生与张可老师一篇纪念文字。

1

有多少人写过纪念王元化先生的文章，大概难以计数了。元化先生自己的著作，大概在他生前就已被出罄了，包括他的《日记》《谈话录》……这是很罕见的，他在生前就被人七手八脚地推到了圣人的祭台上，这与其说是他的愿望，还不如说制造这些文字的人希望以圣徒自居。

我之认识元化先生，是通过王小安兄的关系。小安兄是王金发的孙子，他认定王金发是冤死的，他决心翻这历史旧案。当时我在社科院历史所工作，他三番五次来找我帮忙，带了一捆家谱与有关资料，跟我上天下地穷聊，不坐上三五个钟头是不会走的。即使不给他续茶，他也会自己倒水，直喝到茶清如水。小安兄在街道工厂工作，单纯又没多少文化，性格爽直，什么人都敢骂，连江青也敢骂，他什么人家都敢闯，像走亲戚一样随便。

为了给王金发翻案，他去找剧作家杨材彬和王元美，动员他们在《清宫秘史》基础上写《绿林好汉王金发》，说得他们动了心，还真写了个本子，好像还拍摄了，还把我列为“顾问”。王元美是元化先生姐姐，由此我们又认识了元化先生。小安兄也总是隔三岔五地去元化先生家，也是上天下地乱扯。元化先生虽是忙人，但他毫不厌恶这个没有城府的年轻人。因为小安兄单纯、豪爽、富有正义感，元化先生倒也轻松面对，有时也会说说笑笑，毫无戒备。

我与元化先生聊的则都是文化话题，他知道我是太炎先生嫡孙，便爱屋及乌，与我谈太炎精神，谈鲁迅，谈《文心雕龙》、《五朝学》、新唯识宗、新儒家……话题深入而广泛，愉快而轻松，完全将我视为晚辈。张可老师也对我怀有一种特别好感，常常加入我们聊天。她笑眯眯地坐在我对面，慈祥地对视着我，如同蒙娜丽莎，不时含糊不清地插上几句话，空气里弥漫着一种温情气息……下午她会端出点心，临到吃饭，他们会盛情留饭。他们也邀请我们夫妇去他家吃饭，精致的餐饮，美味的罗宋汤，让人难忘。他们请汪道涵市长吃饭，也让我作陪。

元化先生在张可老师面前，常常会大谈其旧事。元化先生的父亲叫王芳荃，湖北江陵人，早年在码头当工人。元化先生母亲桂月华，她的外祖父叫桂美鹏，是中国最早接受基督教的传教士。元化先生父母是自由恋爱，家庭开明，反送元化父亲去深造去留学，后在清华大学执教。元化先生就出生在这样的家庭，清华园给他留下了磨不去的印象，从小受基督教洗礼，笃信宗教，培养了他的善恶观。解放后，毛泽东主席接见过他，但他呆呆地站在原地，出于对领袖的虔诚而顶礼膜拜，其他人则蜂拥而上。元化先生认为在神的面前，应该是人人平等的。

元化先生与张可老师也是自由恋爱，张可老师出身富裕家庭，十八岁就翻译出版了奥尼尔的剧作《早餐之前》，并在同名话剧中担任了女主角。十九岁就参加了救亡运动。解放后她却主动放弃了登记革命经历，在音乐学院担任普通教师。她用她的美丽与善良维持他们的家庭，给了元化先生身心的庇护，给了他精致的生活、得体的穿着，始终保持了高贵的贵族气质，而他们从事的事业却是为平民的。

我申报副研究员职称时，元化先生担任了我的推荐人，郑重详尽地写了评语，说我是够格的。我常请他题字，他从无拒绝，如社科院院名、社科院成果展……他办《新启蒙》杂志，甚至请我去担任香港“发行人”。他办《学术集林》杂志，要我提供一篇重量级文章，于是我公开了先祖父遗嘱，写了遗嘱的相关背景，成了《学术集林》的第一期第一篇，为此他高兴极了……彼此留下了许多美好记忆。

2

我与元化先生建立起上下级的工作关系，是在1980年代末，台湾开放“探亲”之后。两岸关系建立之初，上海成立了“海峡两岸学术文化交流促进会”（简称“促进会”）。这是大陆成立最早的交流团体之一，主导此事的是“社联”主席李储文与秘书长乔林。乔林是陈至立的爱人，她刚刚接替了元化先生的宣传部长工作。元化先生退下来后没有去担任作协、文联的领导职务，却愿担任“促进会”的会长，我不知怎么被安排去当秘书长。当时我仅仅是社科院一名普通研究人员，一个普通的市政协委员，在这以前，我连个小组组长也没有担任过，于是跟这些货真价实的领导打起了交道。

对“促进会”和文化交流，元化先生是认真的。他重视统一大业，重视团结上海文化精英，他与乔林先生首先搭起了一个庞大的组织架构，网罗了上海当时所有大佬与精英。名誉会长是巴金；副会长有马达、夏禹龙、姜义华、郭炤烈、张瑞芳、冯英子、邓伟志等；顾问有汪道涵、李储文、李子云、方行、王辛笛、明旸、柯灵、胡道静、施蛰存、徐铸成、张树年、冯契、贺绿汀、陈从周、谢稚柳、谭其骧、顾廷龙等；学术委员会主任是张仲礼，副主任有尹继佐、朱维铮、李华兴、马承源、唐振常、徐中玉、程十发、谢晋、钱伯城等；常务理事与学术委员有丁水木、丁夙麟、李小林、李智平、周锦熙、王根发、许四海、吴寄南、马博敏、施炎平、施宣圆、孙颙、陈超南、杨小佛、骆兆添、魏同贤、王战、王沪宁、李良英、周建明、袁恩桢、俞丽拿、许纪霖、葛剑雄、陈思和、陈伟怒、萧功秦、谢遐龄、顾晓明等。从这个名单可以看出经历了“文革”，他重视了哪些人，这些人也确实在以后几十年的改革开放中发挥了重要作用。每逢有活动、接待、研讨……元化先生与乔林总会反反复复研究请谁参加，排兵布阵，一丝不苟。有重要活动，他总会亲自参加。

我从“促进会”工作中学到了许多，见识了许多。我作为秘书长，要协调各方关系，要了解领导意图，要懂得许多潜规则，但我在这方面是一窍不通的，既不适应也不称职，原有的私密关系，一旦变成工作关系或上下级关系，夹在复杂的高层人际关系中，让我不知所措了。何况元化先生是一个极其有性格的人。

3

元化先生从小沐浴在清华园的雨露中，意气风发，积极向上，十七八岁就加入了共产党，参加了北京一二·九运动。追求光明、向往真理成了他不贰的追求，是党内有知识、追求理想的文化人。他从事地下工作，办进步刊物、教书、写文章、鼓吹革命，在文化界从事统战工作，与知识界有广泛接触，受到传统文化深刻影响，钻研过《文心雕龙》、《韩非子》、龚自珍、黑格尔、莎士比亚……沉潜往复、从容含玩，有“文化托命人”的使命，崇尚“独立之精神、自由之思想”，是党内敢于“思辨发微”的人。

解放前夕，他就娶得娇妻张可。第二年解放了，他那么年轻就迎来了胜利，当上了领导，真让他得志满怀，恃才而傲，狂了起来，对此他自己也不否认。真可谓春风得意，陶醉其中。但好景不长，他因“胡风反革命集团案”，遭到株连，也被捕了，一下子从天上掉到了深渊，单独关在一个屋子里，一关两年多。他百思不得其解，于是精神失常了。而关押他的屋子竟是“促进会”一个主要工作人员章小东的家，章小东父亲也是元化先生的故旧靳以先生，命运是如此不可思议。释放后旧案又被重提，灾难再次降临，他被送到农场改造，他又疯了，歇斯底里地在田垄上猛砸所见的一切东西……虽然两次失常都被张可老师调养好了，但他心灵深处受到的伤害是很难痊愈的。

这一切让他性格发生了变化，变得敏感多疑，经常疑神疑鬼，怀疑某某某某人在算计他。他变得容易发怒，往往一怒不可遏止。他变得爱道听途说，爱听背后议论，也爱议论他人。他爱听恭维，他太需要听众，太爱讲话了，而他的偏听偏信，让他对有些人造成偏见，造成许多误解。他憎恨“文革”，看不起“新贵”，肆言无忌。他的家中往往高朋满座，相互讲来讲去，卷入许多无谓的纠纷。

这一切让我不得不与他敬而远之了。

4

“文革”后，在思想大解放的大潮中，他俨然是一盏明灯，人有“北李南王”之说。“北李”是指李慎之。他说：“中国人必须从自卑与自大之间失去平衡的阿Q，转变成能自尊自律的独立自由的现代公民。”“南王”是指王元化，他引用胡适的话说：“今天的知识分子，应不降志，不辱身，不追时髦，也不回避危险。”他率先批判“左”倾思潮，反思“文革”，反思历史上的激进主义，从“五四”的激进主义到鲁迅的激进主义，为遭迫害的文化精英翻案。他敢于为《顾准文集》作序。他探索什么是公意，什么不是公意，什么是异化，什么是精神污染，提倡解放思想，宣扬公民启蒙，他不同意事物都是沿着某种规律而发展……他涉足的几乎都是最有政治争议的话题。他写的《反思录》，对一生经历作了三次沉痛反思，这样勇敢而涉及广泛的反思，在近人中是很少见了。我们姑且不论他的反思与启蒙是否正确，但他实实在在影响了一代人，今天还没有一个人能超越他。他一生都在思考，他够得上称为深思博学的人。在改变中国的历史中，在让中国人富起来强起来的历史上，王元化作出了自己的贡献。

元化先生是一个有影响力的人，但决不是完人，他是一个很复杂的人，又是一个很单纯的人！一次，他去参观一个展览会，有些人见到他，纷纷要他签名，于是他坐下来，一一为大家签名。他先一字一句地写下长长的展览会名称，然后签上自己名字，再一丝不苟地写上日期……我望着他乐此不疲签名的身影，不知该为他高兴，还是为他悲哀！

（原载《上海文学》2018年第1期）

燃烧到最后一刻的写作者——念红柯

◎阎晶明

红柯是我的同龄人，我比他虚长一岁，可自从认识开始就没觉得他有什么从前年轻如今年老的改变，他似乎是不变的；红柯是我的朋友，是君子之交式的往来，交情从始至终既无升温也未淡漠，是老熟人却无多少只属于我们之间的特殊故事；红柯是我的校友，我多年前曾在陕西师大求学，他多年后成了那里的教授；红柯是我的同道，他是小说家，我在作协供职多年也写一点小文章。不过说到是同道，他却要出色得多，无论是在西域还是在长安，无论是在技校还是在大学，他都是一个以笔为生、从无懈怠的写作者。他看上去并不擅长言辞，但同他聊过天儿的朋友都说他特别能说，不管教师这个身份是不是他最恰切的职业，作为作家，他是很典型也颇具代表性的。在一个自己向往的世界里活着，并努力以笔为旗，试图带领更多的人通过文字喜欢上那里。他简直就是一个疯狂的写作者，谁也弄不清楚他的写作目标和终极地究竟在哪里。

然而，他的生命在56岁的盛年戛然而止。2月24日上午，我从朋友圈看到一则消息，作家红柯突然去世了。因为太突然，所以比震惊更直接的是不敢相信。赶紧联系陕师大和陕西作协的朋友，确定消息属实，不禁悲从中来。我看到案头上摆放着刚刚收到的他寄来的新书：《太阳深处的火焰》，却必须要面对他本人的生命停止燃烧的残酷事实。56岁，是鲁迅离开这个世界的年纪，但80年前的时势，鲁迅被同时代人称为“老头儿”已经很久，人们似乎并没有太在意56岁意味着老还是不老。可今天，面对红柯的离去，我看到文坛朋友们发出的哀悼里多有对其英年早逝的惋惜。的确，无论作为教师还是作家，红柯的事业都处在成熟、旺盛时期；作为家里的丈夫和父亲，他也毫无疑问是顶梁柱。他个头不高，身体看上去很壮实。据说他还经常自觉锻炼，并常常向人推荐气功等健体之道。这真是让人无可言说。在我眼里，红柯没有什么不良嗜好，生活很安静，专注度极高，怎么会突然如此？3月26日，我陪铁凝到西安他家中慰问他的家人，在那样的情境中，不禁倍感悲痛。红柯是作家，他的作品仍然在读者手中流传，这似乎也让他的生命有一种额外的延续感。在陕西作协的座谈中，发言的朋友们反复提到他的名字和他的作品，甚至让人感觉他只是当天没有到会而已。

作为小说家，红柯有他突出的标识。这些标识几乎成了人们对他小说的固定化认知。如浪漫主义，他的作品名字《美丽奴羊》《西去的骑手》《太阳发芽》《绚烂与宁静》等，的确天然地散发着浪漫主义气息。还要加上他多以新疆为题材创作小说，西域、荒原、风光、风情、民族、传说等这一切，让他的小说涂上一层厚厚的浪漫色彩，特别容易辨识。他是秦地人，但大学毕业不久就到新疆工作生活，一去就是10年。于是他内心的世界就积淀下很深的多重文化基因和情感累加。他后来回到了长安城，但他的感情有很大一部分留在了新疆，可以说他比很多的陕西作家多了一重看关中看陕西的眼光。他今年2月6日曾寄给我他的散文新作结集《龙脉》，他在扉页上写下这样一段话："没有昆仑山—天山—祁连山的秦岭就是一道土墙，没有西域的长安（西安）就是一个大村庄。"这话当时并没有让我觉得多特别，现在想来，这不正是阐释红柯小说多重性的一个很好注脚么。在新疆与陕西之间，在长安与西域的路上，红柯看到了太多不同的风景，西域在自然地理上与关中的关联度、在文化上对内地的重要性，红柯一定有很深的认识。这或许也是他创作上疯狂掘进的一个强大动力。

小说是由一个一个的细节组成的，不是心细如发的人做不了小说家。我又从书架上找出红柯三年前寄赠我的一本书《少女萨吾尔登》。扉页上他写了这样一段话："2013年底刚完成书稿，父亲病危，很快去世，我累倒住院。抽出其中第四章以中篇《故乡》发表。山西祁县读者自发召开《故乡》研讨会，感谢山西人民。"他知道我是晋人，所以有此特别交流。

但面对红柯小说我是惭愧的，《乌尔禾》之前的红柯小说我大多读过，也在一些文章里提及、举例过他的作品，但一直没有写过专文给予评论。他是那么高产，是充满了热情和倔强的写作不止的创作者。我想，要追踪红柯的小说，可以等他的创作尽情绽放到一定时期再来交流。后来因诸事繁杂，即使收到他的新书也不能充分展读了。总之是近几年不停地收到他寄过来的新作。他的创作力太旺盛了，我就只能在见面时向他表达敬佩。

所幸还有很多朋友，勤奋的评论家，敏锐的记者，热心的读者，对红柯的作品给予充分的评论、中肯的评价。在红柯去世不久，我的师兄李继凯就力主编辑关于红柯的评论集并付梓出版。这一行动彰显了母校对红柯的尊敬，表达了朋友同道对他的缅怀。收在其中的文章，是学校的老师同学广泛搜求所得，全面完整地展现了红柯小说产生的持久而多重的影响，包含了作家、评论家、读者对他小说高度、深度和艺术特点的定位、评价，包括他的小说浪漫主义风采下的现实主义精神，这很重要。在红柯的创作因生命的消逝而突然终止之后，再来翻看这些评论，又如一团团热情之火光，汇聚成一种力量，证明着文学的生生不息，佐证着一个作家的价值。我相信，这样的文章结集，是对红柯非常郑重的纪念，从文学上也为后来的研究者提供了足够丰富的资料，同时也是文学薪火相传的一种特殊表达。在此也必须向多年来对红柯创作、工作和生活给予多方面关心支持的人们，对他的作品给予文字评价的朋友们致以真诚的敬意。生命的逝去无疑是令人颇感悲凉的，但有这样一种文学的精神闪烁和情感传递，又是多么令人欣慰。

特别需要声明的是，我本无资质为此厚重之书作序。但念及朋友红柯人已西去，校友师兄格外信任，又觉得以此为评述红柯创作先做个铺垫和准备，不如索性把推却变成一种责任，借此参与到阅读、评介、缅怀、纪念红柯的行列中来。

愿文学之光照亮每一个生命。

（原载《文汇报》2018年5月21日）

是经典，也是传奇

——追忆我的导师钱谷融先生

◎王雪瑛

如果将我们的人生比喻成一部长篇小说，那么钱先生对于我来说就是一部经典。

高铁一路向北，窗外是华北平原冬日的田畴，高铁向前，田畴向后，景物不断移动，变化，唯有冬阳不变地环绕着大地。犹如时间不停向前，经历不断积淀，存储在记忆的河谷。

从青春年少成为先生的学生到如今的人到中年。时光淹没了多少人和事，任时移世易人情冷暖，钱先生的声音在我行走的路上始终清晰，我接通电话就可以听到他的声音，我走进华东师大二村的家，就可以看见他的身影，而从2017年9月28日开始，这一切都已经成为珍贵的记忆，在时光的隧道中漂移，在我的心中凝聚。以前，先生住在二村的家里，现在，先生就在我的心里。

先生散淡，浮世红尘名与利，世象纷繁轻与重，散淡何其难！先生坚守，从1957年发表《论文学是人学》，穿越60年的风雨沧桑，始终修辞立其诚，坚守何其难！而先生将散淡和坚守融合为一体，真诚为人，磊落处世，坚毅地走过崎岖的险境，从容地走过人生的长旅。先生在散淡中坚守着对审美的执着，他对文学之美的理解，他对生命诗意的领悟，构成了他深邃唯美的人生意境，先生是我心中的传奇！

我展开回忆的一个个章节，从以往到现在，先生的人生都在为我们示范，特别是2017年的夏日以后，高龄消瘦的他，病重入院的他，依然思维清晰，反应敏捷，到生命的最后一刻依然保持着善解宽厚，从容淡定，在自然平静中透出非凡的力量，让我懂得什么是历经人生的逶迤曲折，依然保持人的尊严，闪耀人性的光辉。成为先生的学生是我此生的幸运！

信马由缰和坚守底线

当16岁的我走进华东师大的校园，成为中文系学生的时候，钱谷融先生就是我们视野中的传奇。先生在招生现当代文学研究生的时候，除了有专业试卷，以考查学生的现当代文学专业水平和能力，还特别加考学生的作文，非常重视学生的写作能力，记得当年有这样的说法，如果钱先生对考生的文章不满意，那么专业成绩的意义不是很大。作文水平，写作能力是先生考量录取学生的重要条件。

钱先生要加考作文，这也是他的传奇之一，不重应试的水平，而重文学才情和研究能力。至今记得30年前，这一届报考钱先生的研究生，参加考试的时候，我面对的作文题目："继承与革新""图书馆"。

我幸运地成了从华东师大中文系应届本科生中考入钱先生门下的第一个学生。想来真是侥幸，如果专业考试中高分题目不涉及鲁迅，如果作文《继承与革新》中，我没有奋笔疾书地写鲁迅，我还能成为钱先生的学生吗？

人生的道路虽然漫长，但紧要处常常只有几步，特别是当人年轻的时候。也许那几步，就改变或确定了我们的生活轨道。我记得这是路遥写在《人生》开篇的题记，我在华东师大师从钱先生研习中国现当代文学的三年，就是我一生中紧要的、不可替代的三年。

钱先生给我们授课的方式是"小班讲习"，有点类似西方大学的Seminar，我们每周都会走进枣阳路华东师大二村，按响钱先生家的门铃，开始我们的Seminar。我们同一届共有四个学生安刚强、徐循华、朱佳良。我们坐在茶几旁的沙发上，先生坐在他书桌旁的靠椅上。

上世纪80年代末，中国当代文学经历着从摆脱"假大空"到回归文学，从伤痕文学到反思文学，从文化寻根到先锋文学的发展进程，一部部新作不断引起文坛的反响，新的小说题材，新的创作手法，新的作家群体，新的美学原则，掀起文坛的阵阵波澜，引发我们的思考，我们在青春时代相遇了中国当代文学的大潮，我们的成长伴随着当代文学的成长，在先生的引导下，我们充分讨论，畅所欲言，在大量的阅读，在不断的思索中，我们一天天地成熟起来，形成自己对作品的理解、对作家的把握、对当代文学的认识。

如果说钱先生招收学生要加考作文是他的传奇之一，那么在带教学生中的信马由缰是他的传奇之二。先生不给我们规定什么是必须读完的书目、必须完成的课题，也不推荐我们的论文给报刊，而是让我们根据自己的兴趣和眼光，自己寻找研究的课题，自己确立方向，自己发现问题，当然，他会向我们推荐书目，其中他推荐多次的是他钟爱的《世说新语》。

先生给了我们选择的权利和自由，也锻炼着我们选择的能力，培养着我们选择的责任。在我们的学习和研究中，他充分尊重我们的学术个性，让我们按自己的心愿发展，同时，他对我们的要求是很严格的，做人必须正直和真诚，治学必须踏实和严谨，这是先生坚定不移的底线，他睿智、敏锐、率真，对我们的教诲和关心是全面的，我们在Seminar的过程中，他如果发现问题都会一一指出，包括我们的言行举止等。我很认同钱先生的想法，文学对人的塑造应该是全面的，我们对文学的理解和认识，文学对我们人生的浸润、对气质的影响，这是一个完整的过程。

在先生身边学习的日子，现在看来是人生中充实而幸运的日子，其实当年我感觉更真实的是压力……我的师兄们已是青年评论家，他们的才华和识见已经呈现文坛。我的研究方向在哪里，我该研究谁？我不能只是停留在对作家作品发表一些见解，我不能辜负钱先生对我的信任……我没有任何可以沾沾自喜的理由，而是倍感自己的才疏学浅、缺乏历练。

在平时的讨论中，先生对我的见解和发言常常是肯定、欣赏和鼓励，让我印象深刻的是他对我的一篇作业提出了批评。我的论文是通过对城市诗人的评论，论及当代诗歌的美学倾向与西方现代派文学的关系。钱先生对我选择的研究对象与现代派风格的语言都提出了批评，因为他担心我对当代文学中现实主义的创作手法还没有深入认识和研究的基础，就急于研究西方现代派文学。还没有学好走路，就要开始跑步。

先生对我们的关心就是这样真切，我们在前行中，如果遇到问题，他会及时伸出手臂，他多么希望我能够选好自己的研究方向。我及时地告诉先生，这是我这一阶段研习完成的文章，我对现当代文学的研习还在起始阶段，其实我更关注现代文学史上女作家的创作，比如丁玲的小说创作。

上了一学年的讨论课后，钱先生请许子东和王晓明两位师兄多关心我们，让我们有问题或有文章的时候，可以和他们交流切磋。那时许子东和王晓明已经留校，都在中文系任教。王晓明与我们4个应届学生都有过交流，我和他谈起，对丁玲小说创作的理解，她的创作历程、创作心态的演变与时代风云的关系，与现当代文学发展的关系，他认为我的想法很好，有独到之见，就鼓励我充实材料，细致分析文本和创作心理，大胆阐述观点，精心完成论文。正是有了先生的及时指正和引导，有了晓明兄的鼓励和信任，我顺利地完成了《论丁玲的小说创作》。在读研第二学年的暑假过后，文章发表于《上海文论》的“重写文学史”栏目。除了在报纸上发过两篇文章，这也是我在研究生期间发表的重要论文，因为涉及“重写文学史”的专题研究，在学界引起了较大的反响。

美妙的时光总是飞鸟般掠过生命的原野，转眼我完成了硕士论文的答辩，论文主题为“五四”那一代作家的心路历程，结束了本以为漫长的三年学习时光，离开了菁菁校园。

美的追求是生命的秘密

毕业后，我当然会去看望钱先生。每次去见先生，我都会电话预约，电话多半以这样的对白开始，“先生，你听出我是谁呀?”“你是雪瑛吧，你什么时候来？我请你吃饭……”一年又一年，几度北雁南飞，几度春暖花开，我已是人到中年，先生年事渐高。每次先生听出我的声音，都让我感到欣慰，特别是近两年，先生还会在电话中和我开玩笑，“你什么时候到呀，我候驾就是了……”我为钱先生的身体健康、耳聪目明、思维敏捷、风趣幽默而欣慰。

九十高龄后，钱先生还两次参加上海作协理论组的活动，由师兄杨扬接送，我和他一路陪同，先生兴致勃勃地和我们一起活动，我很珍惜与先生朝夕相处，在日常中感受先生为人谦和中的周到与细腻，在细节处领会先生修养中的风雅与温润，钱先生的内心依然是钟灵毓秀，我们在交流中依然心领神会，同行的评论家都为先生的精神矍铄而高兴。2016年11月，由师兄杨扬陪同钱先生随上海代表一起赴京，参加了全国第九届作代会，成为最年长的参会代表。

2014年的初夏，我去钱先生家喝茶聊天。我告诉他，上次带给他看的发表于《上海文学》的《海洋之心》获得了第六届冰心散文奖。钱先生听了高兴地说："你写了第一次在风雨交加中出海的经历，第一次看见一条小小仓鱼，在你的手掌上顽强地呼吸。"我接着说："然后我将小仓鱼放入大海，我突然意识到小仓鱼的心跳也是大海的心跳！先生，因为大雨，舟山的领导担心我们不能适应风雨中的大海，原来打算取消出海计划，是我提议，在安全的前提下，我愿意冒雨出海。虽然那天的大雨一直下，不断抛洒一张张巨网，如果没有雨中真实的出海，我不可能写出这个特别的意象和构想。先生坚守的修辞立其诚，我感到不仅是基本的写作态度，也是写出好文章的关键因素。"钱先生表示赞同，他还说起了我写李子云老师的散文，有识见，有真情，我的散文以唯美的语言直抒胸臆，在感性的描述中有深入思考。

听了先生对我的鼓励，很兴奋，也很惭愧。毕业后，我先后在杂志和报社工作，虽然没有停下写作，但忙碌的工作和紧张的生活节奏下，我写得不多，只是最近几年写得更多，深感愧对先生对我的期望。先生又对我说，"比数量更重要的是质量，你一直记着修辞立其诚就好，今天还送你一句话，美的追求是生命的真正秘密。从你的为人和文章中，我想起了王尔德的话，今天你就把这些话记下来吧……"先生的谆谆教诲我记下了，不仅仅是录在文本中，更是铭记于心。

我特别青睐这句话，后来我去看望先生的时候，带着先生的著作，请先生将这句话题写在著作的扉页上，现在更是弥足珍贵，当时的细节历历在目。以美来统摄真与善，这是钱先生的人生境界，也是我向往的人生境界。对美的敏感和向往，是我和钱先生最贴心的交流；对诗意与人生的领悟和阐释，是我最心仪的钱先生的话语，"因为人性及其人的存在状态不可能是完美的，可能存在着种种悲剧和磨难。很容易让人悲观沮丧，但是正因为有了诗人，有了诗情和诗意，人们能够体验到人性的美丽和光辉，享受人之为人的内在韵味和愉悦之情。尤其是诗意，这是一种文化与文明的结晶，就像洁净的水、温煦的光一样围绕着我们，使优美的人性得到滋养和庇护。与诗意同在，是人类的一种幸运与幸福"。钱先生对诗意的阐释多么清晰而透彻，诗意，不仅是一种信念，也是追求美、创造美的人一种真实的生命体验。

伍叔傥先生的豁达襟怀

如果没有大雨，每天下午，钱先生都会从师大二村的家里步行去长风公园散步，在银锄湖畔的长椅上休息一会儿，再走回家。这段来回步行四十分钟的旅程，是他穿越岁月，保持健康、敏捷思维的有效路径。走向百岁的锻炼，日复一日的坚持，钱先生善于将很难的事情，做得让人看来很容易。

2016年春节过后的早春，午后的阳光温暖而明亮，我在长风公园银锄湖畔的长椅上找到了先生。我和他一起面对满湖春水，开始了我们的话题，从他喜欢的魏晋文学、现当代文学，谈到了曹禺、莎士比亚和契诃夫的戏剧语言；从他的《雷雨人物谈》，现实主义的创作手法，谈到文学经典永恒的魅力……

畅谈了一个小时后，我陪着先生回家，一路上先生兴致很高，他让我背诵孔子曰，三十而立，四十而不惑，五十而知天命……他告诉我，他的生日和孔子是同一天，9月28日。到家后，我让他靠着摇椅，在绿茶的润泽清香中，我们又聊起了他感情最深、对他影响最大的伍叔傥老师。伍先生是蔡元培当校长时候的北大学生，他与傅斯年、罗家伦等是同学。当时任中央大学校长的罗家伦请了伍先生来担任国文系的系主任。伍先生颇有蔡元培先生兼收并蓄的精神风范，他请教员，罗致各方面的人才。

回忆起与伍先生的交往，先生记忆清晰，兴致盎然，犹如回到了大学时代。伍先生常常带着他一起吃饭聊天，他们轻松闲谈，话题穿越古今中外，出入文史哲多领域，真是海阔天空，鱼跃鸢飞。伍先生真率自然，任情适性而行，他不耐拘束，厌恶虚伪。在满目尘嚣的黑暗年代，他有着读书人的耿介自守，他研究魏晋文学，崇尚魏晋风度，他襟怀豁达，淡于名利，让青年时代的钱先生仰慕追随。“我对他不以世务经心的无所作为的态度刻骨铭心，这渐渐地成了我性格的一部分了。”

钱先生告诉我，他还珍藏着伍先生给他的作文写下的评语，这些纸质发黄的文稿，经过了半个多世纪的时光流逝，经历了“文革”中的多次抄家和搬迁，特别值得珍惜。他偶然翻到，仍怦然心动，展卷重读，数十年前的往事，伍先生的音容笑貌，恍然如在眼前。

近年来，因为写作蔡元培、梅贻琦、冯友兰等文化人的随笔，我重温了有关五四新文化运动，有关北大和清华的往事，对那个时代的风云激荡，对那个时代文化人的精神路径和人生选择，对先生心中的伍叔傥老师有了更真切的认识，对先生的价值观念、胸襟气度、心灵世界深受伍先生的重大影响，有了更深入的理解。先生对魏晋文学的心仪，对魏晋风度的神往，不是一朝一夕，也不是仅限于书本阅读的影响，而是有着伍先生的人格魅力和人生境界散发出的动人光亮，吸引着、塑造着青年时代的钱先生，养成了他独立之精神，自由之思想的价值取向与心灵能量，由此他历经时代风云的变幻、历史大潮的冲刷，始终遵从内心的召唤，坚守审美的价值，不改学术的理念，始终以文学的方式评价文学，始终坚持文学是人学。钱先生散淡中的坚守，修辞中的真诚，文学中的审美，生命中的诗意，有着现代知识分子的独立思考，有着新文化运动的精神内核，有着中国传统美学的现代传承。

我特别偏爱先生的散文《谈王元化》，此文为庆贺王元化先生八十诞辰而做，笔调丰润又用词贴切，慧眼识人又描述传神，敏锐地捕捉了晚年王元化看似矛盾的心性，既英锐又沉潜，既激烈又雍容，揭示了他思想言行的鲜明特征，“王元化是一个时刻在‘思’的人，一刻不停地用脑子深入思考问题，他对问题的思考总是那么透彻，从不是浅尝辄止。他身上的英锐激烈之气虽依然未尽消退，但那沉潜雍容的一面则显然愈形突出、愈显得醇厚了”。

先生的文章就是这样不写则已，一写惊人，文章广受好评，用现在的话来说就是被刷屏了。最好的评价，当然是王元化先生的评价。钱先生告诉我，元化先生看见他就说，“谷融，我算服了你了……”那种惺惺相惜和心灵相通的境界，尽在不言中。

文章能让王元化先生心悦诚服，谈何容易！联想到先生常用，我很懒惰，很无能，来回答闲人的提问，更能体会先生幽默中的自嘲、风趣中的自黑。这是一种缘于魏晋风度的坦然和笃定。

从青年到中年，隔着20多年岁月的长河，越过红尘人间的曲折炎凉，面对钱先生这部厚重的经典，我有着丰富的理解和感慨，以前很少从先生的视角去考量，现在常常会从先生的视角去思虑，以前对先生是懂得不多的尊敬，现在对先生是懂得更多的敬爱，如果说《世说新语》中的魏晋风度对于我来说还留在书本中，而先生身上的魏晋风度已经留存在我的生命中，无论是乌云密布，还是天高云淡，先生依然是随心所欲而不逾矩。

《世说新语》与魏晋风度

丙申岁末，杨扬师兄微信中转达，大师兄许子东动议在沪的弟子2017丁酉年初一齐聚钱先生家，向导师恭贺新春。我欣然前往，见到了钱先生、杨扬，久别的许子东、王晓明和姚扣根，其乐融融的温馨、无拘无束的交流让我如沐春风。

我转达谢冕先生对钱先生的新春问候，并将谢先生为我的散文集写好的序言，交给钱先生看，先生乐呵呵地说，“我的同学余钟藩是谢冕的中学老师。”如此敏捷的反应，如此清晰的记忆，让我佩服和欣慰。随后我们一起去杨扬选定的饭店吃饭，大家陪先生喝了茅台，海阔天空地畅聊，感受在先生身边的岁月醇香。师兄姚扣根又一次调试设备，开始录像，相聚的时光不仅珍藏在我们的心里，也保存在电子文档中。

几年前，钱先生在重新装修住了几十年的师大二村住房时，几乎将自己的藏书都送人了，如果他选一本书留下陪伴自己，会是哪一本呢？哪一本书会让钱先生才下心头，又上手头呢？

在暮春的柔光中，在华山医院的病房里，我看见了钱先生最心仪的书，一本精装的《世说新语笺注》。4月底，师兄杨扬在微信中说，钱先生因身体不适，在华山医院住院检查，我回复他，过两天，就去看望先生。

当我带着刚上市的紫红色桑葚，走进病房的时候，师兄王晓明和杨扬已经到了。先生的精神状态不错，就是明显消瘦。晓明兄和杨扬去询问医生有关先生的病情，我陪着他吃桑葚聊天。告辞的时候，我想着钱先生在病房何以解闷。

钱先生说，他是带着《世说新语笺注》住院的，我们的目光一起寻找，终于墨绿色的封面在我的眼前一亮，蕴含着盎然生机。我拿出手机，拍下了书的封面，气韵生动、跃然纸上的魏晋士人是钱先生的老朋友了，从中央大学的青年时代，到从容恬淡的晚年岁月，从日常的披阅，到入院时的陪伴，《世说新语》与他一路同行，为钱先生演绎着1500多个魏晋士人的言行故事，保留着鲜活的魏晋风度的霁月光风。

《世说新语》是一部简约玄澹、真致不穷的经典，这是先生一生阅读的经典，我想伍叔傥先生也是先生一生相随的经典，在不同的人生阶段，给他不同的领悟，让他在现实的人生中保持着高格的精神世界，让他体验文学之光对日常人生的照亮。钱先生说：“也许，只有当一个人真正体会出文学的价值的时候，他才有可能最终走出那不仅仅是文学的精神困境。”

“生命的路是进步的，总是沿着无限的精神三角形的斜面向上走，什么都阻止他不得……”这是我熟悉的声音，是先生在朗读鲁迅先生的文章《生命的路》。他的发音吐字清晰，富有音韵之美……这是4月底央视《朗读者》节目在华山医院为先生拍摄的。

2017年5月6日晚节目播出，先生成为年岁最高的朗读者，鲁迅的话语也是他生命之路的写照。病情有效控制后，先生在5月初出院。

2017年上海的盛夏，7月中旬开始连续高温。我心里牵挂着先生，在一个周末的下午4点，带着儿子打车去看望先生。看到干净整洁的家里，空调温度适宜，先生精神状态良好，可以和我开心聊天，感到十分欣慰，我一再感谢照顾先生的晓红。

我给先生带去了我的散文新作《倾听思想的花开》和《香港文学》，先生高兴地和我一起翻看了书和杂志。因为10月底华东师大出版社将出版文集庆贺先生的百岁华诞，弟子们都写好了文章，我也完成了《经典的魅力》。我将对先生的理解都告诉了他，从《论文学是人学》到《雷雨人物谈》，从他的老师伍叔傥先生到《世说新语》，我深感先生是一个在人生长旅中思索“人学”奥秘的智者，一个在文学研究中体验人生百味的仁者，他的人生和文学相互影响，构成了他的艺术人生。先生微笑着颔首说，“雪瑛，你现在理解得很透，懂得很深……”

我和先生聊得高兴，不觉已到晚饭时分，以往先生总是说，要请我到师大二村对面的饭店吃饭，而我为了他的健康，常常会不同意他离开家。这次40摄氏度的高温，先生没有再提出到饭店吃饭，我给晓红钱，请她到饭店再买些点心回来，就在家里陪着先生一起吃晚饭。看着先生喜欢喝绿豆百合汤，喝得津津有味，先生胃口不错，心里感到很踏实。

饭后，让儿子给我和先生拍了几张合影后，我向先生告辞了。当时我完全没有想到这是我在先生家里和先生最后的合影。

带着大家的祝福远行

9月28日，是我的记忆中被标注的日子，先生告诉我："我和孔子是同一天生日。"当我在手机上写下这些话时，铃声响起，手机来电显示瞬间切换了书写的页面，接听电话，是师兄杨扬哽咽的声音："先生离开我们了，我不相信，打电话确认，21点16分……"泪水模糊了我的视线，刚才我准备写一段祝贺先生98岁生日的话语，现在怎么写得下去？这一段话中间隔着此岸和彼岸的生命之河！

2017年9月28日10点，湿润的空气中有着秋桂的甜香，我捧着花瓣紧致的粉色鲜花，疾步走进华山医院，电梯上20楼。先生的儿子、女儿已从美国赶回上海，邀请弟子、医护一起为先生庆生。先生看见我了，"雪瑛，你来了……""嗯，先生，您最喜欢什么花?"我问，"康乃馨。"先生回答。家人告诉我，先生的婚礼上，新娘手捧的就是康乃馨。

家人和师兄王晓明、杨扬、赵抗卫、姚扣根等都在先生身边，我用中文为他唱了一遍，大家一起用英语又唱了一遍生日歌，看着他切好蛋糕，我们一起分享。我的心里是对先生诚挚的祝福和祈祷。医院病程记录上的内容是那么危重，而先生依然思路清晰，反应敏捷，我握着先生温暖的手，感受着先生历经百年的生命多么顽强！我又一次为先生感到骄傲！

96岁高龄的中国工程院院士陈吉余先生是他的老友，住在隔壁的病房。他前一天就将祝寿词写好，让护工推着轮椅来先生病房祝贺，两位老人双手相握，久经岁月的友情传递生命的祝福。

华东师大党委书记童世骏，也来探望先生，代表华师大校长和师生们祝贺先生99岁生日，先生高兴地和童书记握手致谢。他们离开后，先生准备吃午饭。我握着先生的手说："我们都期待着10月28日，全国各地的弟子都回到上海，一起为您祝贺生日！"我想先生饭后要午休，不能劳累先生，就先告辞。

中午临别前，握着先生的手很温暖，我相信先生应该可以挺过这一关。没有想到9个小时之后，先生在安睡中远行。先生，是带着我们诚挚的祝福启程的，从此，9月28日，又多了层含义，从1919年到2017年，先生出生与五四运动是同一年，先生近百年的人生之旅多么丰厚！

10月2日的早晨，灰色的天空带着凝重的神情，雨后清新的空气中，我步履匆匆地赶到龙华告别大厅的门口。从香港、广州、北京、福州、南京、苏州各地赶回上海的弟子汇聚于此，不同年龄、不同地域的人们也汇聚于此，大家赶来为先生送行，手握黄色康乃馨的人流蜿蜒成长长的队伍……

正值假日期间，机票和高铁票都很难买，再难也挡不住弟子们为先生送行的心。从心而论的悼词和致辞真挚而深切，不仅表达了先生离去后的伤与痛，还呈现了先生为人的尊严、治学的风骨、为师的风范。全体与会者的怀念之心，亲人们和弟子们的敬爱之心，让整个告别仪式充溢着人文的力量，这真是留在历史和心灵深处的告别！

缅怀的潮水又一次将弟子们聚集在一起，送别先生的仪式结束后，远道而来的弟子和上海的弟子们一起，感念先生言传身教，感念师恩深厚！

《论“文学是人学”》穿越了60年的世事沧桑时代嬗变，依然保持着人文思想的温度，不仅仅是中国当代文艺理论史上的重要文本，今天依然是我们衡量和评价文学作品之优劣的重要标尺。我想这不仅是我个人的观点，也是学界的共识。从多种媒体的纪念专题中，从华师大中文系收到的来自全国高校和文学研究机构的唁电中，我读出了当代文学之心对先生的理解和尊敬。

我记得先生在庆贺其九十华诞的会议上说过，他平生最快意的事情是阅读和教书。最明智的选择是以文学为专业，以教书为事业。他常说，自己一生是个教书人。每一个弟子都感受过先生的春风化雨，每一个弟子的心里都有先生对我如是说。我自然铭记着先生对我的话语和评价。

2017年9月23日21点，微信中收到先生的病程记录，这是师兄杨扬发来的信息，先生病重入院，我马上致电杨扬问询："先生现在状态如何，我现在赶到医院？""先生状态还可以，我刚到医院，今晚不用了，你明天来看先生吧。""先生状态好就好，我明天去看先生，看后再将情况告诉你……"

粗壮的雨水从天空倾泻而下，红色的细花小伞难挡瓢泼的豪雨。9月24日下午，我走进华山医院20楼病房，探望先生。先生神色如常，依然和我开玩笑："现在，我不知道你是谁了。""嗯，你不知道我是谁，但是你知道我姓什么……"这是我和先生曾说过的话，我们相视而笑。望着消瘦的先生，我说："从我青涩的学生时代到步入成熟的中年人生，您对我的所有评价，我都记得清清楚楚呢。"先生幽默地回答："我总是表扬你，你很高兴，你当然记得了。""嗯，先生的鼓励我当然开心，您对我的批评，我更记得分明，只有一次，您让我要走稳了，再开始跑，要先认识清楚现实主义的创作手法，再研究现代派的创作手法，要用明白晓畅的语言说理，不要使用新潮难懂的语言写作……"我将先生近30年前的教诲复述了一遍，先生欣然说，"哦，你记得如此清楚，我是欣赏你，才直率地提醒你！""嗯，我明白。"不想让钱先生受累多说话，就对他说："我为您轻轻地唱首歌吧！""好的，我不会唱，会欣赏，你唱吧，我喜欢听……"

先生微笑着倾听，他对审美依然心有灵犀，对困厄依然举重若轻，他为文惜墨如金，他讲话要言不烦，先生对我们的言传与身教相互融合，有了非同寻常的意义和分量。

是不舍，是缅怀，是感念，是思索……情感的激流终于抵达了思想的岛屿……自从2017年9月28日晚，导师钱先生远行后，这是我心海起伏的流向。

先生将文学与人生、学术和生命、思想与情感融为一体，散发出人文的光芒，灼照着我们，在纷繁芜杂的现实中，如何选择前行的路径。先生，以独立之思，铸就学者的风骨，以性灵之笔，呈现文学的魅力。散淡与坚守，是先生曲折的人生历程之后的选择，丰富的人生体验之后的修炼。先生，每一次相见，都让我体会经典的丰富内涵。先生，是我可以审美、可以请益、可以亲近的导师，是我心中的传奇，生命中的经典。

（原载《档案春秋》2018年第2期，本文略有删节）

最爱西湖行不足

◎潘向黎

江南是全体中国人票选出来的“天堂”，是他们中一半人的精神家乡，另一半人的心灵后花园，而江南最美的一颗明珠，则是西湖。

赞美西湖的诗文如天上繁星，但每次首先出现在我心中的总是白居易的《钱塘湖春行》：

孤山寺北贾亭西，水面初平云脚低。
几处早莺争暖树，谁家新燕啄春泥。
乱花渐欲迷人眼，浅草才能没马蹄。
最爱湖东行不足，绿杨阴里白沙堤。

即使后来读到袁石公所谓“山色如娥，花光如颊，温风如酒，波纹如绫”等语，张陶庵所作《湖心亭看雪》《西湖七月半》诸名篇；从不很著名的明末诗人李流芳的“西湖烟水我为乡”“此翁情淡如烟水”直到我顶礼膜拜的苏东坡的千古绝唱“欲把西湖比西子”“望湖楼下水如天”，都不能代替白居易这首诗在我心目中的“西湖第一代言”的地位。

这是因为，当年，在西湖边，站在渐渐浸入湖水的石阶上，我的父亲就是以这首诗开启一个学龄前小女孩对西湖的审美记忆和想象的。

那次旅行应该是父母和我（他们的长女）第一次的全家旅行，也是一次很珍贵的旅行，所以当时父母逐日写了日记，日记是母亲的笔迹，也是以母亲的口吻写的，不过母亲说大部分是父亲口述，她笔录的。日记的题目是“杭州之行”。

第一天——

一九七二年八月二十三日

晨三点四十五分起床，搬铺盖到八舍，小黎独自守护招待所我们的住处，表现很勇敢。（因为当时父母分居两地，父亲那时候只有半间住处，是在复旦第八宿舍和周斌武伯伯同住一间房间，我们每次到上海，都要在招待所租房子，然后返程那天要把所有东西从招待所搬回父亲在八舍的房间，或者还给学校，连灯泡都要卸下来，所以我就必须独自在天还没亮的黑暗中守着我们正在土崩瓦解的临时的家——向黎注）

乘九十三次列车，三人都是首次乘两层列车，小黎很高兴，不时跑到楼上看风景。

九点三十分抵杭州，我和小黎坐在湖滨守护行李，旭澜跑了十几家旅社，未能找到房间，至午饭后，以“大前门”开路的外交手段，在群英旅社找到一个房间，两时许进旅社，午休至四时许。

晚饭后到第六公园散步，随后到美术学院找许叔杨、程美英。八时许进涌金公园小憩，九时许回旅社，累极了，浴后即睡。（我不记得双层列车和跑到列车上一层所看到的风景了，在湖边和妈妈看行李的情景也十分模糊，可能是第一次旅行，刺激太多太强了，加上早上起得那么早，难免迷迷糊糊。现在回想起来，等候父亲去找旅社、和妈妈一起坐在湖边看行李的时候，就是我第一次看到西湖。我生于一九六六年十月，所以当时我是五岁又十个月，西湖明媚的波光映进了一个小小孩子柔润透亮的眸子里——向黎注）

第二天——

八月二十四日

疲劳未消，起身稍迟，早饭毕已八时许，乘小电船游湖，至三潭印月，是处湖光水色，景物殊佳，摄一照以为纪念。（这些地方的遣词造句显然是属于中文专业的父亲的——向黎注）

一小时后，乘船至孤山，此地处里西湖与外西湖之间，林木蓊郁，景色为公园中所少见，惜较少特征。在“楼外楼”午饭，因游民（当时还没有“游客”这个词，以至于父亲一时“征用”了这个不怎么恰当的词——向黎注）很多，等待甚久，菜肴颇贵，午饭后小黎吃不消了（杭州的夏天酷热，加上车马劳顿、睡眠不足，对一个学龄前儿童还是太过考验了——向黎注），带至平湖秋月，在一亭子里的石板地上摊开报纸和浴巾，她和旭澜，各躺一处，略睡片刻，我也靠着柱子，闭目养神。（那时候没有随处可见的茶室、咖啡馆可以休息，而那时候的旅行就是这么艰苦的，即使在“天堂”——向黎注）

然后，坐车到玉泉，先吃冰冻白木耳赤豆汤，然后观看大青鱼，没有青黑色，只有金黄色的，最大的足四尺许，三四十斤，有人投以饼干面包，即有群鱼争食，数十以至百余条，时而水花四溅，小黎大乐。无怪其然也，池上原有著名画家董其昌所题“鱼乐图”，破四旧时已被除去，除观鱼外玉泉景色亦平常耳，但有一“好景”，见三位女青年，叉步伸手做兰花指，于画廊之前依次摄影，可能是小剧团的演员。

后到灵隐，林泉极佳，市内虽暑气迫人，但此处幽深凉爽，旭澜和小黎到流泉中洗手脸，小黎玩水，不肯罢休，见十余少年游泳于泉池中，羡慕之至。大雄宝殿高达十丈，极为雄伟壮丽，殿中如来佛像由四十四块香樟木雕成，如来像后有十八罗汉……（详细描写中略）叹为观止，至关门方出。

在“天外天”吃饭，候餐时小黎倦极就入睡了。晚饭后旭澜至白乐桥探访浙江文联原主席方令孺，因方家热甚，方邀我们同至平湖秋月乘凉闲谈。

今日是农历十五或十六，皓月如镜，湖面波光粼粼，令人心旷神怡，至八时许回旅就寝。（那么，我印象深刻的在湖边玩的记忆就是平湖秋月了。那是一个值得一生记取的画面：台阶从岸上平缓地下降，一半浸在水里，我很开心但是有点害怕地往下走，下一级，回头看一眼，每次都看见父母在身后对我微笑，我就再往下走一级，再回头看一眼，再往下走一级……我的身后是并肩而立的父母，我的眼前是一片很开阔很温柔的湖水——向黎补记）

今早外出时，旭澜以“牡丹”牌换一好房间（那年头还真是流行用香烟公关——向黎注），回来时果真换了房间，宽敞，有自来水，设备也较好。小黎大满意，玩水不休，还宣布一张小桌子是她所有的。（我记得从没见过的五斗橱也让我十分激动，还擅自宣布倒数第二个抽屉是我独享的，然后把自己随身的一点小零碎放进去，心里还为抽屉不能放满而略有遗憾——向黎注）

第三天——

八月二十五日

今日准备减少游程，以期恢复体力。

早上起得略早，吃完肉骨头粥，即往花港观鱼，此地三面临湖，又在苏堤边上，景色又别具风致，池中有大金鱼（应该是锦鲤——向黎注），重三五斤到十来斤，与玉泉的鱼有所不同，惜品种已不如昔日。小黎问，为什么六兄（我大舅舅的六子陈士奇，想必他那时养金鱼。我幼时在泉州常随母住外公家，大舅作为长子全家都和外公住在一起，所以我童年看世界的参照系很多来自福建泉州南俊巷四十八号那个已经消失了的可爱的院子——向黎注）的金鱼那么小，这里那么大?

草地芳草如茵，席地而坐，远望曲院风荷和刘庄，甚有诗意。

在苏堤石凳上小坐，望一派湖光，游艇如织，几乎忘返。

午睡后，往柳浪闻莺。中有儿童乐园，木马、木虎、攀梯、旋转椅、螺旋梯、秋千、摇船、拖拉机，品种繁多，是上海所不及，让小黎逐一尝试，既乐且怕，满意之余说因叫她荡秋千和爬双杠，害她肚子和头不舒服。

游至其中的动物园，闻一雄狮大吼数声，吸引了许多游民，若不在公园，闻此吼声，众人定会吓得屁滚尿流，我们都是第一次听到，实是意外收获。（中略）

旋至湖边，见许多运动员，驾赛艇奔驰湖上，痛快至极，只是可惜，我等今生已无此机会了。有一游艇运动员驾一艇于湖中乱窜，挥桨如关刀，动作并不熟练，但是体力很好，在湖中窜了很久，她自己也显得十分得意。

观十来个小孩跳水，有的一滚翻下，有的直挺挺扑入水中，有的如走路失足落水，有的坐着花滑入水中，有趣得很。

暮色苍茫，既饥且累，乃返。

第四天——

八月二十六日

清早，即往饭店买粥，但已买不到了，几天不吃粥，也很想吃。早餐后乘车到九溪站，以为下车后不久就可到游览区，岂知走了二三十分钟，问人家答说只有一半，又说九溪只有一个茶室，吃吃龙井茶而已，所以就不去了。但是这一半路，并没有白走，采到四枝漂亮的红花，一路山溪流水清澈，路旁林木成荫，景色天然，别有一番滋味。

从九溪到六和塔，塔高十丈，十三层，拾级而登，中间休息了两次，因为小黎不断唤“哎哟”，我的腿也发硬了。共二百二十三级至塔顶。望钱塘江奔流东去，蔚为壮观，望塔下行人似只有一两寸。望塔下树林，如地图所画。旭澜说：一九五三年他到这里时，就有一人至最顶层塔檐，直立敲钟，塔高风大，惊险至极。我听了之后竟觉得头有些晕，腿有点软。

下塔后至茶室饮龙井茶，小黎又饮果子露，这几天她老是要饮果子露，一天好几回，除果子露外，就是要吃馄饨和赤豆汤，其他什么好吃的东西她都不爱。（原来我也是这样过来的，小孩的饮食偏好总是这样让大人啼笑皆非——向黎注）

想拍六和塔连钱塘江的照片，说要到下午一时后才成，不想等了，就作罢。

随后爬了很多石阶，至蔡永祥烈士陈列馆，馆外塑像尚好，系许叔杨等所作，小黎要登钱江桥了，旭澜就陪她到桥上看了一会儿，我腿都痛了，不想多走路，在桥下等他们。

到今天最后一个游览区虎跑，（中略）此地泉水很突出，其他景物较别的风景区也无足记。不过杭州到处都是公园，任何一个平常的地方在上海就算是不得了的名胜了。

晚饭前往解放路逛逛，边逛街边闲谈之中，觉得是过了几天共产主义生活，算了算一天要八九元钱。旭澜说机会难得，劝我多留一天，还有一地方没去，我自己也觉得意犹未尽，就同意了，打算把刚买来的火车票明天去退。（母亲到底心思单纯，而父亲之所以表现出了罕见的儿女情长，是有原因的，虽然这个原因，不但我，连妈妈也是多年之后才知道——向黎注）

晚上在湖滨乘凉，小黎向一个不相识的北京医科大学的游民说：杭州是全中国最好玩的地方。（从照片上看，我当时穿着一件连衣裙，圆脸，短发，额头鼓起而眼睛凹陷，想象得出那张小脸上心满意足、无限陶醉的表情——向黎注）

本想等月亮，小黎吵要回去睡觉，就回来了。（小孩子不懂事，太煞风景了，爸爸妈妈对不起啊——向黎补道歉）

第五天——

八月二十七日

上午，在湖滨照一相，以保俶塔为远景。接着就到平湖，虽然来过两次，仍觉得很好，在平湖照了一张相，随后在亭子里坐了很久，并记日记。

近中午往西泠印社，此地原有许多著名的书法家、雕塑家、画家如任伯年、吴昌硕等的字和印，今已荡然，只有一些没有被刮尽的石椅、石碑锁在三老石室。两间展览室里挂了一些现代人近年写的字，像郭绍虞、朱东润、陆维钊等人的字，还有一个胡士莹，居然写了两幅。

这里的园林在杭州是别具一格。它的建筑，比之苏州留园没有那么工巧，但是它有山有水有洞，韵味更为清逸。西泠印社背后沿石阶而下，可见后湖、保俶塔、杭州饭店、苏堤、曲院风荷，景色极胜，可惜没有时间多坐坐。

旭澜提议到苏堤跑跑，因为要吃饭就去不成了，乘公共汽车到湖滨，车子挤得很，售票员与人吵架了，这几天经常看见售票员、服务员与人吵架，服务态度是远远不如上海的。

在东方馆（原文如此，疑应作东方饭店或者东方路——向黎注）吃午饭，小黎这几天都不想吃，中午大概也只有吃一两饭，是累了。下午，旭澜到火车站去退票，午饭后一起又到附近的涌金公园乘凉。

（当时父母分居两地，解决无望，杭州的几天之后，就要分开，各自上班，父亲自己回上海，母亲继续带着我回到福建莆田那个条件艰苦的中学里，但是两个人毕竟年轻，似乎也并不时时十分愁苦，起码妈妈还有闲心逗孩子，故意“考”我旅行结束时要跟谁走。我当时完全当真了，于是每天一边玩一边在苦苦盘算。后来我一再抗议他们对孩子这样不够仁慈的做法——向黎注）小黎经过激烈的思想斗争后决定和爸爸回上海，但是又离不开妈妈，她说我真想不通，我和妈妈回去，我又想爸爸；和爸爸回去，又想妈妈。说着就大哭起来了。

后来她想出一个办法，要爸爸调工作到莆田去，这样她就可以与爸爸又与妈妈在一起了。（即使不到六周岁，我也已经隐约感觉到母亲调进上海是不可能的，后来也曾听说如果上海和外地对调，外地进上海的人要给放弃上海户口的人三万元。三万元！那时，离万元户这个概念的出现还有许多年，当时我母亲的工资是四十多元，父亲是七十出头——已经属于高工资，亲友间借钱和接济一般是五块、十块两挡，一般人家都没听说有存款的——向黎注）

经说服，最后她又改变主意，决定还是跟妈妈回福建去的好。

天气很闷热，天空不时闪电，是要下雨。（父亲、母亲的心情也不好了

吧——向黎注）

第六天——

八月二十八日

可能什么地方下过雨，天气凉爽多了，今早到回族茶馆吃牛肉包子，每个半两（全国粮票——向黎注）、三分，便宜又好吃，可惜今天要走了，不能再与它多打交道！（惋惜之情溢于言表，平时伙食水平可想而知——向黎注）

早饭后到街道走走，青春街也不太热闹，随后到六公园，吃了午饭后，午睡一直睡不好，二时许离开旅社，在湖边坐坐（真是依依惜别啊——向黎注），就到火车站，吃过面后上火车，旭澜带着小黎挤，我上车了他们还没挤进来，我已在火车的窗口交代里边的旅客为我们占好了位置。

火车开动了，小黎哭了。问她为什么哭，她说：爸爸……又哭了。一路上老是问：爸爸到哪里了？

多年之后，就是前几天，当我录入到这里，猝不及防的泪水夺眶而出。真想抱一抱当时的自己，那个无辜的小小的自己，好好安慰她，告诉她：一切会好的，再过六七年，你们就会全家搬到上海，你就可以天天既看到爸爸又看到妈妈了，你还会有一个可爱的小妹妹，你们四个人会在一起生活许多年……

当然，人到中年、已为人妻为人母、也遇过一些难处的我，更想抱一抱我的母亲，对她说：妈妈，你多么不容易。

但是，如果我真的穿越回去，最应该拥抱的人，也许是我的父亲。

因为，后来，在他的散文《多云转晴》中读到父亲是这样记录杭州之行的："一九七三年（误，应为一九七二年——向黎注）她探亲假期满，带着女儿要回福建，我送到杭州，一同逗留了三四天（亦误，是五六天——向黎注）。所以如此，因为我不知道这次离别后还能不能再见面。"

如果我穿越回那个时刻的湖边，我会拥抱母亲和父亲，然后对他们说同一句话：都会过去的，一切都会好的，我们，千万别放弃。

但无论如何，西湖毕竟是西湖，当时的父母毕竟是对生活充满热爱、对人生抱着希望的年龄段，因此西湖给我留下的印象是美丽的、温暖的、明快的、圆满的。尤其是每一天都有父母全心全意的陪伴，每一天都有风景有美食，有新奇的事情和游戏，对一个孩子来说，那就是天堂，真正的天堂。

而当时父亲在平湖秋月随口诵出然后对我讲解的《钱塘湖春行》，我下台阶时回头看见在平台上微笑着的父母，和西湖的湖光、西湖的鱼、西湖的风、西湖的明月一起，层层又叠叠，重叠了季节、朝代、岁月、聚散、悲欢，成了我心目中永远的西湖盛景——人间的天堂。

（原载《人民文学》2018年第1期）

开花的成不了栋梁之材

◎刘醒龙

儿子在武汉大学外语学院本届博士毕业，作为父亲，有机会来到校园看着孩子完成学业，自然会像别的家长一样高兴。前两天见到儿子穿博士生红袍时，情不自禁地自斟自饮了两杯。在此我就不说高兴了，而说说感怀。在我家，最疼爱儿子的不是我，而是我的父亲，儿子的爷爷。儿子考上大学时老人家喜出望外。读硕士时老人家去世。又升为博士生后，儿子专程到老人家的墓前说给老人家知道。他爷爷酒量奇好，但生前极少沾酒，得知孙子也像书香人家的孩子读书读成了博士，老人家一定会在天国邀上三五老友，喝成不醉不归。在大学说这类话有点不合适。我的意思是孩子们每一点成长，天上地下，不知有多少人在关注。那些看上去无法再关心的先祖，实际上，还在以量子纠缠的方式起作用。不会因为看不到也摸不着就不存在。我在乱用奇特的量子物理现象以表达一位家长此刻的心情。人和人之间的血脉传承，可否与量子一样，不曾与祖先见过面，还能涌动千年不断的心潮？从历史和现实的意义上讲，毕业一方面是现实的要求，另一方面本身就是这股前不见源头、后不见尽头的血脉纠缠。

作为孩子的父亲，向手把手培养他的导师和其他师长当面致谢，是我多时的念想。过去三十年，儿子一天天从少年而青年。在珞珈山下求学，春秋三度，身上才有了读书人气质。我家是老黄冈人，刚出版的长篇小说《黄冈秘卷》，写黄冈人不只是铁血，更有人所忽视的贤良方正。上世纪初，如果也有精准扶贫，我家肯定排名在前。我的爷爷只上过一年半私塾，儿子的爷爷只上过一年私塾，我自己也只是“文革”后的高中生，用老人们的话说，只相当于读三年私塾。我们这一辈智力都不差，却只有儿子的小姑姑考上过长沙铁道学院。我自己当工人用业余时间写小说，一路走下来，比一般上过大学的同行辛苦十倍不止。儿子的爷爷生前最大愿望是让绽开在我家的书香传承下去。儿子考上博士生，入导师门下，我都来不及开心，便开始担心，学业如何立，学问如何做，如何才能不辱师门？有时候很想与导师私下交流一下，看看儿子到底学成什么样子，又怕自己的轻率打扰导师教导。前些时，儿子报喜说答辩通过了，我心里还留有余地。直到导师邀请我参加毕业典礼，才相信孩子并非报喜不报忧。俄语我一句没学会，俄罗斯文学还略知一二。儿子最初的译作我不甚满意，三年光景下来，再看他的译作，不由得暗暗称道。在心里猜度，能用三年岁月将青涩学子学养成学术模样，指点迷津的导师功力该是何等了得！寻蜂收取野蜜，随鹭可采嘉莲。面对引路人，说声谢谢难以表达全部心情，又只有谢谢二字才符合家长的心情，也不涉嫌时下的纪律规矩。在此，我向外语学院的全体老师和莅临典礼的嘉宾鞠躬致意。

作为父亲，哪怕孩子已博士学成，还要叮嘱几句。去年此时，我正在可可西里。那天，一位随行记者忽然说，刘老师，你应当是将万里长江从头走到尾的第一位作家。同行的人一琢磨，还真的如此，从屈原到李杜到当代同行，文学史之前的确无人走完长江全程。话是这么说，心里总觉得哪里不对。行走到索南达杰保护站，手机信号还是满格，才明白过来。人在当前，只要有愿望和资金，行走长江写写才华文章，已不是难题。而在唐宋明清是与登天一样不可能的事。不说中下游，就是让人闻之色变的可可西里，黑色公路比校园外的八一路还好，让人在天堑面前也有如履平地的气概。沿途但凡见到牧民房子与毡房，必定会有太阳能电池板环绕在四周。人口稍多一些的城市就会有过去只有成都才有的高压氧舱。没有国家的巨大进步，仅仅是可可西里一地，就是无法克服的。仅仅这一处的险阻，就会使我不可能走完长江全程。人需要才华，人的成功看上去是仰仗才华，如果脱离身处的家国，才华就会沦为人生空谈。儿子能顺利做到博士生毕业，背后支撑的妻子和女儿，还有其他家人，也是不可或缺的关键因素。人可以恃才，切不可傲物。才是自己的，物是外部的给予。轻看或者无视，失去有力支撑的才华，只是天上云霞，中看不中用。一个取得通常意义的成功的人，在家一定要是好儿女、好夫妻、好父母，在国一定要是守护者和建设者。爱我们的家国，是有志者的不贰选择。一个在通常意义上的普通人，也只有身为好儿女、好夫妻、好父母，才可以成为与天下相通的普通人。

长角的都不是食肉动物，开花的成不了栋梁之材。在家里我常与儿子说这两句话。希望儿子和各位同学，不管将来做何事业，一定要有格局，做不到事业伟大，也要情怀阔大。在我小的时候，我的爷爷曾不厌其烦地在我面前提及，说老家黄冈一带，历史上从没有出过奸臣。老人的话，看上去对小孩子不起作用。其实，这话早已像种子一样，在心里留下来。季节一到，就会生根发芽开花结果。爷爷对我说的这话，重要的不是结果，而是这话所要表达的东西背后的过程。是黄冈一带为什么不会出奸臣。是我们在面对纷杂世事时如何才能不受奸佞的影响。与奸臣对应的词叫做忠良。有好些年了，人们越来越少用这个词语。人们不用它并非表明它没有用了，过时了。任何时候，有没有忠良之心，是做人的重要指标。在技术高度发达的时期，忠良二字的用处，比高端技术本身更应当受到每个人的重视。忠良二字所体现的价值，也不会因为哪些字词不常用了而彻底贬失。我们这代人，最远到达天涯海角，同学们的理想比火星还远。去的地方越远，越要记住东湖边，珞珈山下，开满樱花桂花，铺满枫叶的武汉大学校园，是你们忠良人生的再造之地。

祝福各位师长！祝福各位同学！

（原载《湖北日报》2018年7月30日）

母亲往事

◎龚曙光

母亲属鸡，今年本命年。

俗话说：七十三，八十四，阎王不请自己去。按男虚女实的计岁旧制，母亲今年是个坎。不过，母亲一辈子生活俭朴，起居规律，身子骨还算硬朗，加上平素行善积德，这个坎她迈得过去。

毕竟，母亲是老了。

近几次回家，母亲会盯着你看上好一阵，怯怯地问：“你是哪个屋里的？”过后想起来，又歉意地拉起你的手，连连道歉：“看我这记性！看我这记性！你是我屋里的啊！”一脸孩童的羞赧半天退不去。

当医生的大妹夫提醒：母亲正在告别记忆！话说得文气，也说得明白。我无法想象一个没有记忆的世界是什么样子，更无法接受母亲会独自走进那个世界。小时候在星空下歇凉，母亲每每一口气背下屈原的《离骚》和《九歌》，母亲的同学都说读书时她记忆力最好，母亲怎么可能失去记忆呢？

妹夫说在医学上目前无法治愈，甚至延缓的方法也不多。我感到一种凉到骨髓的无助和无奈！我不能束手无策，眼睁睁看着母亲走进那个没有记忆光亮的黑洞！我要记下母亲的那些往事，让她一遍一遍阅读，以唤回她逝去的记忆……

1

母亲小姐出身丫环命，是个典型的富家穷小姐。

母亲的外婆家很富有。老辈人说澧州城出北门，沃野数十里，当年大多是向家的田土。向家便是母亲的外婆家。湘西北一带，说到富甲一方，安福的蒋家、界岭的向家，在当地有口皆碑。蒋家便是丁玲的老家。后来有考证说，兵败亡命到石门夹山寺的李自成，将家人和财富安置在距夹山几十里外的安福，改姓为蒋。能与当年的蒋家齐名，可见母亲外婆家不只是一般的有钱人家。

有一回，聊到《红楼梦》里的大观园，母亲轻描淡写地说：我外婆家有新旧两个园子，每个都有大观园那么大。尽管母亲淡淡的语气不像吹牛，但母亲离开外婆家尚早，孩子对空间的记忆往往会夸大许多。母亲见我怀疑，便说有一年躲日本飞机，国军一个团的官兵及武器粮草，藏在老园子里，日本飞机竟没有找到一个兵。大学时我去了一趟界岭，在母亲描述的老园子前待了许久。园子解放后分给了农民，据说住了一个生产队的人。我去时绝大多数住户已搬走，房屋坍塌得不成样子，只是轮廓还在。前面一口巨大的水塘，呈腰子形横在一座陡峭的山峰前，老园子便建在山水之间一块开阔的平地上。主人在水塘上修了一条路，路上建了一座吊桥，如果将吊桥拉起来，外人除非游泳才可能进到园子。一位靠在断墙边晒太阳的老人告诉我，当年贺龙率兵攻打澧州城，有当地人点水，建议贺龙中途攻打向家园子，顺手牵羊捞些金银粮草回去。据说贺龙一看，园子不好打，怕偷鸡不成反蚀一把米，误了攻打澧州的正事，老园子侥幸躲过一劫。母亲的记忆也好，老人的传说也罢，如今已都不可以确考，不过向家的富甲一方，却是毋庸置疑的。

母亲的母亲嫁到戴家，乡邻公认是明珠暗投。母亲的父亲家姓戴，那时已家道中落，除了一块进士及第的鎏金大匾，当年的尊荣已所剩无几。

母亲的父亲很上进，立志中兴家道，重振门庭，于是投笔从戎。先入黄浦，后进南京陆军大学，在民国纷繁复杂的军阀谱系中，算得上嫡系正统。母亲的父亲身在军旅，平常难得回家，年幼的母亲没和父亲见过几面。

作为向家大小姐的母亲的母亲，似乎并不在意夫君的这份志向，也不抱怨这种聚少离多的生活，更乐意生活在娘家的老园子里。母亲便一年四季待在向家的时候多，住在戴家的日子少。

记忆中母亲的舅舅很多，有在外念洋书并出洋留学的，也有在当地任县党部官员的，还有在家什么都不做，成天酗酒烧烟、纳妾收小的。舅舅们各忙各的，没人关注这个寄居向家的外甥女，甚至对这位嫁出门的妹妹亦有一种不可思议的冷漠。婶娘们更是你一言我一语冷嘲热讽，虽有外婆疼爱，母亲和母亲的母亲都有一种寄人篱下的尴尬和郁闷。没多久，母亲三四岁时，母亲的母亲抑郁而死，将母亲孤零零地扔在了向家。

谈及母亲的母亲的死因，一位婶娘隐约告诉母亲，说母亲不是戴家的骨肉。言下之意是向家大小姐另有所爱，而且与戴家公子是奉子成婚。那时母亲尚小，并不明白这事意味着什么，对她的命运会有什么影响，只当是婶娘们惯常的饶舌。懂事后母亲想起向家的这则飞长流短，又觉得将信将疑，因为母亲对婆家的冷淡，父亲对母亲的疏远，除了家世和个性的原因外，似乎另有隐情。多年后母亲和我说起，我倒觉得以向家当年的家世与家风，大小姐以爱情抵抗婚约，做出点红杏出墙的壮举，似乎也在情理中。

这件事的后果是苦了母亲。母亲的父亲不久便续弦再娶。有了上次迎娶富家千金的教训，这次娶了一位贫寒人家的女儿，并很快生下一男一女。在这个新组建的家庭里，母亲成了外人。母亲的父亲依然在外戎马倥偬，继母带着三个孩子在家。即使继母不是生性刻薄，母亲在家也要带弟妹，洗尿片，打猪草……

母亲的外婆去世后，母亲成了真正的孤儿。在富有的向家和败落的戴家，母亲都是无人疼爱的无娘崽！就在外婆死去的那一刻，“家”便在母亲的情感世界中彻底坍塌了。

2

母亲辍学在家，一边细心照料弟妹、侍奉继母，一边热切地盼望军旅在外的父亲回来，她相信在外做官的父亲，一定会支持自己返校读书的想法。

母亲住在向家时，已经发蒙读书。起先是在私塾，之后是在新式学校。新校是母亲的三舅创办的。国立湖南大学毕业后，三舅原打算留学欧洲，适逢二战爆发，欧洲一片战火，只好回到老家。三舅不愿像其他舅舅那般花天酒地醉生梦死，便拿出自己名下的家产办了一所新式学校，一方面想用新式教育培养向家子弟，以使其免蹈父辈覆辙，一方面收教乡邻学童，也算报效桑梓。开学那天，三舅将母亲从昏暗的私塾里拉出来，带进敞亮的新式教室，开启了母亲的学校生活，也由此奠定了母亲对三舅的好感。在母亲数十年的人生里，三舅是唯一一个母亲在心里敬重和感激的向家人。母亲的外婆去世后，母亲回到戴家，没能再返学校。其间三舅到过一次戴家，希望将母亲带回学校。母亲的继母一面客客气气地招呼客人，一面将弟妹打得大呼小叫，一会儿喊母亲换尿布，一会儿呼母亲剁猪草，忙得母亲团团转。三舅的话没说出口，便被戴家那忙乱的场面堵回去了。

母亲指望在外从军为官的父亲回来，相信父亲一定会同意她返校读书。她虽然不知道父亲在外当多大的官，但父亲曾就读黄埔，而黄埔在母亲那辈青少年心中，是一个神圣的殿堂。然而就是这位黄埔毕业的学生，彻底摧毁了母亲的读书梦想。“一个丫头读那么多书做什么？就在家里好好带弟妹，过两年找个人嫁了！”父亲的每一个字都像一块冰，将母亲滚烫的心，冻成了一块冰疙瘩，之后几十年也没有化开。不再读书也罢了，还要草草地嫁出去，十三四岁的母亲忽然醒悟，她真不是戴家的骨血。

母亲一声没吭，却止不住泪水决了堤一般地往下流。半夜，母亲跑到生母的坟头，撕心裂肺地大哭，哭到不能再流出一滴眼泪，不再发出一丝声音……下弦月牙从絮状的云层中露出来，清冷地照着杂草蓬乱的坟头，远近的松涛呜呜地吼着，像波涛也像鬼叫。母亲蜷缩在坟头，那么弱小，那么孤单，孤单得像夜风中飘飘荡荡的一根游丝，黑压压的树林里一明一暗的一点萤火，无所寄寓，无所依傍，只有茫茫苍苍的天地任其漂流！

从败草丛生的坟头出发，母亲星夜兼程去了澧州城。先考上了澧县简师，后来又考上了桃源师范学校。从此，母亲作别了繁华的向家和败落的戴家，再也没有返回，甚至没有遥遥地回望一眼。

3

在近代，无论在湖湘教育史，还是革命史上，桃源师范都是一所名校。民国总理熊希龄曾在该校主持教务，武昌首义将军蒋翊武、民国政治领袖宋教仁、著名文学家丁玲等，都曾就读于此。母亲能考入桃师读书，算是圆了梦想。对于母亲而言，桃师不仅是学习的新起点，更是精神朝圣的起点，是摆脱封建家庭奔向新制度、献身新时代的起点。刚迎来解放的桃师，人人热情洋溢，处处生机盎然，在人生暗影中待久了的母亲，第一次感到“解放区的天是明朗的天”的敞亮心情，接下来的校园生活，大抵也是母亲一生中最自由舒展的日子。

一九七八年我考上湖南师院后，母亲嘱咐我去拜访在该校工作的几位伯伯叔叔，那是母亲在桃师时的同学。听说我是戴洁松的儿子，一个个奔走相告，仿佛见了久违的亲人。在后来长达四年的时间里，我一次又一次听伯伯叔叔们说起桃师求学时的掌故，主题都是当年的母亲。后来他们之间有了走动，每回聚会，我都能从伯伯叔叔们已不清澈的眼神中，看到母亲学生时代如花如朵、青春激扬的靓丽身影。

母亲那时十六七岁，是学生会主席，也是学校的歌星，被誉为桃师郭兰英。在那个时代，郭兰英是全社会的偶像，以她来喻母亲，可见母亲当时在学校受追捧的程度。母亲嗓子亮有歌星范，这一点我在童年里几乎天天见识。嗓子是否好到可以与郭兰英媲美，儿时的我无法鉴别，然而母亲的美丽，却是郭兰英没法相比的。那时的母亲看上去有些像秦怡，端庄贤淑而又充满灵气。去年在党校学习时，遇到了桃师的现任校长。他听说我母亲是桃师的学生，竟在学校的档案室里找到了母亲六十多年前的学生档案，其中有学籍表，是母亲用毛笔填写的，一笔颜体小楷十分漂亮，还有一张照片，短发、大眼，一丝浅笑含蓄中透出自信。嘴角微微后歙，似乎是为了藏着稚气，又似乎是为了敛着灵性。照片虽已泛黄，边缘叠了好些白斑，但岁月的斑痕依然掩不去照片上母亲青春的光彩。

在偏远封闭的桃源县城，母亲有这样一张俏丽的面孔，一副亮丽的歌喉，加上若有若无的大家小姐气质，同学们如星如月地追捧倒也自然了。母亲学习刻苦，记忆力又好，屈原《离骚》《九歌》之类的诗词，可以倒背如流。假期母亲无家可回，便独自留在学校苦读。伯伯叔叔们说，每回考试，母亲都是第一名。

临近毕业，同学们忙着报考大学，有报武大的，有报湖大的，更多的是报湖南师院，只有母亲报考了上海音乐学院。得知母亲以优异成绩通过了考试，女同学羡慕中略带嫉妒，男同学欣喜中略带失落。后来同学们的录取通知书陆续到了，母亲的却迟迟没有收到。直到毕业离校的前一天，校长将母亲叫到办公室，告诉母亲政审没有通过，因为母亲的父亲率领潜伏特务攻打乡公所，被人民政府枪毙了！

时至今日，母亲从未跟我谈及那个时刻。也许这块人生的伤疤，母亲一辈子都不愿意再次撕揭！一位当年和母亲同寝室的阿姨告诉我，那一晚上母亲都在清行李，几本书，几个笔记本，几件换洗校服，母亲翻来覆去倒腾了整整一晚上，母亲没流一滴泪，没叹一声气……

大概就是在那个晚上，年轻的母亲洞悉了自己的命运！自己决然叛逆的那个家庭，其实永远也逃不出，她用一个夜晚逃离了那个家，也逃离了那个旧的制度，却要用一辈子来证明那一次叛逃的真实与真诚。母亲的生命之舟逃离了旧有的码头，却始终驰不进她理想中的新港湾，只能孤寂地飘荡在无边的大海上！

母亲离家后再没回去过，也没和戴、向两家人联络，并不知道在外从军的父亲一九四七年解甲归田赋闲在家，不知道他解放初配合老蒋反攻大陆，在湘鄂一带带领潜伏敌特同时攻打乡公所，更不知道他是老蒋亲自任命的湘鄂川黔边区潜伏军总司令。在母亲的眼里，父亲是一位不可亲的父亲、不称职的家长，一个她永远也扔不掉的政治包袱，却不知道父亲还是一位效忠党国的铁血将军。

在欢送同学们走向大学的喧天锣鼓里，母亲背着简单的行李，形单影只地去了桃江二中，那是一所藏在大山窝里的乡村中学。暑期放假，学校只有一位年过六旬的老校工驻守，迎接母亲开启职业生涯的，正是这位神情木讷、行动迟缓的白发老头。

命运多舛的母亲，似乎天然地和山里这些纯朴而贫困的学生亲近，每个月除了留下生活费和买书的钱，余下的工资全都接济了学生。母亲三年后从桃江调往澧县，路费竟是向同事借的。离开桃江二中时，母亲担心学生知道了跑来还钱，便趁天色未明离开了学校。“文革”后期，我家下放到梦溪镇，有天家里来了一位陌生的客人，自称是母亲在桃江二中时的学生，当年因为母亲的接济才把中学读完。客人边说边抹泪，母亲却淡淡地说：“我都不记得了。”

我知道，母亲说的是真话。

4

调回澧县，母亲仍被分在二中。那时澧县一中设在津市，二中便是县城里的第一中学。民国时叫九澧联中，在澧水流域久负盛名，不仅临澧、石门一带富家子弟多求学于此，就连大庸、桑植乃至龙山、来凤几县的大户人家，也多顺澧水而下，将子弟送至该校就读。

母亲调来时，父亲已在二中，是颇受重视的学生干事。一个是农家出身的进步青年，一个是富家出身的叛逆女性，在那个时代相恋相爱似乎是一种时尚，如今看来，其实是一种宿命。诸多从旧家庭叛逆出来的知识女性，在政治上靠不上新制度的码头，最后便在家庭中建了一个小小的港湾，多多少少躲避一点社会变革的风浪。

豆蔻年华的母亲，有看得见的美丽面孔，听得到的美妙歌喉，品得出的美好德性，追求者理当结队成群。而父亲只有初中学历，身体亦不壮硕，一米七〇高矮的个子，体重只有八十来斤，瘦得像根麻秆儿。论学历论外貌，母亲的选择都令人不得其解。

很多年后，我问母亲当年选择父亲的理由，母亲的回答出奇的简单：他追求进步！我不知道母亲是因为拥有共同理想而看重父亲的追求进步，还是为了寻求庇护而看重。或许两者皆有，但结果是父亲娶了母亲，便失去了追求进步的资格，作为入党积极分子的父亲，之后再也没人谈及他的入党事宜。

父亲倒也心安理得，祖父教给他的人生哲理是有一得必有一失，父亲得到美丽贤淑的妻子，失去政治上进的机会，倒也两抵相当。我后来想，父亲的追求进步与母亲的追求进步，其实并不相同。父亲是为了吃饭，为了发达，并非为了明了而坚定的社会理想，假若民国政府迟几年倒台，难说父亲不是在另一面旗帜下举拳宣誓。母亲饱受旧制度的歧视，见多了旧家庭的丑与恶，新制度是她已经作出的选择，即使意识到这种追求是飞蛾扑火，母亲也会义无反顾。

婚后的日子，证明了母亲选择的正确。父亲实用主义的政治态度，成全了他们的爱情，更成全了之后几十年的婚姻生活。在当年，也并不是每一位进步青年，都愿意以一位漂亮妻子置换政治前程的。父亲不仅愿意，而且心满意足，无怨无悔。父亲这种无所谓的心态，减轻了母亲心灵的压力，支撑了母亲放不下的精神追求。

逛完一九五九年新春的元宵灯会，母亲在津市分娩了我。父亲推开产房的窗户，澧水之上一抹淡淡天光，父亲脱口而言“黎明”，这便成了我最早的名字。一年多后，母亲又生下了大妹妹黎莎。

眨眼之间，母亲由花季少女变成了两个孩子的母亲。不知是来不及适应，还是根本就拒绝改变，母亲的生活依然以工作为轴心。我和妹妹给母亲的生活带来了快乐，更给她的工作带来了拖累。母亲为了不影响工作，先让我们寄居在保姆家，后来索性将我们送回乡下，交给了祖父祖母。弟弟和小妹出生后，又被寄养在一对没有生养的裁缝家里。尽管如此，母亲仍觉时间不够，每天工作到夜半三更。母亲批改作文，常常批语比学生的作文还长。母亲退休后，还有学生拿着当年的作文本来家里，让母亲看她当时的批语，纸张虽已泛黄变脆，而母亲一丝不苟的笔迹依旧醒目。

像那个时代绝大多数出身不好的子女一样，母亲坚信“出身不由己、道路可选择”的政治教谕，以兢兢业业、任劳任怨的工作，证明自己选择了新的道路。然而没有多久，母亲便被逐出了县城，下放到靠近湖北的一所乡镇小学。

5

母亲被“贬”的那个乡下小镇叫梦溪，是父亲老家的公社所在地。小镇依水而筑，在两条交汇的小河边，拉出一条弯弯曲曲的木板房街道。河岸边的大码头，河面上的石拱桥，还有街面上铺排的石板，是清一色油润光亮的青石，踩踏久了，便光滑得照出人影。有雨的夜晚，每家每户的灯光从板壁缝里泄出来，照在湿漉漉的青石街上，沁人的古朴和温情。镇上的居民是日积月累聚拢的，值夜的更夫、赶脚的叫花、花痴的遗孀、坐诊的郎中，卖鱼的、杀猪的、补锅的、剃头的、挑水的、算命的，还有南货的、五金的、农资的、信用社的，每个人都说得出来历，每个人的营生都彼此依存，哪家有了难处，大家会心照不宣地去额外多做两笔生意，算是搭把手，受惠的人家也不过分客套，只是把这一切记在心里，等到别家有了难事，便早早地跑过去……

在母亲的生命里，小镇是一个独特的生存空间，既不像她逃离的旧家庭，又不像她融不入的新单位，小镇浑然天成的人事与风物，让母亲感到了一种人性的本质和人情的宽厚！祸兮福兮！母亲被逐出县城，却意外地落到了这个天高皇帝远的小镇，过了相对安定的二十多年。

完小来了一对一中下来的好老师，小镇人当作天大的喜讯奔走相告。没有人打听是否犯了错误，或者被揭发了什么历史问题，大家只觉得这是小镇的福祉。一中的老师，九澧联中的先生，怎么了得！母亲的歌声很快就弥漫了学校，弥漫了整个小镇。母亲除了上音乐课，还要教唱各种革命歌曲，排练各种文艺节目，母亲不是主演便是主唱，母亲的声名一下传遍了十里八乡。小镇人习惯将一种精神上的尊重转化为物质上的表达，初夏新出了黄瓜辣椒，一定要先摘一篮送去；腊月杀了年猪，必定挑一块后腿肉送来；至于那时节都要凭票供应的烟酒粮等，供销社里卖货的掌柜们总是货到便早早包好留在那里，一次一次捎信让我家去取，后来干脆让上学的学生带过来……

这种市井的平静与乡俗的祥和，终究被“工联”“红联”武斗的枪声打破。两派分别在石拱桥两端堆起沙袋，架起机枪，用哒哒哒的机枪声宣示对小镇的控制权。学校里也有了大字报，有好些是针对父亲的，看着“火烧”“油炸”之类的赫然标语，父亲担心身体经不住造反派的洗礼，便在一个风雨交加的夜晚逃到了湖北。造反派找母亲要人，拉着母亲批斗过一次，之后便再没有人逼问母亲父亲的去向，也没有人批斗母亲。造反派里哪一派的头头，似乎都拉不下面子去为难戴老师。慢慢地今天“红联”请母亲去教歌，明天“工联”请母亲去排戏，母亲成了这些“文攻武卫”战斗队的休战区，成了混乱世道里小镇的一道人性风景。

在这场风雷激荡的“大革命”中，出身尚好的父亲被逼亡命，而作为“革命”和专政对象的母亲却相对安宁，颇令人匪夷所思。“文革”后有一年过年，当时的几个学生领袖相约来家拜年，围着一火盆炭火聊起“文革”造反的事，父亲问他们当年为什么没有为难母亲，学生们众口一辞地说：“戴老师人太好，谁好意思揪她斗她呵!”

中国的乡土社会，从来都是一面宫廷政治的哈哈镜。不管庙堂的说辞如何言之凿凿、一派堂皇，百姓却习惯将这种是与非的纠缠，演绎为成王败寇的江湖恩仇，本能地将这类罪与罚的法律控辩，混淆成善恶报应的因果轮回。也正因为这种演绎和混淆，保持了市井众生抱团取暖的人性体温，维系了乡土社会超然事外的生存安宁。“文革”中的小镇，是“文化革命”的另一种样本，是多多少少被史学家们忽视却具有普遍政治学意义的样本。中国的政治风暴来袭，乡土生活亦会为其创损，但深植的人伦根须难为所动，惯性的生活节律难为所变。中国的乡土社会，从未有幸置身事外，也从未不幸真正置身事中。风暴依然，生活依旧，这或许便是乡土中国数千年不变的政治生态。

6

父亲打小便是棵病秧子，祖父怕他养不活，便为他取了一个极贱的小名“捡狗”，就是现今流浪狗的意思。父亲活虽活下来了，却始终病病歪歪的，一阵风便可吹倒刮跑。除了每天课堂上那几十分钟打起精神，其他时间都是躺在一把黑旧的布躺椅上，恹恹地假寐，只有间或的一声咳嗽，证明他依然活着。我的妻子第一次进家门，父亲就是那样一动不动地躺着，把这个新媳妇吓得半天透不过气来。小镇上过不多久，便会传言父亲亡故的消息，甚至有朋友扛上花圈，到家里上门吊唁。父亲也不生气，依然躺在躺椅上说：“好事好事，阎王听说我死了，就再也不会来拿命了！”

父亲几乎是将少得可怜的体能，完全给了大脑。家里的一切用度，都是他躺在躺椅上盘算筹划的。一个六口之家，靠着父母那点薪资本已十分艰难，加上乡下还有祖父祖母要赡养、叔叔姑姑要支援，经济上的捉襟见肘在所难免，但父亲不仅能精打细算应付下来，而且还能让母亲和孩子们感觉不到他的为难，他不希望家里的其他人为钱操心。有两次他实在束手无策了，便找了别的理由硬扛着，死活不提钱上的事儿。

一回是小妹腹泻高烧，治了十几天不退，县里医院土的洋的办法都用了，一点效果没有，只能一次一次下病危通知书。父亲没说欠费的事，只说实在医不好，也是她的命！一向不理家事的母亲却母狮般地扑过来，从病床上抱起小妹，边跑边吼：“到长沙去！到长沙去！”一生不向他人伸手借钱的母亲，连夜敲开好几家同事的门，借了钱便往汽车站跑，独自将奄奄一息的小妹抱到陌生的省城。几天后，母亲牵着治愈的小妹回到家里，父亲仍旧躺在躺椅上，盘算该怎样还清母亲的借款。

另一回是一九八一年弟弟和小妹高考失利，是否继续复读成了家庭的重大抉择。那时我已上大学，大妹读中专，弟弟和小妹在县一中读了三年高中，家里已经举债度日了。父亲依然躺在躺椅上，一支接一支抽烟，就是不谈钱的事，只说其实早点找个工作也好，不是只有读书才能成才呵。母亲也不反驳，只是态度坚硬得像块石头："一定要复读！"母亲又一次东乞西求，找人借够了弟妹复读的费用。一年后，弟弟考上了师大，妹妹考上了农大。

回想母亲这些年，自己几乎不花一分钱，也不过问家里是否有钱。每月领工资，都是父亲去，从来不问是多少。有好长一段时间，我努力回想母亲年轻时穿新衣服的样子，却怎么都想不起来。我记得母亲最漂亮的衣服是几条碎花的连衣裙，父亲说那是婚前母亲自己找裁缝做的。母亲学过也教过俄语，布拉吉是她最喜爱的衣款，但成家后，母亲便再也没做过买过。

母亲平素不理家事，我们吃饭穿衣上学之类的事，都是躺在躺椅上的父亲照应。母亲每天长篇大段地批阅学生作业，我们的作业却从来没有看过一眼。有一回军训操练，我的裤裆撕破了，母亲也没有拿去缝一缝，依然抱着作业本去了教室。然而只要涉及上大学读书，母亲便一改不理家事的态度，坚定地当家做主。也许是当年未能被录取进入大学的巨大遗恨，一直淤积在母亲心里。

一九七七年参加高考，我成绩上了榜，录取通知却没有下来，找人打听，依然是因为那位被镇压的外公。一气之下我扔了所有的复习资料，挑起一副竹围子，赶着三百只麻鸭，过起赶鸭走江湖的日子。白天操着鸭铲打架，偷鸭子的、摸鸭蛋的、赶着鸭群争稻田的，遇谁打谁。夜晚则躺在荒滩野地上，守着鸭棚喝谷酒，看星星，倒也自得其乐……一天，我在湖北公安的一个大湖边放鸭，远远地看见一个城里模样的女人朝湖边走来，近了一看是母亲。

母亲提了一网兜油印的高考复习资料，告诉我又要高考了。我说考上了也不会录取，我不会再考了。母亲说再考一次吧，就算帮妈妈圆了这个梦。说着母亲转过身去，大抵是不想让我看见她潮红的眼睛。母亲曾经告诉我，自从在她母亲坟头哭过那一回，她就再也没有流过泪，也无泪可流了。

我不知道母亲是怎么打听到我的下落的，也不知道她问了多少人，走了多少路，才找到这几乎没有人烟的荒湖边。看着母亲糊满泥巴的双脚，晒得黑红的脸庞，以及哀怨中透着乞求的眼神，我接过了那一兜复习资料。就在那年秋天，我接到了大学的入学通知。

7

在梦溪小镇，有两户人家出的大学生多，我们家算其中一户。父母将我们三个大学生、一个中专生供养毕业，便一个接一个离家远行了。先是大妹去了津市，我去了吉首，然后是弟弟去了汕头，小妹去了海口，一个比一个走得远。原本热闹拥挤的家，雏飞巢空，一下子便空荡寂静了。虽然母亲仍旧把心思扑在工作上，心中却渐渐生了儿女牵挂。那年我启程去山东读硕，母亲默默地跟在身后，怎么劝也不回，一直将我送到车站送上汽车，目送汽车消失。我靠在车窗边，回头向母亲招手，那一瞬间，我看见母亲风中飞扬的头发里，竟有了丝丝白发。

母亲是什么时候告别青年、中年的？

从那一刻起，故乡这个充满水乡景致和情趣的小镇，承载我童年梦想和掌故的小镇，便永远地定格为母亲送行的图景，母亲孤单地站立在道路远处，秋风撩起黑白夹杂的短发，似挥未挥的右手，久久地举在空中……

像一片原本就不肥沃的土地，在勉力种出了几季庄稼后，地力便耗尽了。大妹结婚前，父母将我们姊妹几个叫到一起，说你们都快要成家了，给你们每人两百块钱，算是父母对你们成家自立的一点心意。是少了些，但没办法更多了！母亲坐在旁边一声不吭，满是歉疚的眼神透着无奈。母亲明白父亲这像分家又像安排后事的异常举动，隐藏着对自己健康的极大隐忧。没几天，父亲又住进了医院，一住便是好几个月。

从家庭到病房，从厨房到课堂，母亲每天来回奔忙。一向不谙家务也无心家务的母亲，如今不得不为家务分心分身。母亲为此深深自责，并想方设法增加工作的时间，上课拖堂，下课补习，生怕学生没有听懂，生怕学校对工作不满意。无论在什么时候，工作都是母亲生活的轴心和灵魂，是她的人生融入新制度的唯一法门。家务的拖累是具体而现实的，当母亲确认自己无论怎样也没有办法绕过去之后，便慢慢变得焦虑和疑惧起来……

轮到我们牵挂母亲了！然而普天之下，子女对母亲的牵挂总是姗姗来迟。

8

父母亲调离小镇梦溪，是因为一位在津市当副市长的学生。六十年代初，在二中读书时，这位家贫辍学的学生因父母的接济得以继续学业，对此一直心怀感激。我们姊妹离家后，他和一群五六十年代的学生时常来到家里，帮父母买煤，种菜扫地。其实他们与父母年龄相若，却始终执弟子礼。大家觉得这么好的老师还窝在乡下，实在是浪费人才，于是鼓动分管教育的肖副市长将父母调往津市一中。

起初母亲很兴奋，忙着收行李辞朋友，小镇上有过往来的人差不多都到了。等到搬运行李的汽车开来，母亲却迟疑起来，堵在门口不让搬东西。我们姊妹轮流劝说，好说歹说都没有用，母亲横竖一句话："我怕！不调了。"最后还是那帮五六十年代的学生劝说起了作用："戴老师，您不调到城里去，我们看您不方便！现在年纪越来越大，您不进城我们见面会越来越少！"于是母亲在学生的簇拥下搬家进城。

母亲对城里生活的恐惧超出了所有人的预计。好长一段时间，母亲不想出门，出了门也不知道如何与邻居交流，更不敢登台讲课。一堂课备了十好几遍，所有人都说很好，临了进教室母亲却还是说："课还没备好，不行不行！"母亲担心自己的课上不好，别人说她是开后门进来的，害怕遭人非议受人白眼。一辈子以工作为生命、以工作为自豪的母亲，突然失却了工作的自信。母亲一整夜一整夜地睡不着，吵着要一个人回梦溪去。

当年在讲台上众星捧月、在舞台上众星捧月的母亲，如今怎么连登上讲台的勇气和信心都没有了呢？是因为长期乡居适应了舒缓平和的生活、宽厚朴拙的人情，以至于拒斥乃至恐惧城市急促跳荡的生活、机巧浇薄的人情？适应了乡土社会对她宽厚的人情接纳和乡愿的人性袒护，以至于不敢再次面对城市无处不在的社会纷争和政治拷问？

母亲最终被安排到了图书馆，每天抄写图书卡片，打理借进借出的图书。津市一中那几届的毕业生，大体都记得图书馆有一位态度特别和蔼的老太太，写得一手漂亮的颜体字。每回向她借书，她总是一边递书，一边笑盈盈地叮嘱："别弄脏了！别弄破了，别丢了……"学生们也听说老太太有一副嘹亮的歌喉，甚至听说她大家闺秀的身世传奇，但谁也没有勇气和老太太攀谈打探。

母亲的退休没有宴请，没有欢送，在图书馆那间静谧的办公室里，母亲写完最后一张新书入库卡片，那是阿·托尔斯泰的名作《苦难的历程》，然后将办公室仔仔细细扫了两遍，把那张旧得脱了油漆的办公桌抹了又抹。冬日的阳光从图书馆高大的窗户照进来，照在斑驳的书桌上，也照在母亲花白的头发上。窗外安静得看不见一个人，看不见一只鸟，落了叶的乔木在阳光里光秃着枝干。似有一丝风，在光秃的树枝上吹过，有些微颤动。窗后的母亲吹不到风，却感到了一丝凉意，一丝浴在阳光里却能微微感觉的凉意。

母亲索性打开窗户，让微风将阳光无遮无挡地吹进来。母亲就那样定定地望着窗外，久久地浴在阳光的温暖里，浴在微风的沁凉里。母亲慢慢地觉出喉咙的蠕动，有一支久远的旋律从胸腔发出来，那是母亲少女时代最喜爱的俄语歌曲《红梅花儿开》。歌声很轻很轻，轻得只有母亲自己听得见……

9

母亲退休时，已有了孙子睿宝，孙女箐子和盼仔，再后来又有了筠儿，虽然只有箐子长期和他们居住在同一个城市，但我们时常将孩子送回去，让父母享受孙辈绕膝的天伦之乐。母亲每天上市场买菜、下厨房做饭，一丝不苟地每餐一大桌菜，仿佛款待贵客。父亲说自家的孙子做那么多干什么，难道天天当客待呵？母亲却说当然天天当客待，说不定明天他们父母就来接走了呢？再说要是睿宝盼仔养瘦了，怎么向他们父母交代呵？

每天晚上洗碗抹桌搞完卫生，母亲便戴上老花镜，坐在桌前开列次日的菜单，早、中、晚各一份，写得工工整整挂在墙上。有时担心重了，便将前面一个星期的菜单铺在桌子上，一天一天比对，一餐一餐调配，箐子爱吃肉，睿宝爱吃鱼，盼仔爱吃青菜，每个人都要照顾到，配来配去到头来便是长长的一列菜单。父亲知道怎么说也没用，便摇摇头由了母亲。

做完早餐，母亲带上菜单上菜市场。先在市场上转上一圈，按照菜单上的品种看哪些菜缺货，哪些菜不新鲜，临时调整菜单，然后一个摊位一个摊位比较。母亲买菜并不怎么讲价，也不会讲价。有一次她问摊主白菜多少钱一斤，摊主说一块，母亲说两块钱一斤卖不卖？摊主愕然，周围卖菜的以为母亲开玩笑，谁知母亲竟真按两块钱一斤结账走了。这事成了菜市场好多天不胫而走的一则笑话。后来一个和母亲很熟的摊主问起这事，母亲说你看她的菜那么嫩那么干净，人家白菜又老又泡了水，还报一块五，她只报一块钱，说明她人老实。人家老实，但我不能欺负老实人呵！

母亲的话令好些摊主语塞和脸红。从此摊主们不但不再拿这话调笑母亲，而且每回母亲从摊子前经过，都会很恭敬地叫一声戴老师。如果母亲停下来买摊子上的菜，摊主会主动帮母亲挑选，大多不会短斤少两。

每回做完饭，母亲总是站在一旁看着孩子们吃，帮箐子夹肉，帮睿宝夹鱼，时常把他们胀得剩下半碗吃不完，母亲便一劝再劝，问是不是咸了？是不是辣了？是不是不好吃？常常是一脸的歉疚。一回睿宝拉肚子，母亲觉得是自己饭菜不干净，急得手足发抖，躲在厨房不敢出来。好长一段时间，母亲一进厨房便紧张。买回来的菜，在水龙头下冲了泡、泡了揉，直到把青菜揉碎了，才下锅去炒……

孙辈也一个一个长大了，该上学的上学，该留学的留学去了。母亲作别了工作，远离了孙辈，生活似乎失去了重心。然而仔细一想，母亲似乎从来都不会失去重心，母亲有自己不被转移的目标感、不入流俗的价值观、不受侵扰的内心世界，无论手头做着什么，母亲照例是我行我素。

母亲几乎没有爱好，不串门，不玩牌，不逛街，不跳广场舞，不打太极拳……母亲几乎没有闺蜜，不家长里短，不鸡毛蒜皮，不口是心非暗中攀比……

母亲的心事，一辈子闷在心里，连父亲也弄不清楚。除了偶尔望着窗外发呆时你会觉出母亲在想心事外，平素是看不见她的内心世界的。母亲对生活没有要求，而她对精神的欲求却又秘而不宣。母亲与我们朝夕相处，而我们却觉得她其实生活在远处，在一个完全闭锁的自我世界里。不知道是因为这个精神的世界太过强大，根本不需要别人的襄助和认同，还是这个精神的世界太过脆弱，根本经不住任何外人的靠近，一碰就碎。

母亲一日一日地翻报纸读杂志，每一个字都读到，读完还要一篇篇文章剪下来，装订成册，一本本叠在一起。起先我以为只是因为我是《潇湘晨报》的社长，所以对该报读了又读，后来我发现几乎母亲能拿到手的所有报刊都是如此，即使是那些在我看来非常“五毛”的杂志，母亲也是读了又读，抄了又抄。母亲那庄肃沉浸忘情世外的神情，我只在青海湖边那些长跪朝圣的藏族人脸上见过。他们一起一伏地用身体丈量每一寸朝圣之路，身边烟波浩渺纤尘不染的圣浩湖水，一望无垠绚烂明丽的油菜花海，不绝如缕惊诧好奇的各色游客，既不入眼也不入心，仿佛概不存在。在他们的生命历程里，只有出生地与神庙的距离，只有身体与圣坛的距离，那是一条绝对两点一线的距离，不论身体走过的道路多么崎岖险峻，信念行走的道路却始终径直平坦。

母亲也有自己的神庙吗？母亲的圣地又在哪里？时至今日，我也没能洞悉母亲那个完全封锁的自我世界。我曾以为母亲的神庙是新制度，从十几岁开始，母亲便启程向她憧憬却并不了解的圣地朝觐，不管时局如何跌宕，母亲的信念之旅似乎从未停顿。记得母亲退休后，曾淡淡地问我：“退休了还可以写入党申请吗？”当时我心中隐隐一震，却并没有特别在意，如今回想起来，母亲那平淡的语气中，是否掩藏着数十年不改的坚韧信念？

对此我并无把握。弟弟在看过本文前半截后，说我把政治在母亲生命中的意义看得太重了。我不知道究竟是我对母亲生命的体察感悟失准，还是弟弟对母亲所处时代的感同身受不够。当然，这也许就是生命的本义吧，母亲的人生行止，究竟是在且行且待中坚守，还是在且待且行中彷徨，即使是作为儿子的我们，也有不同的体悟和解读。

10

在本文写作期间，我曾向母亲打听向、戴两家的旧事，母亲当时一愣，神情紧张地反问：“又要清查历史了吗？”向来处惊不变的母亲，眼神里的惊骇和恐慌是我从未见过的。一个经历过八十多年人生际遇的老人，对自己的家事仍如此讳莫如深，对所处时代的风向竟如此反应过敏，我的心一下被锐器深深扎伤，至今隐痛未去。

我担心母亲受到惊吓，便让她看了尚未写完的文稿。读完后母亲一边揉眼睛，一边连连说：“烧了吧！还是烧了吧！”

上半年父亲重病，被送到长沙住院，母亲则留在津市大妹家里。父亲病愈回家，母亲竟扑上来，一把抱着父亲嚎啕大哭：“你死不得呵！死不得呵！我一世都不能离开你！”

一家人面面相觑。这是我们第一次听到母亲的哭泣！那种没有掩饰、没有顾忌、声嘶力竭、纵情任性的哭泣！

那哭声粉碎了我对母亲人生的所有判断与框定，让我对生命生出一种骇然敬畏！

母亲是叛逆过一种制度，却未能被另一种制度接纳！母亲是向往过一个时代，却未被这个时代宠爱！母亲是投身过另一类生活，却未能被这类生活造就！母亲背负着沉重的理想生活，也背负着沉重的生活理想，在理想与生活的冲撞中妥协，在生活与理想的媾和中坚守，因拒绝妥协而妥协，因放弃坚守而坚守。生活是母亲理想的异物，生活又是母亲理想的指归！

也许吧，世上原本所有的朝圣皆为自圣！无论朝觐的圣地路途是否遥远，最终能否抵达，而真的圣者，一定是在朝圣路上衣衫褴褛的人群中。

我曾和好些同龄人说起母亲的往事，听完，他们每每会说：

我母亲便是这样！

我母亲也是这样！

……

（原载《十月》2018年第3期）

忆宿白先生

◎郭大顺

这几年我同师友们的心情一样，一直在关心着宿白先生的身体状况，从传来的照片和视频中见先生精神爽矍，思维清晰，很欣慰，但去年在一次电视采访活动中看到先生需扶着轮椅在室内走动，又有些担心。因为面临文物博物馆和考古界迅速发展的现状，太需要有宿白先生这样主心骨的人物了。所以在宿先生的告别纪念活动后，大家仍沉静在对宿先生治学精神和学术成就的回忆之中。我对历史时期考古无深入研究，但在工作中仍不断得到宿先生和他学术思想的指导。谈几件印象较深的事。

1. 看庙重布局

宿白先生十分重视古建筑和古城址、古墓葬等考古遗迹的布局，这在先生的著作特别是其中大量的插图和讲课中时时有所体现。我保存的在学校听宿先生讲授古建筑课的课堂和实习笔记中的大量画图中，也以建筑布局图画的最多。后我又听常为宿白先生编辑文章的《文物》月刊编辑部李力同志谈过先生重视佛寺布局的事。不过，我还是在工作中对此渐有感悟的。

这还要从上个世纪80年代辽宁的两项古建筑维修工程谈起。这两项工程，一是义县辽代奉国寺，一是朝阳市内北魏到辽代的北塔。

建于辽开泰九年（1020）的义县奉国寺大雄宝殿，1984年开始落架大修。这座东北地区现存最早的木构建筑物，也是国内现知体量最大的辽代单体建筑，院内保存的金元碑刻中记载原寺院规模甚大，大殿前有观音塔、周边有回廊等，现大殿前部的无量殿、山门和围墙等，是清代补建的，范围大为缩小。当地政府配合这次颇具规模的维修工程，将现奉国寺庙前做了大面积动迁，这为通过考古发掘验证该寺院碑刻所记辽代奉国寺范围和大殿以外其他建筑提供了有利条件。当时文物界已在倡导地上维修与地下考古发掘相结合的做法，于是我们在奉国寺维修过程中，尽量插空做了些考古发掘工作。虽然奉国寺现庙前由于历年有人居住，且甚密集，地下扰乱很重，但仍在寺院西部和南部距地表3米以下的深处，找到了辽代奉国寺诸多建筑的磉礅部分。当时正好有徐苹芳先生《北宋开封大相国寺平面复原图说》一文发表。徐先生遵宿白先生原意，在文中提到“配殿和回廊相结合的布置，是宋金时代寺院平面的一种新形式，在中国古代寺院平面布置发展史上，是一个转变的阶段，是从唐代的回廊到明清时期的东西两厢的过渡阶段”。不过文中引用宋金以前佛寺布局材料，多是敦煌壁画和朝鲜半岛、日本列岛的例子，中国的最早实例只有金代初年改建的大同善化寺。这引起我们从寺院布局考虑奉国寺院内外新发现的这批考古发掘材料。虽然揭露的遗迹只有山门和西侧部分，很不完整，但联系起来仍可绘出一幅辽代奉国寺平面布局复原图，正是徐先生文章中提到的“回廊与配殿相结合”的布局特点，这就为了解宋辽时期寺院布局提供了一个较早的实例。宿白先生曾评价义县奉国寺大雄宝殿在中国建筑史上的地位：这座属于高级厅堂类的9×5间十架椽的佛殿，因殿内设巨大佛台而采用了柱网布局前后不平衡的做法，是为建筑史的首见，由此导致梁架结构也相应复杂化，从而促进了建筑技术向更高的水平发展。根据宿先生思路复原的奉国寺辽代寺院布局图，使这座辽西大寺的学术价值又提高了一步。

不过那一时段宿先生对辽宁工作更为关注的，是时代可能更早的朝阳北塔。就在奉国寺大殿维修刚有头绪时，朝阳北塔的维修工程也开始启动。朝阳北塔现外貌为辽代，但不断有一些早期线索露头，如1973年在已暴露在外的塔基东南角，曾清理出两件具北魏特点的石雕武士像。于是在维修工程正式开始前，于1986年先启动了勘探工作，以利用这次维修解决塔的建筑年代问题，从而为维修方案的制定提供更多科学依据。勘探的成果，一是在塔基的地上部分和塔体下部探出唐塔与辽代的两个朝代共三个时期层层包砌的年代关系，一是找到北魏木塔的塔基以及压在其下的十六国三燕（前燕、北燕与后燕）时期的夯土台基，还于1990年在北塔东部约40米处勘探出“富贵万岁”瓦当等十六国到北魏时期文物和遗迹线索，使寻找北塔寺院的围墙等遗迹也有了一线希望。在此期间，我曾建议维修工程负责人、北塔文物管理所所长董高同志找宿白先生请教，为此，董高多次到北大宿先生家拜访。据董高回来告诉我，宿先生每次都听得很专注，问得也很仔细，还对他较快掌握了一些佛教知识给予鼓励。先生在肯定北魏时期的塔基下有三燕夯土台基的考古发现，同文献记载北魏冯太后在故北燕国都城龙城所建的“思燕浮图”有关的同时，对已有露头的塔近中心的寺院布局线索更为关切。在此后勘探成果发表又不断取得成果时，先生于1996年在黑龙江省“渤海文化研讨会”上的讲话中提到朝阳北塔时说：“平壤发掘的两个比较早的寺院，一个叫金刚寺，也是以塔为中心的布局。这种布局是魏晋南北朝时期佛寺流行的布局。辽宁朝阳发现的5世纪后期兴建的思燕浮图，是现知距离高句丽最近的一处以塔为中心的佛寺。”

此后，我们遵照宿先生的想法，一直把继续寻找有关北魏时期朝阳北塔寺院布局遗迹列为在朝阳老城区进行考古勘探的主要目标。终于利用2003—2004年朝阳北大街改造工程将北塔周边全部动迁的机会，在确认十六国时期三燕都城龙城和宫城具体位置的同时，在北塔的东、西、北三面找到了寺院围墙墙基的线索，在北塔正北约10米处还发现了夯土台基，不仅进一步证实北塔的北魏时期塔基就是“思燕浮图”遗存，而且可以基本勾画出一个塔近于中心的北塔寺院平面布局图。我也将于1988年在日本做文物考察时，参观的多处佛寺、佛寺遗址和有关资料拿出来加以整理，这里有国立奈良博物馆当时正在展出的一个东亚佛教展览资料，是从朝鲜半岛到日本列岛佛寺布局的演变序列图，有关西大学网干善教教授所赠《飞鸟发掘》新作中的有关资料，从中排出的佛寺布局演变序列大致为：公元5世纪后至6世纪初（塔近中心，佛殿在北，如朝鲜平壤清岩里废寺即金刚寺）；公元6世纪中至6世纪末（塔移前，殿靠中心，如日本奈良飞鸟寺和大阪四天王寺）；公元7世纪中至7世纪后（塔与佛殿东西并立，如日本奈良川原寺和法隆寺）；公元7世纪末及以后（佛殿移中心，东西双塔如日本奈良本药师寺，到塔移寺院外，另立塔院，如日本奈良东大寺）。而时间也在公元5世纪后期但早于平壤金刚寺的朝阳北塔，正好排在第一阶段的最前面。由此进一步加深了对宿先生有关朝阳北塔在东北亚佛寺布局影响文化关系重要性的理解：一是已有演变规律可循的东北亚寺院布局和演变线路，可向前追溯到当时的辽宁西部重镇今朝阳（北魏时为营州）；二是在佛教东传过程中，以塔和佛殿地位的变化最为敏感，说明崇拜对象和礼仪的变化是佛教东传的主要内容。

就在北塔勘探和维修期间，朝阳地区的十六国时期三燕考古也不断取得新进展，为此，我们曾几次酝酿请宿先生到朝阳考察，最终未能实现，成为至今仍感遗憾的一件事。我想，如果那时宿先生能亲赴朝阳，一定会如考察山东青州和河北宣化那样，从城市考古角度，将朝阳历史遗迹的研究和保护提升一个层次。目前，朝阳北塔已建博物馆，大家在惊叹馆内陈列的被移作北魏木塔柱础的十六国三燕宫殿巨大的复斗式石柱础等珍贵文物时，重温宿白先生的指导和谈话，一定会对这座经历北魏、隋和唐到辽重熙年前后的“五世同堂”的古塔及其在东北亚佛教东传中的地位不断有新的体会。

2. 宣化城的变迁

宣化是一座古城，也是我的家乡。过去对宣化城历史及遗存知道较多的，是明代九镇之一的宣府镇和附近的明代长城。明代以前的建城史，多只见于碑刻和文献记载。新中国成立以来特别是近二三十年来，陆续有考古发现和古建筑研究成果的积累，除了从新石器时代到战国燕赵长城和汉代墓葬以外，与建城有直接关系的唐五代到辽金元时期，也不断有新发现。

1996年金秋之际，宿白先生应河北文物研究所之邀，对宣化城进行了两天的实地考察，一年后在《文物》月刊（1998年第1期）发表《宣化考古三题——宣化古建筑、宣化城沿革和下八里辽墓》一文。宿先生综合考古资料，结合文献记载，对宣化城内的古建筑和建城历史有极为详尽准确的考证。我因从小在宣化城里长大和读小学，对宣化城里的大街小巷名称及走向较为熟悉，记忆里也有不少有关宣化城的传说故事。读到宿先生对家乡历史考古的研究文章，十分振奋，文中引有民国十一年由我祖父郭维城总纂的《宣化县新志》，更觉亲切，为此我曾将宿先生这篇文章多次以复印件和扫描件向家乡、在京和海外的亲友们推荐，大家读过后都引起对家乡的深情回忆，觉得有意外收获。与宿先生见面时提到亲友们的感受并再三向宿先生表达了感激之情，宿先生也感欣慰。

宿先生对宣化城的考察研究从古建筑开始。钟楼（清远楼）和鼓楼（镇朔楼）是宣化城内最具标志性的两座古建筑，也是宿先生这次考察的重点。宿先生特别注意钟楼与鼓楼及鼓楼西北一侧的时恩寺这两楼一寺的建筑年代和地域特点，为此对他们的建筑结构进行了细致的考察和比较分析。据宿先生考察研究，宣化钟楼和鼓楼及时恩寺大殿，所采用的大木规则，拱、枋形制有近20项建筑构件的细部，都具公元15世纪即明代早期或更早时代特征，且不少为雁北以东地区地方做法。并举建于元代的两座寺庙，一是现宣化师范所在地的弥勒寺，一是位于宣化北街朝元观街北侧的朝玄观，还有位于花儿巷的辽代塔基等早于明代的建筑遗迹，都是本地有更早建筑传统的证据。弥勒寺虽已不存，但作为“镇城第一古刹”，很有名气，该寺院所在的宣化师范学校我近年去过两次，现还保存有记载元代弥勒寺的明清碑刻、清代的五龙壁和庙宇。朝玄观则已无印象，不过小时去过北街几座有众多塑像的大庙，不知有没有这朝玄观。更早的辽塔塔基所在的花儿巷，也是我经常去市场和南大街经过的一条很窄而长的小巷。

钟楼和鼓楼的方位，似为大家所熟知，但宿先生仍将其一一列举：皆坐落在南北大街；钟楼与鼓楼分立；钟楼位置在鼓楼北；鼓楼紧邻东西两侧府、县衙署和前临商市，是依其“望敌而设之谯”的当时城市设计之规制；钟楼开四门洞通南北和东西大街为明代定制等，并与北京钟楼在鼓楼北但都偏向城北是明代京师溯元大都制，四门通衢但移位的西安钟楼，甘肃边镇张掖钟鼓楼合为一体的简化形制相比较。我的理解，这一是在表达宣化城钟楼和鼓楼及其布置，在中国明代甚至宋元古城中具有一定典型性；二是这同宣化的建城史有着直接关系。因为宣化城钟楼与鼓楼所在的南北大街作为古城最主要的干道，并不在城的中心部位，而是偏向于城的东部一侧。

所以论及宣化的建城史，宿先生在从明宣府镇上溯到元代宣德府、金代宣德州与辽归化州、五代唐雄武军——武州城并考证各时代城址范围时，将偏东一侧的南北大街作为一个重要依据，并将此格局追溯到宣化城汉唐时期所称的下洛县“在今镇城以东”（《嘉靖宣府镇志》卷十一《城堡考》），联系宣化城内外多年发现的唐五代和辽金时期墓葬等遗迹的分布和唐代州县形状和布局，得出明代镇城是由东和南向西与北两个方向展筑的历史演变趋势。又在推定辽归化州、唐五代武州的方城范围时，以主要衙署历代相沿的通例，对比明清宣化州（府）县衙署多分布的小东门大街向西直到米市街一线，适在商业繁盛地点的四牌楼处与南北竖街相交，构成宣化城内主要的十字街，也为早期古城的中心。宿先生文中还提到金元旧土城北壁以里出金末货币窖藏地点的皇城桥东和相国庙街，又是先生推定的唐五代到辽城的北城墙界线。凑巧的是，我家旧居就在皇城桥东街，其北邻的相国庙街有童家院是我的出生地，这一带也是我上相国庙街小学（原第一高等小学校）时经常往来的路径。小时记得，由相国庙街向北和向西，民居已渐稀疏，多为大片葡萄园和菜园，当地人俗称为“西北角”，这应该就同“西北角”一带在宣化早期城墙以外并长期延续下来有关。

宿先生考证宣化古城的这篇文章，言简意赅，常读常新。与我小时的印象加以联想，更加深了对家乡的认识，一是传统的顽强保留和延续，表现在建筑的当地传统做法和古城基本格局上，即使是明代及以后，宣化城变动较大，但早期城市的基本格局未变。由此想到宣化与紧邻的北部张家口和南部的怀来、蔚县相比，在语音、日常风俗习惯等方面，都长期保存着自身的小区域特色，彼此是相通的。还有宣化城的历史地位。宿先生在文章中并未有具体评价之词，但引有唐代安禄山时在范阳以北筑雄武城，“峙兵积谷”；辽代归化州境内皇室设行宫，出身显贵的耶律制心刺归化等；金代时由于近中都，州“多皇室钜族”；元代有铁冶和银冶及染织司，又为皇族“封宣宁郡府”之地，被称为“燕代巨镇”；明初更有谷王驻守，显示宣化城作为京师西北屏障所具有的重要军事和经济地位。

宣化古城的命运同其他地区的古城一样，历经磨难，主要是近世以来城墙大部被拆。1986年、1996年钟楼与鼓楼分别被列为国家级重点文物保护单位，特别是2006年，钟楼、鼓楼与南门（拱极楼）南北轴线上共三处古建筑和宣化城墙一起，以“宣化古城”被国务院公布为第六批国家级重点文物保护单位。由于级别不断提高，繁华的南大街在历代城市改造过程中，幸免于如宣化钟楼东西街和全国各地不少古城那样被无端拓宽，更为难得的是，在钟鼓楼之间的南大街两侧，至今仍有一些民国或之前的旧建筑原状保存。认识的深度决定保护的力度，以宿白先生的研究成果为学术依据，对宣化古城进行科学规划进而从整体上加以保护，是可以期待的。

3. 沈阳是座坛城

“我是东北人，对东北考古有着浓厚的兴趣。”这是宿白先生1996年在黑龙江省举办的渤海文化研讨会讲话时的深情表达。宿先生时刻在关心着家乡的文物博物馆和考古工作的进展。上世纪70年代初北票县丰下村一座夏到早商时期的夏家店下层文化遗址发掘时，宿先生听说后特意来信，说以往辽宁规模较大的考古工作较少，要以这次发掘为契机多积累系统资料。1986年中国考古学会第六次年会期间，先生亲自到朝阳牛河梁红山文化遗址考察后来信启发我们与古史传说相联系。绥中县姜女石秦行宫遗址发现报道后，先生很快将其收入正在修订的北大历史时期考古讲义中，并于2000年前后亲到考察现场，对面海高台建筑址的两阶设置印象深刻。先生高度重视十六国时期“三燕”文化及其对东北亚地区的影响，强调高句丽和内地的关系“首先是和与东北接近的所谓‘三燕’地区发生的联系。实际上，‘三燕’的许多东西是高句丽文化的整体上重要来源”。晚年先生思念家乡的心情越盛。1998年冬在沈阳开会期间，先生冒寒到城里走了好几个胡同，以考察了解老城在城市建设中存在的保护问题。2008年和2013年沈阳老城德盛门（大南门）瓮城发现后我们两次到先生家拜访请教，先生边看沈阳民国时期地图边回忆起在沈阳老城从铜行胡同家里到德盛门附近的文庙小学上学的事。近几年得知努尔哈赤所居汉王宫在《盛京宫阙图》的位置经发掘得到验证后，先生强调对满族“寝宫分离”的特点应予重视，建议对遗址做原状保护。先生详细读过姜念思同志（辽宁省博物馆原馆长）的《沈阳史话》（2008年出版）一书并多次予以称赞，还为刚建立不久的沈阳市文物考古研究所题写了所训。

这里要特别提到宿白先生对清初沈阳城规划布局的重要观点。

1985年辽宁省博物馆文物工作队方殿春、张克举在《北方文物》发表一篇题为《沈阳故城》的研究文章。据方殿春同志说，这是他毕业离校时宿白先生交给他的一项作业。原来宿先生认为，清初沈阳城的内方城外圆城（又称边城或关城）加四面各一塔寺的平面布局，应受到藏传佛教（俗称“喇嘛教”）曼陀罗（坛城）的影响，建议他们根据自己在沈阳成长熟悉的条件再做些实地调查，拿出研究成果。

曼陀罗，为佛教密宗修法时的坛场，是藏传佛寺壁画、唐卡中常用的题材，其基本形制为内方坛，坛中心为本尊，外圆，内外圆之间布置有诸佛，四角置四塔。这种曼陀罗形制也经常用作佛寺建筑布局，称为建筑曼陀罗或立体曼陀罗，西藏寺院有典型实例。如果清初沈阳城是仿喇嘛教的曼陀罗，那城市布局就非常有自身特色，作为清初的都城和陪都，沈阳城在中国城市史上应占有一席之地，作城市规划也应从整体上考虑。然而此前的中国都城史或中国城市史，讲到明清都城只有北京城，从未提及清初沈阳城。沈阳市制定的历次城市规划也只将方城作为一完整单元，方城以外到边城和四塔间，按方位加以分隔，未作为一个整体看待。可见，对清初沈阳城继续做些研究和宣传，在清初沈阳城仿曼陀罗进而与藏传佛教的关系上取得共识，无论对中国城市史研究还是今后沈阳市的城市规划建设，无疑都是大事。

为此，我曾两次求教于宿白先生。一次是2005年8月12日利用在北京开国家文物鉴定委员会又急于赶回沈阳时，冒昧给先生打电话请教，一次是2006年9月28日拜访先生时得到宿先生当面指教。宿先生从历史背景等多个方面谈到清初沈阳城的整体布局与藏传佛教曼陀罗的关系：清初皇室奉信喇嘛教，灭明前，西藏喇嘛就来到沈阳，当时明朝还在；那时的喇嘛教不只是黄教，还有白教等，所以并不一定与黄教的曼陀罗完全相同；沈阳城外有对称的四个喇嘛塔和佛寺是重要证据；只是缺少文字记载，可以再查查藏文资料；塔和庙都是曼陀罗的立体化，如山西应县木塔第五层为中心佛，第四层为四方佛，西藏的桑耶寺、格林寺等如是，只是四个塔不在四面而在四角的位置。

听了宿先生的讲述，我心中有了底。根据先生的分析和提出的建议，我们又有针对性地进行了集中思考和论证。如清初沈阳城有内城、外城和四塔寺是客观存在的，长期以来未作为一个整体看待，最主要原因在于，根据文献记载，他们不是同一时间建造的。方城为明代初年建的沈阳中卫城，皇太极即位后，于后金天聪五年（1631，明崇祯四年）开始进行改建，外城据《盛京通志》记载是建于康熙十九年（1680），四塔寺则是崇德八年（1643，明崇祯十六年）敕建的，建成是在清入关后的顺治二年（1645）。前面提到的《沈阳故城》一文中对此的解释是，皇太极建沈阳城时应有一个包括外城和四塔寺在内的整体布局的规划，顺治和康熙年是依据此前的规划对四塔寺和外关城进行补建的。此后姜念思同志在《沈阳史话》一书中专门有一节是讲清初沈阳城布局与曼陀罗关系的。他引用天聪七年档案中正白旗隐士甄应元上书皇太极时，提到“筑城垣，打关墙”“无关不成城”“速修关墙”“包城（指砌砖包裹方城）最紧急之事，打关（指修筑外城）也最急之事”的建议，说明沈阳的外关城在皇太极改建方城时已同时建设。书中还从西藏达赖与皇太极往来的信件中，达赖称盛京为“莲花之城”，以四塔代表四方佛，视位于都城中心部位的皇宫为曼陀罗本尊的所在地，将皇太极尊为曼陀罗中心的本尊，称为“曼珠师利大皇帝”，还有四塔寺设计者为西藏善于设计建造藏传佛教建筑的高僧等，这些都为清初沈阳城包括外城和四塔寺在内是一个整体并按喇嘛教曼陀罗进行规划设计的观点，提供了更多有说服力的证据。宿先生多次对《沈阳史话》加以称赞应该与此有关。

谈到满族开国时的建都思想，想起傅熹年先生对中国古代不利于建筑遗产保护的一段话：“中国古代有一个很恶劣的传统，即自公元前3世纪初开始，在改朝换代以后，大都有计划地把前朝的都城、宫殿加以破坏，甚至引水浸泡，认为这样做可以断绝前朝复辟的可能性。个别沿用前朝都城的，也要对原格局做很大的改动，表示已‘革故鼎新，成为新都’。所以尽管历史上曾有很多王朝，建有很多宏大的都城和壮丽的宫殿，但除最后一个王朝——清朝的都城北京及其宫殿坛庙得以保存下来外，其余各代的都城、宫殿在亡国后都遭彻底破坏，成为废墟，只能通过考古发掘来了解其概况。”傅先生提出的中国古代都城和宫殿中被唯一完整保存下来的北京城和故宫，是明代建立的，满族入关后，一反中国古代破坏前朝都城和宫殿的“恶劣传统”，也不嫌前朝复辟可能性的忌讳，将前朝的都城和宫殿全部延用下来。这是满族高明、自信和独特之处，也是满族对历史连续性的认识和尊重。而在关外，则保留了与明代北京城在规划布局上有所不同，既吸收汉文化也吸收蒙藏文化，表现出更多创造性从而深具满族特色的清初沈阳城。她至今仍深刻影响着生活在这一方土地上的大众，仅清初沈阳城及放射状的街道网络的基本格局，就对此后沈阳城市的发展和街道的走向，起到决定性影响。虽然经多年拆改建，沈阳城作为一个整体已被割裂，外环城道与连接内外城的放射性街道也多被取直取正。但值得庆幸的是，近些年随着沈阳市历史文化名城保护工作的进展，宿白先生的观点正在被社会各界所重视和接受。2009年沈阳市人大科教文卫委员会起草关于《沈阳市历史文化名城保护条例》讨论稿和沈阳市城建与规划局制定新的沈阳市城市规划，都将这一观点作为沈阳城市规划一个主要依据。正在进行的国家社科项目《盛京城考古》也在为此寻找更多证据。清初沈阳城作为中国古代都城规划史最后一例，随着沈阳这座东北地区最大城市的振兴，也会将其特有的个性逐渐展现在国人面前。这也是家乡人对宿白先生最好的告慰。

（原载《北京晚报》2018年3月8日）

陈立夫羞辱顾颉刚

◎王彬彬

顾颉刚是著名的历史学家，是中国现代史学界“疑古学派”或曰“古史辨学派”的代表性人物。顾氏最著名的学术观点，是“层累地造成的中国古史”，这意思下面再说明。“层累地造成的中国古史”是一种理论，一种研究中国上古史的方法论。顾颉刚用以支撑这种理论或方法的证据之一，或者说，由这种理论或方法导引出的结论之一是：禹是一条虫。顾颉刚认为，后人崇敬的治水英雄大禹，并非真实的历史人物，乃是一种蜥蜴一类的爬虫。这观点流传很广，以至于人们想到顾颉刚，就想到大禹和虫。

顾颉刚于1980年辞世。除了顾颉刚本人的著述在坊间流传，还有顾潮所编的《顾颉刚学记》，顾潮编著的《顾颉刚年谱》和顾潮、顾洪合著的《顾颉刚评传》行世。顾潮乃顾颉刚千金，顾洪则是顾颉刚哲嗣。

顾潮编著的《顾颉刚年谱》（增订本）1941年10月10日的谱文如下：

> 十月十日　教育部次长顾毓琇嘱将禹之生日写一小文，因书一纸交之，曰：禹是神话中的人物，有无其人尚不能定，何从考出他的生日来。不过在川西羌人居住的松、理、茂、懋、汶一带，人们习惯以六月六日为禹的生日，这是见于该地之方志的。

这是十月十日这一天的全部谱文。顾潮编著的《顾颉刚年谱·引言》中说：“本书从顾先生的日记、文章、笔记、信札等数千万字的资料中系统地搜集了他在学术、教育、政治等方面的活动，比较全面地反映了他的一生以及八十余年来中国学术界（以史学界为主）的发展，为国内外学者进行此方面的研究提供了较为可靠的依据和线索。”但1941年10月10日的谱文，并没有注明资料来源。

其时任国民政府教育部长的陈立夫，在晚年所作的回忆录《成败之鉴》

中，也说到了这件事，但说法有所不同。

1

对中国现代史有所了解的人，都知道陈果夫、陈立夫兄弟。陈氏兄弟长期主管国民党党务，以至于有“蒋家的天下陈家的党”之说。

1900年8月21日，陈立夫出生于浙江湖州。幼年时期，陈立夫在家乡上私塾。十来岁时，到了上海。在《成败之鉴》中，陈立夫写道：“西元一九一一年，由于二叔陈其美（字英士）之邀请，我们全家都到了上海。那时二叔正受任革命军沪军都督之职，这是我一生的转捩点，如果当时上海的革命起义没有成功，我就不会有机会来到这个大都市，也更不会有机会接受新式的教育了。”陈其美是陈氏兄弟的胞叔。而陈其美与蒋介石关系则非同一般。在《成败之鉴》中，陈立夫这样评说陈其美与蒋介石：“二叔常说：人必须创造机会，而不是等待机会。即使在创造机会的过程中失败了，但终究已为后继者开创了奋进的环境。我常想：二叔若不是被袁世凯所害，英年早卒，革命的大业定会更早完成，他的逝世，无疑是使孙中山先生失去了一只最得力的臂膀。幸亏二叔很识人，将蒋介石先生介绍给孙先生，后来继之而起襄助孙先生，也是受二叔精神感召的影响极大。二叔与黄郛先生及蒋先生三人曾有过‘桃园三结义’之举，当然相交至笃，相知也深，他与蒋先生更是有很多共同的特点。”蒋介石与陈其美是金兰兄弟，又是陈其美把蒋介石介绍给孙中山的。可以说，陈其美某种意义上是蒋介石的人生导师。果夫、立夫兄弟后来俱效力于蒋介石，长期执掌要害部门，当然因为他们被蒋介石视为最可信任的自家子弟。

到上海不久，陈立夫就渴望继续上学。此前陈立夫没有学过英文，正式入学之前，必须补习英文。那时上海有所湖州旅沪公学，于是陈立夫就进入这所夜校补习英文一类课程。当时的英文教师叫沈阶升。陈立夫说他教学认真，循循善诱，陈立夫在校期间与之建立了良好的师生关系。后来，陈立夫成为党国要人，沈阶升则担任陈立夫的私人秘书，“协助我工作达十余年之久”。

在夜校补习一段时间后，陈立夫考入上海的南洋路矿学校。这所中学是其时沪上名校。南洋路矿学校在教学方式和教学内容上，都采用西式。与讲授

“四书”“五经”的传统学堂不同，南洋路矿学校以各门自然科学为主要教学内容。校长林兆禧是基督徒，喜欢讲英语，学校的自然科学教材也是英文本。刚开始，陈立夫未免吃力，但很快成为成绩最优秀的学生。

在南洋路矿学校期间，陈立夫见到了蒋介石和一些国民党元老。在《成败之鉴》的自序里，陈立夫一开始就说：“当然小的时候，在私塾里念‘四书’‘五经’时，常常听到一句勉励人的话：‘有志者事竟成。’我因此在民国元年到上海青年会所举办的夏令营中参观了若干工厂后，就立志以‘工业建国’为己任，而考入了南洋路矿学校。有一天，大哥果夫带我到二叔英士的秘密集会处所去看他。恰巧三叔、蒋介石、于右任、戴季陶诸叔都在座，似乎在商议重大军事起义反袁称帝之事，他们见了我，就问我喜欢学什么，我就以工矿为答，并说明我相信‘工业建国’，须从煤矿入手，大家听了，非常称赞。”陈立夫的父亲陈其业排行老大，二叔陈其美，这里说的三叔是父亲的三弟陈其采。

1917年，陈立夫从南洋路矿学校毕业，随后考入天津的北洋大学。北洋大学由其时任天津海关道的盛宣怀创办于1895年，创办之初，名曰北洋西学学堂，翌年改称北洋大学，实为中国第一所现代大学。北洋大学一开始就以美国的耶鲁、哈佛等名校为榜样，课程设置完全仿照这些大学。学校所需的图书、标本、仪器等都尽可能从美国采购。学校自创办之日起，就经常订有世界理科方面的权威性学术期刊100余种。学校的首任督办（校长）由盛宣怀兼任，总教习则聘请美国教育家丁家立（C.D.Tenney）担任。丁家立任总教习十多年，对北洋大学的发展贡献巨大。北洋大学的教师大多聘自美国，少数国内教员如吴稚晖、伍廷芳等，也是学界名流。学校全用英语教学，即使是中国教授，也都讲英文。北洋大学以法科、工科两部为主体，尤其工科特别出色。工科又分土木、采矿冶金、机械三类。陈立夫学的是采矿冶金专业。陈立夫既信奉“工业建国”，进入北洋大学，堪称如鱼得水。陈立夫后来曾撰《北洋创校，开启我国高等教育之先河》文，说北洋大学培养的历届学生“成绩恒优于美国学生，是北洋不唯为本国最早之大学，且自创始时起，既跻身于世界名大学之林矣。”

陈立夫是先在北洋大学读了两年预科才进入矿冶系学习，所以，1923年夏才从北洋大学毕业。旋即赴美，进入匹兹堡大学采矿工程系攻读硕士学位。1924年夏，陈立夫以论文《中国煤矿业的机械化与电气化》获得硕士学位。随后，陈立夫进入匹兹堡煤矿公司，开始了实际的采煤工作。1925年，陈立夫在美国加入了国民党，他说："这段时间我经常阅读旧金山出版的《少年中国晨报》，所以常能读到国内革命消息及中山先生的言论，到了1925年（民国十四年）我才在旧金山正式加入了国民党。"

陈立夫所上的中学是上海的名校南洋路矿学校，所上的大学是中国第一所现代大学北洋大学。南洋也好，北洋也好，都是高度西化的学校。大学毕业后又在美国留学和工作。按理，陈立夫应该是一个对西方现代文明既很了解也很热爱的人。后来，陈立夫却成为西方精神文明坚决的否定者和坚决而粗鄙的中国传统文化的捍卫者，成为国民党官方文化守旧和复古力量的代表性人物，实在让人感叹。

2

把陈立夫暂且放下，说说顾颉刚。

1893年5月8日，顾颉刚出生于苏州。1912年夏，顾颉刚在苏州中学毕业，翌年春，考入北京大学预科。1916年秋，顾颉刚进入北大本科学习，名列文科中国哲学门。中国哲学史这门课，本来由古文家陈汉章（伯弢）担任。1917年，胡适回国，任教北大哲学门，接过了陈汉章的中国哲学史课程。胡适的讲授方式与陈汉章天差地别，学生始而目瞪口呆，继而茅塞顿开。顾颉刚在著名的《古史辨自序》中，这样叙及此事：

> 哲学系中讲《中国哲学史》一课的，第一年是陈伯弢先生（汉章）。他是一个极博洽的学者，供给我们无数材料，使得我们的眼光日益开拓，知道研究一种学问应该参考的书是多至不可计的。他从伏羲讲起；讲了一年，只到得商朝的"洪范"。我虽是早受了《孔子改制考》的暗示，知道这些材料大都是靠不住的，但到底爱敬他的渊博，不忍有所非议。第二年，改请胡适之先生来教。"他是一个美国回来的留学生，如何能到北京大学里来讲中国的东西？"许多同学都这样怀疑，我也未能免俗。他来了，他不管以前的课业，重编讲义，开头一章是"中国哲学结胎的时代"，用《诗经》

作时代的说明，丢开唐虞夏商，径从周宣王以后讲起。这一改把我们一班人充满着三皇五帝的脑筋骤然作一个重大的打击，骇得一堂中舌挢而不能下。

胡适的授课虽然一开始令学生难以接受，但最终给予顾颉刚这样的学生巨大的方法论启示。胡适这期间发表的论文，也对顾颉刚有着启蒙作用。

1920年夏，顾颉刚从北大毕业。北大刊物《新潮》创办者之一的傅斯年，已经赴欧留学，接替傅斯年的罗家伦也将赴美留学。罗家伦希望顾颉刚能把《新潮》继续办下去，便托胡适为顾颉刚在北大图书馆谋得编目员一职。顾颉刚本立志研究史学，而在北大图书馆任编目员，颇有助于他选定的学术研究。这期间，顾颉刚与钱玄同之间经常书信往还，讨论中国古史问题。1923年4月，顾颉刚将写给钱玄同论古史的信以《与钱玄同先生论古史书》为题，在《努力周报》发表，其中后来反复被引用、成为顾颉刚一生代表性学术观点的，是这样一番话：

我很想做一篇《层累地造成的中国古史》，把传说中的古史的经历详细一说。这有三个意思：第一，可以说明“时代愈后，传说的古史期愈长”。如这封信里说的，周代人心目中最古的人是禹，到孔子时有尧舜，到战国时有黄帝神农，到秦有三皇，到汉以后有盘古等。第二，可以说明“时代愈后传说中的中心人物愈放愈大”。如舜，在孔子时只是一个“无为而治”的圣君，到《尧典》就成了一个“家齐而后国治”的圣人，到孟子时就成了一个孝子的模范了。第三，我们在这上，既不能知道某一件事的真确的状况，但可以知道某一件事在传说中的最早的状况。我们既不能知道东周时的东周史，也至少能知道战国时的东周史；我们既不能知道夏商时的夏商史，也至少能知道东周时的夏商史。

这就是所谓“层累地造成的中国古史说”的基本内容。顾颉刚指出：中国的古史，是逐渐地、一层一层地累积而成的。时代越往后，追溯的历史越向前，“譬如积薪，后来居上”。同时，时代越往后，远古的那些中心人物身上的光环越多。那么，层累地造成古史的手段是什么呢？只能是后人的想象、附会、虚构。说白了，关于古史的种种叙述、记载，都是靠不住、不可信的。

这个观点在当时当然石破天惊。

既然关于古史的叙述、记载都不足为信，关于大禹的诸种说法，自然也就十分可疑了。于是，顾颉刚表达了对大禹的见解："至于禹从何来？禹与桀何以发生关系？我以为都是从九鼎上来的。""我以为禹或是九鼎上铸的一种动物，当时铸鼎象物，奇怪的形状一定很多，禹是鼎上动物的最有力者；或者有敷土的样子，所以就算他是开天辟地的人。"而"流传到后来，就成了真的人王"。那么，禹到底是何种动物呢？既然《说文解字》上说"禹"是一种"虫"，又"兽足蹂地也"，那么，"以虫而有足蹂地，大约是蜥蜴之类"。既然禹是九鼎上最有力量的动物，那就只能是巨蜥了。

顾颉刚及其追随者的学术观点，引起过激烈的争议。顾颉刚的入室弟子杨向奎，也是著名的历史学家。他在写于1981年的长文《论"古史辨派"》中，这样评价"古史辨派"的学术成就："《古史辨》在冲破伪的古史方面，在由怀疑古史而加以抨击时都发生过积极作用。但在怀疑和抨击古史方面有时过了头，以致玉石俱焚。比如《左传》是一部好的古代史，但他们怀疑是伪作，这给当时的古史研究者添加了许多麻烦，以致有人用了很大力气证明《左传》不伪。"又说"'古史辨派'是在打破权威，他们抨击了自古相传的古史系统，而这个古史系统不仅是历史问题，也是道德伦理问题，因为古代帝王被说成是道统所系，因而《古史辨》辨认的对象不仅是中国古代史，也是中国道德学及伦理学史。这是中国封建社会整个上层建筑中的核心问题，对这些问题发生怀疑，也就是怀疑整个封建社会的道德学说与价值观念，从这个角度看，他们的工作是和'五四'时代反封建的伟大潮流相一致的。"

既然禹到底是不是一条虫，关乎整个传统社会的道德伦理、价值观念，那他令狂热的文化复古和文化保守主义者陈立夫很在意，就不是偶然的。

3

那么，我们回到陈立夫。

1925年9月，陈立夫回国。此时，蒋介石正在广州当着黄埔军校校长，而陈立夫的大哥陈果夫已在为蒋介石效力。船抵上海，陈立夫本来打算接受中兴煤矿公司总经理钱新之邀请，担任公司的工程师。但陈果夫转来了蒋介石的电报。蒋介石得知陈立夫学成归来，希望也到广州去协助他。大哥也极力劝说小弟“献身国民革命”。于是陈立夫于12月间乘船到了广州。1926年1月9日，蒋介石接见陈立夫，根本不让陈立夫讲述对采矿工作的兴趣，径直任命他为黄埔军校校长办公室机要秘书。陈立夫名义上是黄埔军校的工作人员，实际上每天在蒋介石私人官邸处理蒋个人的重要机密文件。陈立夫私下称蒋介石为“蒋三叔”，因为黄郛、陈其美、蒋介石三个金兰兄弟中，蒋介石最年轻。但在公开场合，则称校长，北伐时期便称总司令。

在黄埔军校任职期间，陈立夫的最得意之举是北伐前劝阻蒋介石出国。

陈立夫在《成败之鉴》中说，“中山舰事件”之前，汪精卫主持广州的一切政务，并且兼任军事委员会主席，“完全听从俄国顾问季山嘉的控制”。广州国民政府想免除蒋介石的职务，又不敢。蒋介石试探性提出辞职，汪精卫既不敢批准又不加慰留。蒋介石便进退两难，内心十分痛苦。汪精卫们暗示蒋介石，可离开广东到俄国去，名为考察，实则把蒋扣留在俄国，等有人掌握了广东的军事全权，才放蒋回来。无非是以此种方式剥夺蒋的军事权力。蒋介石无奈之下，只得决定出国。他要陈立夫随行。蒋陈二人准备从香港乘船到海参崴，行程消息都保密。两人的护照、船票、行装都准备好了，还兑换了一些港币，以备途中之需。出发那天，蒋陈二人驱车前往长堤码头。在到达码头前几分钟，陈立夫终于开口了。他说：“校长，为什么我们一定得走？军事权在校长掌握之中，为什么我们不干一下？”蒋介石听了这话，便吩咐司机把车开回寓所。但在到达寓所前，蒋又命令司机再把车开回码头。这时，陈立夫又开口了：“我们如果走了，总理交给校长的任务将由谁来担负呢？”蒋介石听后，想了又想，最后毅然决然地命令司机把车开回东山公馆。司机的座位与后面隔着一块玻璃，听不见二人的谈话，受命开来开去，十分不解。蒋介石决定“干一下”，于是有了“中山舰事件”，有了政治局势的巨变。陈立夫颇为自得地说：

> 蒋先生决定留下来干了，这一明智的决定，对以后中国的历史发生了

极大的影响。这件事除了蒋先生和我二人知道以外，无第三人知道，所以我有责任在八十岁时接受本党颁赠中山奖章典礼时向中央诸同志宣布出来，这是国民革命转捩点之一，十分重要。至于蒋先生过去已去过苏联，这次再去，是没有必要的，除非为了政治因素。这个转变，绝不全是因为我的话而决定的，在一个人犹豫不决之时，任何一方面，增多一分，是会发生影响的。但是我何以有此勇气问他，这除了总理在天之灵可以解释之外，别无原因，历史的因素是十分复杂的。我们回到东山公馆后，蒋先生就忙碌不堪，时时在紧张中，像有所准备似的。

如此重大的事情，陈立夫能劝说蒋介石改变决策，只能说明蒋介石在驱车去码头的途中，仍在犹豫，思想仍在激烈斗争。陈立夫的话，在天秤的一端，加上了一根稻草，但就导致了事情的反转。

陈立夫是国民党特务工作的创始人。南京国民政府成立后，陈立夫任中央组织部调查科科长。中央组织部调查科，便是中央党部调查统计局（中统）的前身。陈立夫虽然是工科出身，虽然干的是机要和特务工作，但对思想文化工作十分重视。1928年4月，陈立夫在正业之余，创办了《京报》。因为南京已经成为首都，所以有此命名。办报的资金完全出自私人。陈立夫任理事会主席。陈立夫每晚九十点钟才能到报社工作，“看大样、写社论和专题文章”。到了第二年，《京报》的发行量就达到一万三千五百多份，超过国民党中央机关报《中央日报》而成为南京第一大报。陈立夫在回忆录中列举《京报》的功绩时说：“逐渐地，《京报》有着可观的影响力，譬如北京光复后，我们建议将北京改名北平，我们在社论中指摘继续使用北京的不当，因为南京已成为国都，再用北京很容易使人误会以为我们有两个国都；同时，我们也建议将直隶省改名河北省，因为直隶是指这省是国都所在地，如果这样，江苏省由于南京首都，也可以称为直隶省了。其次建议江苏大学应改称中央大学，因为它位在南京首都。这些建议都被政府一一地采纳。”其他的建议姑且不论，将北京改称北平，实在是多此一举。

陈立夫办报纸，每天晚上九十点钟还从办公室赶到报社，忙到深夜，当然不是为了赚钱，而是为了“宣传主义”，为了在思想文化上影响人民。

在1929年4月的国民党三届一中全会上，陈立夫被选任为中央党部秘书长。随后，陈立夫创办了《时事月报》。陈立夫任发行人。这份杂志“有系统地分析国内外重要新闻和科学进步等问题”。杂志也很受欢迎，曾发行到一万一千份，是排在《东方杂志》《新中华》之后的国内第三大杂志。这时期，陈立夫还与大哥果夫一起创办《政治评论》。1930年，陈立夫与吴大钧一起创办了正中书局。正中书局起先完全是私营性质，陈立夫任发行人，后来才归中央党部秘书处经营。

陈立夫在干机要工作、特务工作和党务工作的同时，还自掏腰包办报纸、办刊物、办出版社，把业余时间都用在这些事情上，可见对思想文化工作、对宣传教育工作，极其重视，也有十分强烈的兴趣。

4

南京国民政府成立后，国民党官方掀起了文化复古的狂潮，而陈立夫则是文化复古运动的主要策划者、组织者、指挥者。其时，左翼文化正兴起，势头强劲。国民党官方掀起复古狂潮的用心之一，就是企图借传统文化抵抗、扑灭左翼文化。这期间，陈立夫关于中国文化，发表了许多言论，而恢复中国固有的文化与道德，则是反复强调的文化建设的目标。

抗战前的数年间，陈立夫一方面本人著书立说，鼓吹传统文化，另一方面策划了多种文化事件。在《成败之鉴》中，陈立夫十分自豪地说：“以理论打击共产党由我开始。”“以理论打击共产党由我开始”是一个小标题。在此标题下，陈立夫写道：“我之反共既基于中国文化，我遂从中国文化之根源——《易经》——找到唯物史观之错误，生存才是进化之中心。生命必须包括心与物二者，亦即国父所发明之生元（生命的元素），具有心物二者，而非唯物，依‘孤阴不生，独阳不长’之原理，只有‘唯生’，才能存在，遂著《唯生论》，由理论方面从根驳斥之，共产党曾下令党员著文攻击，唯无一能驳倒我的创见也。共党因之更增其对我的仇视。”陈立夫是在说明“我们兄弟二人为何成为中共之最大敌人”时写下这番话的。垂暮之年写回忆录时的陈立夫，颇有些自我膨胀。中共并没有把陈氏兄弟视作最大敌人。中共1948年12月25日公布的国民党

43名战犯名单中，陈果夫、陈立夫分别名列第七、第八。陈立夫创办和主持中统，令中共十分头痛，这才是中共仇视陈立夫的最大原因。至于其“理论创见”，中共应该根本没当回事，因为那实在肤浅得很，混乱得很，不值一驳。

中国现代文化史上著名的“十教授宣言”事件，也是陈立夫的“杰作”。“十教授宣言”的主旨，就是所谓“中国本位的文化建设”。而“中国文化本位”，原本是陈立夫在他的“哲学著作”《唯生论》出版后提出的口号。陈立夫的秘书刘百闵多次到上海，与商务印书馆编译所所长何炳松、复旦大学教授孙寒冰等人联络，在上海成立一个“中国文化建设协会”，出版一份十六开本的杂志，名曰《中国文化建设》，作为“中国文化建设协会”的机关杂志。而第一步，是找十个教授联名发表一份《中国本位的文化建设宣言》。1935年1月10日，南京、上海、北京三地的十名教授，联名发表了这份“宣言”。他们是：王新命、何炳松、武堉干、孙寒冰、黄文山、陶希圣、章益、陈高傭、樊仲云、萨孟武等。《宣言》宣称：“在文化的领域中，我们看不见现在的中国了。中国在对面不见人形的浓雾中，在万象蜷伏的严寒中；没有光，也没有热。为着寻觅光与热，中国人正在苦闷，正在摸索，正在挣扎。”“中国在文化的领域中是消失了；中国政治的形态、社会的组织和思想的内容与形式，已经失去它的特征。由这没有特征的政治、社会和思想所化育的人民，也渐渐地不能算得中国人。所以我们可以肯定地说：从文化的领域去展望，现代世界里面固然已经没有了中国，中国的领土里面也几乎已经没有了中国人。”结论是：“要使中国能在文化的领域中抬头，要使中国的政治、社会和思想都具有中国的特征，必须从事于中国本位的文化建设。”

除了出版“哲学专著”《唯生论》和组建“中国文化建设协会”、策划“十教授宣言”，陈立夫还在一系列文章和演讲中，抨击五四新文化运动，狂热称颂“固有文化”。所谓“中国本位的文化建设”，就是在恢复被新文化运动所批判、抛弃的“固有文化”。陈立夫强调，自“五四”以来，所谓文化工作，基本上是破坏而无建设，以致“吾国固有之文化摧毁无余”。现在要建设民族新文化，首先要研究中国民族的特性，而“中国的民族特性是优秀的”，它的优秀之点在于“至大至刚”“至中至正”。所以，“建设文化，须先恢复固有的至大至刚至中至正的民族特性，再加以礼义廉耻的精神，以形成坚强的组织和纪律”，这样，在

“最近的将来”，便可实现“民族的复兴”。

1938年1月7日，陈立夫在重庆就任教育部长。这就有机会与顾颉刚发生关系。在《成败之鉴》中，列举自己在教育部长任内的功绩时，陈立夫写下了这样一段话：

> 教育部为扩大社教，还制定了各种节日，每年二月十五日为戏剧节，三月二十九日为青年节，三月二十五日为美术节，三月二十六日为广播节，六月六日为工程师节，四月五日为音乐节，九月九日为体育节，九月二十八日为教师节。关于青年节和工程师节规定的经过，需要特别叙述的。原来在战前，已经非正式的以五月四日为青年节。我认为黄花岗起义比五四运动更能表现青年爱国、牺牲和奋斗的精神，所以便改以三月二十九日为青年节。至于六月六日为工程师节，是这样的：我记得在教育部任内，被中国工程师学会推为会长。我对于素所尊敬的顾颉刚先生，曾经作了一件极有意义的事，他是一位极有名的历史学教授。忽然发了奇想，写一篇文章说，大禹是个虫，没有那么一个人。他的理由是很欠缺的，但是他的名气很大，居然有人相信。我听了非常怄气。我想难道离孔子一千几百年的大禹，孔子对他尚且非常赞美的人，反不及四千年后的顾先生所得的文献更可靠，何况孔子一向重视证据，无可靠的文献，他不写作。我于是伺机去找顾先生，请他考据禹的生日是何月何日，以备提工程师年会拿这一个日子作为工程师节。他考据了以后，写了一封信给我，说某年六月六日是大禹的生日，我就根据他的信提出工程师联合年会，经全体会员一致通过。我随即宣布，从是日起，大禹不再是个虫了，因为虫的生日是无法知道的，这是顾颉刚先生负责考据出来的，有信为证。大家皆哄堂大笑，我就救了顾颉刚先生。现在每年六月六日所举行的工程师节，是这样来的。

陈立夫垂暮之年写下的这番话，充满傲慢与无知。从语气中可断定，陈立夫原本并不知道顾颉刚的历史观点，也不知道顾颉刚关于大禹的考辨。顾颉刚的《与钱玄同先生论古史书》，发表于1923年4月，已经快20年了。“大禹是一条虫”的观点问世时，正值陈立夫从北洋大学毕业而准备赴美留学时。“大禹是一条虫”，毕竟是人文学界的事。作为采矿专业学生，陈立夫当时可能根本没有听说此事，即使听说了，也未必会在意。那么，他是何时知道此事的呢？我以为，是在以教育部长的身份提议将大禹的生日作为工程师节的时候。陈立夫是工程师出身，又当着全国工程师学会会长。既然制定了那么多鸡零狗碎的节日，怎能不制定一个工程师节？在陈立夫看来，远古的治水英雄大禹，是工程师的始祖，应该以大禹的生日作为工程师节。当他提出此议时，有人告诉他顾颉刚的观点，他才十分惊异、十分气愤。他以为顾颉刚是成为大教授、名气很大后才声称“大禹是个虫”，而不知顾颉刚是因为声称“大禹是个虫”才成为大教授和名气很大的。可以说，陈立夫根本没有懂得“古史辨派”是怎么回事，根本没有明白顾颉刚们“疑古”的理由何在。陈立夫当时没有读顾颉刚的文字，后来也没有读顾颉刚的文字，直到垂暮之年写回忆录时，仍然没有读过顾颉刚的文字。当时，陈立夫以教育部长之尊，听说大教授顾颉刚认为“大禹是个虫”时，根本没有想到改变以大禹生日作为工程师节的初衷，而是立即想到让顾颉刚改变他的学术观点。这分明是对顾颉刚的羞辱，但直到垂暮之年，他还认为这是“救了顾颉刚先生”。

5

顾潮编著的《顾颉刚年谱》中关于此事的说法，与陈立夫在回忆录中对此事的回忆，颇有不同。《顾颉刚年谱》中说，是教育部次长顾毓琇来找顾颉刚，请顾颉刚考定禹的生日，而顾颉刚强调禹乃神话中人物，有无其人尚不知，何由考定其生日。不过，川西羌人将六月六日作为禹之生日。而陈立夫则说是自己亲自找了顾颉刚，而顾颉刚也就考定了禹生于六月六日，并未提到顾颉刚还说过禹有无其人尚不知。陈立夫是在工程师联合年会上宣布这一决定的。他同时宣称，这日子是顾颉刚考定的，有顾颉刚亲笔信为证。从陈立夫回忆的语气看，他当时是洋洋得意的，是手里是拿着顾颉刚的亲笔信的。如果顾颉刚信中首先强调了禹是神话人物，有无其人尚不能知，陈立夫不会满意，更不会很得意，那封顾颉刚的亲笔信，也就并不能成为证据。所以，顾颉刚到底是怎样回答陈立夫的，还是疑案。

明知顾颉刚发表过禹是一个虫的见解，却还要顾考证禹的生日，这分明是对顾的羞辱。在那个年代，即便贵为教育部长，也并非敢对任何一个大学教授如此羞辱的。那么，陈立夫为何敢于如此羞辱顾颉刚呢？读一读《顾颉刚年谱》，就能明白其中缘由。

读《顾颉刚年谱》，可知在那个时代，顾颉刚与国民党高层是走得很近的。下面抄录一点这方面的记述。

1941年7月13日，“受蒋介石接见，谈整理中国古籍事，辛树帜偕同”。

1942年7月，顾颉刚当选为国民参政会第三届参政员；1942年10月19日至31日，出席国民参政会第三届大会；1943年4月，被推为三青团评议员；1945年4月9日至11日，出席三青团评议会；1945年4月，蝉联国民参政会第四届参政员；1945年7月，出席国民参政会第四届第一次大会，参加教育文化组审查会，审查提案，并修改教育报告审查意见。

1941年12月2日，“应戴季陶邀，作《戴家齐君传》”。戴家齐在主持西昌开垦工作期间病逝，因此需要有篇传记在刊物登载，但由国民党元老戴季陶出面请顾颉刚写，可见顾颉刚很受高层器重。

从年谱看，顾颉刚与朱家骅的关系非同一般。抗战期间，朱家骅是国民党中央组织部部长、中央研究院代理院长、中央调查统计局局长（即通常所说的“中统”，本来由陈立夫掌管，陈掌教育部后，不宜兼管特工，遂由朱家骅接任）。1944年11月，陈立夫卸任教育部长，复任中央组织部长，朱家骅则复任教育部长。年谱中，常常出现顾颉刚为朱家骅代笔的记载，有时还为朱家骅“代身”。

1941年10月8日，代朱家骅作讲稿《西北问题与科学化运动》。“删改后刊《文史杂志》第二卷第二期（1942年2月15日），题《西北建设问题与科学化运动》，署朱家骅。”这是说，顾颉刚替朱家骅写了一篇文章，朱家骅对文章做了删改，题目也加了“建设”二字，然后以自己的名义在刊物发表。

1941年12月12日，代朱家骅作《告河西、湟川、黔江三中学学生须注重史地书》。

1941年12月17日，代朱家骅作《三十一年元旦致词》，刊《上游集》。

1942年8月6日，代朱家骅作《悼滕若渠同志》，刊《文史杂志》第二卷第五、六合期，署朱家骅。

1942年9月3日，代朱家骅作《告边疆同胞书》，“十月二十一日朱家骅在招待边疆人士茶话会上讲，题《边疆问题与边疆工作》。略改，刊是年十月二十九日《中央日报·扫荡报联合版》”。

1942年9月30日，代朱家骅作《新绥公路通车十周年纪念专刊题词》。

从年谱的此类记述看，顾颉刚颇近于朱家骅私人秘书。顾颉刚代朱家骅作文，年谱中有时说明文章公开发表时“署朱家骅”，有时没有这种说明。但我想，只要是以朱家骅名义写的文章，公开发表时当然都署名朱家骅。总不至于在某种会议上朱家骅以自己名义发表讲话，讲话在报刊发表时却署名顾颉刚，那岂非笑话？

年谱中1947年3月29日至31日的谱文是：“以教育部部长朱家骅代表身份，出席中国社会教育社年会，并致词曰：该社创办已有十六年之历史，值此第五届年会，讨论之中心问题是‘社会教育与新中国文化建设’，尤为适合于建国需要。梁启超办《新民丛报》，唤醒了全国的知识分子；五四运动唤醒了全国的青年学生；这次的文化运动‘一定要以全体国民为对象，这便有赖于社会教育了’。”顾颉刚完全是以部长的口气发表讲话。顾颉刚并非教育部职员，并非次长、司长一类教育部官员，却能代表教育部长在此类会议上致词，可见顾颉刚这个教授，决非一般教授可比。

这样我们就明白了陈立夫何以敢如此羞辱顾颉刚了。如果是一个与官方没有此种“亲密关系”的学者，别说认为禹是一条虫，就是认为禹是一条脓，陈立夫也不敢要他改变自己的看法；如果是一个经常批评政府的学者，陈立夫就更不敢招惹了。陈立夫敢于如此对待顾颉刚，就因为料定顾颉刚必会听命。也可以说，陈立夫因为没把顾颉刚当“外人”，才敢提出这样的要求。既然顾颉刚一直在配合党国的工作，既然顾颉刚一直与党国合作得很好，这一次，有什么理由不配合、不合作呢？令其改变自己的学术观点，即便心有不快，顾颉刚也不会断然拒绝，更不会拍案而起。

《顾颉刚年谱》中，还有一则谱文，颇有助于对此事的理解。1943年3月23日谱文如下：

出席中国史学会筹备会。二十四日，出席该会成立大会，任大会主

> 席，当选为理事。二十六日，出席该会理监事会，任主席，当选为常务理事。常务理事又有：傅斯年、黎东方、朱希祖、陈训慈、卫聚贤、缪凤林、金毓黻、沈刚伯；常务监事有：吴敬恒、方觉慧、蒋复璁。黎东方兼任秘书。“此次中国史学会之召集出于教育部，电滇、黔各校教授前来，花费殆十余万。说教部提倡学术，殆无此事。有谓延安正鼓吹史学，故办此以抵制，不知可信否。予与今教长恶感已深，本不想参加，又恐其作强烈之打击而勉强出席。然开会结果，予得票最多，频作主席，揭诸报纸，外人不详其实，遂以为我所倡办矣。”（日记是月）

这段谱文后面引号内的话，是顾颉刚日记原文。这次中国史学会的筹备会和成立会，是由教育部主办的。“予与今教长恶感已深”，让我们知道顾颉刚虽然与朱家骅关系亲密，但与教育部长陈立夫关系很不好。陈立夫操办的会，顾颉刚本不想参加，但又不敢不参加，因为怕陈立夫“作强烈之打击”。这也很耐人寻味。陈立夫能对一个大学教授做怎样的打击呢？如果是一个与国民党官方保持距离的教授，即便是教育部长，也没法施以什么打击。一个大学教授的教职、工薪，是本分内的东西，教育部长剥夺不了。教育部长只能剥夺一个教授非本分内的、由官府赐予的东西。如果你本来没有这些分外之物，就是蒋介石也无奈你何。而顾颉刚恰恰颇有这类分外之物，诸如国民参政会参政员、三青团评议员等。这是一种政治地位，一种人生荣耀。如果顾颉刚实在令陈立夫恼怒了，以陈立夫的身份，剥夺顾颉刚的此类地位、荣耀，那是能够做到的——顾颉刚害怕的“强烈之打击”，应该就是这些吧。

这样我们就知道了，当陈立夫命顾颉刚考证禹之生日时，顾颉刚愿意也好，不愿意也好，都会从命的，因为“恐其作强烈之打击”也。如果说陈立夫命顾颉刚考证禹之生日，是对顾颉刚的羞辱，那顾颉刚其实是自取其辱。

当然，所谓羞辱，也是一种书生气的看法。此类场合，当事人视为莫大之荣耀，是更有可能的。

（原载《钟山》2018年第6期）

就是为了那一点气节

◎王　尧

1

黄昏，老舍提着一只小箱子走出了济南的家门。

这是1937年11月15日。老舍匆匆收拾衣物，出门前抚摸了“痴儿弱女”的头，踟蹰中迈出脚步。别离的场景如此凄婉：“弱女痴儿不解哀，牵衣问父去何来？”到了武汉，老舍在一首诗中闪回那一刻。老舍内心挣扎，不只是家属留在济南，他独自一人远行。此时，北平已陷入敌手，老舍曾函劝友人逃出北平，也就不会自投罗网。压在老舍心底的，是比“亲情”更重的“气节”二字：如果济南沦陷，自己被俘虏，被逼着做汉奸，怎么办？这一恐惧在老舍心里日夜盘旋。这是我在老舍文章中读到的唯一的恐惧情绪，而他即便头顶盘旋敌机也无恐惧。恐惧让人警醒，老舍告诉自己：一个读书人最珍贵的东西是他的一点“气节”。

老舍几经辗转，终于在11月18日到达汉口，他把这一天视为流亡生活的开始。其实，离开家门的那一刻，流亡已是他此后的日常生活了。从青岛到济南，由济南到武汉，再到重庆。路途中，老舍拿着一支笔，风把他的破帽子吹落在沙漠上，雨打湿了他的铺盖卷儿，比风和雨更厉害的是无数次敌人的炸弹落在他的附近，他半截埋在沙土中。——他在《八方风雨》中如此描述自己，并用了5个关键词诉说他的8年抗战：是流亡，是酸苦，是贫寒，是兴奋，是抗敌。

和许多同时代的知识分子一样，他们之所以成为历史人物，不仅因为著述，还与他们成为历史进程中的一个环节有关。在武汉的老舍，第一次成为历史中的一个环节。1938年3月27日，“全国文艺界抗敌协会”在汉口总商会礼堂成立，老舍当选为理事。老舍《入会誓词》开篇便说：“我是文艺界中的一名小卒，十几年来日日操练在书桌上与小凳之间，笔是枪，把热血洒在纸上。”

住在武昌的老舍，本想26日晚过江预备次日的事情，但天雨路脏，又要赶写文章，便于翌日起早往汉口。空袭的恐怖像大雾一样弥漫着，倘若天晴，敌机便会结队而来，老舍因此深盼坏的天气。27日凌晨5点，老舍便睡不安稳了，“假如晴天大日头，而敌机结队早来，赴会者全无法前去，岂不很糟？至于会已开了，再有警报，倒还好办；前方后方，既无从分别，谁还怕死么？”6点，老舍起身望去，红日一轮照在武汉大学的白石建筑上。老舍急走至江岸，他的眼前水声帆影，龟山隐隐。

“文章下乡文章入伍”，到达礼堂的老舍看到了白布条上的标语。在老舍笔下，出席成立大会的有：周恩来、冯玉祥、郭沫若、郁达夫、丰子恺、老向、何容、楼适夷、王平陵、华林、宋云彬、钟天心、胡风、邵力子、穆木天、卢冀野、锡金、宋元、彭玲、蒋山青、盛成、孙师毅和日本作家鹿地亘等。老舍在这里第一次见到郭沫若、郁达夫和丰子恺。在成立大会上，周恩来、郭沫若相继发表了简劲有力的演说，冯玉祥、陈铭枢也在末了登台致辞。在武汉和重庆，冯玉祥将军给老舍很多照顾，这是老舍文章中始终带有温情的记忆。周恩来在会上说：历史上很难找到这样的大团结，因为文人相轻啊。可是，今天不但文人们和和气气地坐在一堂，连抗日的大将也是我们的会员啊。晌午，在礼堂门外照相时，晴暖的春光照在大家的笑脸上。与会者在普海春饭店边午餐边开会，空袭警报声中会员们照常讨论“文协”会章。室外，敌机声和高射炮声响成一片，老舍听到饭店的窗户被震得哗啦哗啦的响。

老舍欣慰的是，“文协”理事会认为选举结果正是大家所期望的那样，不分党派，不论文艺主张，只管团结与抗战。邵力子、郭沫若、茅盾、胡风、冯乃超、郁达夫、姚蓬子、楼适夷、王平陵、陈西滢、张恨水、老向等都当选为理事。老舍在《八方风雨》中以此为例说，可以看出这些理事代表的方面有多广，绝对没有一点谁要包办与把持的痕迹。——这大概是“五四”以后文人最团结的一次结集，“左中右”的人都能够坐在一起。

4月4日，“文协”第一次理事会在冯玉祥将军寓所客厅召开。老舍当选为常务理事，被推为总务主任。此后数年，老舍和“文协”成为抗战词典中的关键词。此前，由谁来负责“文协”，各方都有政治考量。冯玉祥将军的秘书于志恭在回忆文章《老舍与文协》中记述，周恩来意识到如果由郭沫若和茅盾出面，张道藩那些人就不会来，甚至无法坐到一张桌子旁开会。周恩来征询冯玉祥的意见，冯玉祥推荐了老舍，评价老舍爱国，人缘好，无党无派，肯吃苦，在文坛有威望。老舍成了各方都可以接受的人选，“文协”能够团结抗战，与此相关。

冯玉祥将军不满政府和国民党里的一些人，但也坦承张道藩没有破坏“文协”的团结。1946年冯玉祥将军被蒋介石遣往美国考察水利后，著有口述实录《我所认识的蒋介石》。他这样谈论“文协”的“政治生态”：“在武汉这一个地方，最好的现象是大家都想团结一致，共同抗战。如同汉口成立的抗战（敌）文协，是舒舍予（老舍）他们领导的。我听说，这些拿笔杆子的文人，平时都是你挑剔我，我批评你，谁和谁都不易在一起；这一次为了打倒日本帝国主义，收复失地，雪我们全民族的耻辱，他们成立了抗战（敌）文协，大家全团结起来了，把自己互相指责的精神，集中起来对准敌人进攻！”“假如在政府的人和党里的新贵族他们能了解到这一点，我想决不应该后来再弄个张道藩来专做挑拨离间的工作。虽然那位姓张的努了些力，到底也没有破文协的团结。这也可见不以最大多数人的利益为利益，而以很少数人的利益为利益，永远不会成功什么事体的。”冯玉祥将军认定张道藩做了“挑拨离间”的工作。

在武汉，老舍停下了两部长篇小说的写作，他陆续写作有关抗战的短文。一边写文章，一边办理“文协”的事务。艺术么？自己的文名么？都在其次，抗战第一。——老舍这样回答自己的也是别人的问题。笔在手中，一年来的流亡、别离和痛苦也就忍受下来。老舍觉得这一年的笔，沾着这一年民族的鲜血。虽然武汉有过三次空战大捷，但防空系统还是挡不住敌机的轰炸。7月12日，老舍在防空洞，炸弹落在四丈远的地方，他想象着东一片血，西一片火光。19日空袭，老舍躲在院外的土坡和豆架之间，炸弹落在十丈远。落弹时的呼啸声，像鬼音吱呼吱呼，老舍听到了他生平最难听的声音。

老舍曾有赴前方的梦，但体弱多病，一杯冷水残茶就能击垮他的身体。无法金戈铁马于疆场，只能以笔为旗，老舍决定停在武汉。到了7月末，武汉经历两次大轰炸后，已经疏散人口。老舍没有离开武汉的意愿，他相信武汉不会陷落，“文协”的朋友会继续工作。当初，他以留在武汉为耻，现在疏散人口，他又以离开武汉为耻。但“文协”总会迁移重庆已成决议，老舍负责总务，不得不走。

1938年7月30日，老舍与何荣、老向夫妇、萧伯青一行五人带着“文协”的印鉴与零碎东西辞别武汉。除了萧伯青的船票费是“文协”开支的，老舍几位都是自掏腰包。这是一艘上海三北公司的轮船，挂着一面意大利的国旗，老舍挤在洋鬼子和鸦片鬼之间离开了武汉。

2

1938年8月14日，老舍到达重庆。上岸后直奔公园路青年会，但青年会已经客满。友人黄次咸与宋杰人让老舍他们暂住机器房内。从未睡过凉席的老舍，为了对付炎热买了凉席。睡在凉席上，老舍依然汗出如雨，伸手触摸周遭的墙桌椅，都是烫的，仿佛人在炉子里一般。不久，老舍住到青年会楼下，再搬到光线稍好的二楼，与何荣同住一间。老舍开窗便能见到大江与南山，内心舒朗安静很多。老舍开始写文章，学大鼓书，写鼓词，写长篇小说《蜕》，尝试创作话剧，也用旧剧的形式写抗战的故事。萧伯青回忆说，老舍是从早晨写到中午，细水长流，从不懈怠。下午则是接待来访者，陪友人聊天，处理“文协”事务。

老舍遭遇了1939年的“五三”“五四”大轰炸。5月4日，二十四架敌机狂炸重庆市区，历时1小时48分钟。敌机轰炸的重点目标是重庆最繁华的商业中心，老城区上半城。敌机投下炸弹78枚、燃烧弹48枚。上半城37条街道被炸，市区7处由轰炸引起的大火蔓延，全市陷入火焰的包围之中，陪都遭受了空前的浩劫。冰心是1940年冬天从昆明飞重庆的。飞机在重庆上空下降时，她倚窗下望，还能够看到林立的颓垣破壁，上上下下地夹立在马路两旁。冰心当时的感觉是重游了罗马的废墟。5月3日敌机大轰炸时，老舍埋头写作剧本《残雾》。5月4日，他继续赶写剧本。下午4时，刚由成都到重庆的周文，和宋之的、罗烽来访，商谈文艺协会成都分会今后会务推动的办法。刚谈不久，警报响起；5时，警报又拉响。老舍抱着剧本《残雾》，和周文他们躲进防空洞。18时20分，防空司令部发出紧急警报，随后敌机以密集队形飞临市区，轮番轰炸。防空洞中的老舍，听到了地面咚咚的轰炸声。19时许，警报解除，老舍从洞里出来，看到满天红光，青年会附近也是一片火海。

我在老舍《五四之夜》的叙述文字中，看到他从防空洞走出后的愤怒的眼神："这红光几乎要使人发狂，它是以人骨、财产、图书为柴，所发射的烈焰。"英国学者罗伯特·贝文《记忆的毁灭——战争中的建筑》观察战争与文明的思路独特，在这本书的封底印了三位学者、作家和图书管理员的文字。在塞尔维亚人烧毁了波黑国家和大学图书馆时，一位图书管理员说："城里到处飘散着还在燃烧着的软软的一页一页灰色的灰烬，像脏乎乎的黑色的血。抓到一页灰烬，你还能感到它的温热，一时间你还可以看到奇怪的黑灰色底片一样的书页上的一部分文字，直到温热渐渐散去，书页在你的手中化为乌有。"这是一段打动我的文字。当我站立重庆街头时，想到这段文字，我触摸到的不仅是一页灰烬，一片瓦砾，还有在红色火光中一丝丝带血的魂灵。

头上顶着炸弹成为日常生活，大轰炸后的"文协"会所只能暂时移到城外的南温泉。老舍在南温泉住了几天，便回重庆与胡风、姚蓬子等商量筹备慰劳团事宜。"文协"理事会决定老舍参加北路慰问团去前线慰问抗战将士。临行前，老舍自备盘缠钱，又买了两身灰色的中山装。他后来常常穿着这样的衣服，几次水洗后衣服掉色，不灰不蓝。老舍自嘲像个清道夫。吴组缃对老舍说：你这是斯文扫地的衣服。被老舍称为"长征"的北行，历时5个多月，行路2万多里。慰问团往西安，绕潼关，到洛阳，由洛阳去襄樊，出武关再回西安。而后，由西安奔兰州、青海、绥远、宁西、兴集……9月9日和21日，慰问团两次途经延安。毛泽东、朱德等均出席欢迎晚会和座谈会，并致辞。老舍的长诗《剑北篇》记叙了此次"长征"。北去远征前，老舍完成了话剧《残雾》，半年后回到重庆，马彦祥导演的《残雾》已经成功上演。

在重庆的前几年，老舍居无定所，可谓大流亡中的小流亡。老舍在防空洞里无法写作，雾季过去，就预备下乡。冯玉祥将军便派人接他到陈家桥附近冯公馆的花园里。所谓花园，只有两间茅屋。春末夏初，屋外树木参差，枝头鸟儿鸣叫。此时此地，这境况也算"桃花源"了。之后老舍住过歌乐山，由滇回渝后，移住白象街新蜀报馆。1940年6月，"文协"临江门会址被炸，老舍再随"文协"迁至张家花园65号新址办公。1941年6月下旬，老舍写作剧本《面子问题》，用脑过度，患上头晕症，只能到北碚“文协”小住。在那里，他与朋友守岁。贫病中的老舍思乡情切，《北碚辞岁》云：“雾里梅花江上烟，小三峡里又一年。病中逢酒仍须醉，家在卢沟桥北边。”这首诗现在成了楹联挂在老舍旧居圆门两侧。

老舍在流亡中一直忍受着与亲人别离的痛苦。他在离开济南四个月后给朋友的信中说，我怎样不放心家小，是你可想象得到的。老舍觉得愧疚于妻子与儿女。1939年在重庆第一次过生日那天，老舍想给北平的妻与儿女写封家信，又担心暴敌检查信件。他也想到将家眷从北平接出的问题，可是，路费从何而来？尽管只需几百块钱，但老舍阮囊羞涩。那些出版老舍作品的书店，也在战争中遭遇劫难。或不知去处，或停发版税，或书被抢空。从1937年七七事变到1939年，老舍只收到生活书店的十块来钱。此时，老舍的朋友林语堂在大洋彼岸的美国。林太乙在《林语堂传》中记载，林语堂1939年的总收入是42000美元，开销17000美元。是年年底，林语堂给太太买了一枚价值1000美元的钻石戒指。西南联大的罗莘田（常培）先生是老舍小学同学，又是老舍和胡絜青的介绍人。在北碚，罗常培由昆明来访他，拮据的老舍卖了一身旧衣裳，为了请他吃一顿小饭馆儿。但罗常培此时正闹肠胃病，吃不下去。老舍和罗常培坐在小饭馆里，“相视苦笑者久之”。

3

昆明之行，让老舍透过生活的大雾，看到了一丝阳光。1941年8月26日，老舍和罗常培搭机抵达昆明。在这之前，敌机轰炸了两个星期。为避轰炸，老舍先到歌乐山，再去陈家桥。流浪之际，刚刚结束了自昆明至东川西川和川南苦旅的罗常培来到重庆。老舍因罗常培介绍认识了西南联大的梅贻琦校长。梅校长获悉老舍的病与生活状况，邀他到昆明住些日子。

初到重庆时，老舍怀念友人，想起终身难忘的三次聚会。第一次，在北平，杨今甫（振声）、沈从文请客，客有两桌，叶公超、朱光潜、朱自清、周作人、林徽因、罗膺中（庸）、黎锦明、魏建功、罗常培等在座。当老舍由武汉到达重庆时，老舍在北平聚会的那些友人，大多数到了昆明。老舍看重这些离开北平的朋友们的气节，“他们都最爱北平，而含泪逃出北平；什么京派不京派，他们的气节不比别人低一点呀”。国难当头，老舍看重的是“气节”。他后来的投湖，其实也是为了守住“气节”。老舍显然对落水的周作人不满，他在回忆北平聚会那段文字的最后捎带了一句：“那次还有周作人先生，头一回见面，他现在可是还在北平，多么伤心的事！”在老舍心中，“气节”就是知识分子的灵魂。

老舍在昆明见到了久违的杨今甫（振声）、沈从文、闻一多、卞之琳、陈梦家、朱自清、罗膺中、魏建功、章川岛、冯友兰、钱端升、萧涤非、王了一、徐旭生和吴晓铃等，他觉得自己好像是到了“文艺之家”。西南联大的这些老朋友和老舍一样在穷困潦倒之中，用特有的方式温暖老舍。依然风流儒雅、但有点驼背的杨振声，请不起老舍吃饭，烤了几罐土茶，围着炭盆叙旧。在青岛大学教书时，杨振声自命“酒中八仙”，若非囊中羞涩，杨振声当和老舍浮以大白。罗膺中是西南联大校歌的词作者，也是“国立西南联合大学纪念碑”的书丹者。此时老舍眼中的罗兄显老、极穷，他给老舍包了饺子，煮了俄国菜汤。其他诸位先生，或请客，或陪同老舍观光。

从美国到重庆的费正清，也曾访问昆明。以他的观察，中国知识分子是战时通货膨胀的特别受害者，比普通人忍受着更多的压榨和痛苦。费正清在回忆录中这样记录蒋梦麟和梅贻琦两位校长：“蒋梦麟和梅贻琦都是昆明学术界的领袖人物，都以苦行僧一般的形象著称，令人印象深刻。蒋梦麟近来没为北京大学做什么，生活越来越贫困，只能靠典当仅有的衣物和书籍维持生活了。如今他回到昆明担任中国最高学府的校长，他的夫人也在此设法寻找工作。他要比梅贻琦经济情况稍好一些，梅夫人隐姓埋名找了一份工作，被人发现后，最终被迫停止。”令人唏嘘。费正清夫妇参与的、1943年底实施的中美文化关系项目，其用意之一是缓解中国学者作家的贫困。1946年，老舍成为这个项目第三批受邀访美的文化人。

老舍在西南联大讲演了四次。第一次是闻一多主持，闻先生说：大学里总是做研究工作，不容易产生出活的文学来。老舍开场白回应说：抗战四年来，文艺写家们发现了许多文艺上的问题，诚恳地去讨论。但是，讨论的第二步，必是研究，否则不容易得到结果；而写家们忙于写作，很难静静地坐下来去作研究；所以，大学里做研究工作，是必要的，是帮着写家们解决问题的。研究并不是崇古鄙今，而是供给新文艺以有益的参考，使新文艺更坚实起来……闻一多和老舍都是双重身份，如此谦逊和通达，仍是我们今天的楷模。

在昆明，老舍度过了抗战以来最快乐的日子之一。在城里住腻了，罗常培便陪同老舍下乡。提着小包的老舍和罗常培顺着乡间河堤漫步，他感觉风景既像江南又非江南，有点像北方又不完全像北方，这是“只有在梦中才会偶尔看到的境界”。此间，查阜西先生陪老舍去了大理。洱海不是老舍想象中的那么美，但喜洲镇给老舍留下了深刻印象，这个小镇的景象，让他有如到了英国剑桥的感觉。

几年前，我曾去寻访西南联大旧址和教授们的足迹。在西南联大的教室里，我想象自己坐在下面听大师们讲课。我想到的问题之一首先不是我们为何产生不了大师，而是如果时光倒流，我们能否像他们那样生活，那样工作；如果身陷困境，“什么天空能把我拯救出‘现在’”。——这是西南联大学生穆旦在“文革”时在《沉没》中写下的诗句。

4

在1942年的家书中，老舍说春天来了，阴暗的卧室已经有阳光，一枝桃花插在桌子边的曲酒瓶中。实际上他的状态远不像他在家书中说的那样“身体稍强，食眠都好”。他一面写文卖钱，一面办理“文协”事务，“由忙而疲，由疲而病”。

老舍逐渐靠拢北碚。这个离重庆50多公里的小镇，是实业家卢作孚的“试验区”。抗战后，大批学校和政府机关南迁至此，北碚成了战时的文化中心之一。北碚结集着老舍的许多朋友。那两年，老舍常来北碚。此地朋友多，又有住处。老舍常常到朋友家蹭饭，他不无调侃地说：虽然他们都穷，但是轮流着每家吃一顿饭，还不至于教他们破产。在夏坝的复旦大学，有陈望道、陈子展、章靳以、马宗融、洪深、赵松庆、伍蠡甫、方令孺诸位。我去复旦大学旧址寻访，“登辉堂”仍在，人走楼空，整体景象已非当年。老舍曾应邀去复旦大学讲演几次，我在相辉渡口的岸上，想象着老舍上岸的情景。“登辉堂”陈列室展出复旦大学当年聘请老舍为兼任教授聘书的存根，说明文字将“舒舍予”误植为“舒乙”。那天小雨零星，曾经的复旦大学校园冷冷清清。

重庆物价飞涨，老舍只吃得起掺杂着稗子稻子的平价大米。空袭不断，老舍常常刚端起饭碗，警报响了，来不及挑拣饭粒中的稗子稻子，狼吞虎咽一碗饭粥，留下了盲肠炎的隐患。1943年10月，老舍患盲肠炎入江苏医学院的附属医院手术，《割盲肠记》详记了发病和手术的情景。住院期间，家眷由北平逃到了重庆，老舍无法迎接，同学史叔虎、李效庵二位帮忙找了车，将她们送至北碚。

老舍一家终于在北碚团聚了，他们在林语堂捐给“文协”的那幢洋房住下。老舍称这幢洋房为“多鼠斋”，他在1944年《新民报晚刊》上连载的《多鼠斋杂谈》述及日常生活中的许多细节。戒酒、戒烟、戒茶，甚至要戒荤，衣食住行都是麻烦事。朋友函约进城，老舍不敢行动，虽然想念朋友渴望见面畅谈。从北碚到重庆，等车、买车票、乘车的“挨挤费”是1440元。若在重庆住上一周，至少花费五六千元。若无重要的事，老舍轻易不去重庆城。

“先上吊，后戒烟”，这是老舍说过的话。此时重庆最坏差的香烟也卖到100元一包，可老舍一天的烟量是30支。老舍戒烟3个月，又吸上了。没有烟，他只会流汗，一个字也写不出来。这大概是许多文人烟鬼的毛病。老舍的香烟，由使馆降为小大英，降为刀牌、船牌，再降为四川土产的卷烟。1944年新年到来时，老舍在此开始写作不朽的《四世同堂》。戒烟的老舍觉得长篇小说没有办法写下去了，晚间呆坐无聊，8时即睡。老舍自嘲，只能延缓上吊之期了。在萧伯青的眼中，老舍的抽烟状实在是痛苦不堪：烟变坏了，还是非吸不可。当他写作时，左手夹着香烟不是吸着。他并不是悠然自得，而是愁眉苦脸，越吸越不是味，气得把大半截香烟往烟灰缸里一甩，连声直说：“狗屁！狗屁！”赌气不抽了。可不一会，左手不自觉地又摸出一支香烟……

在这样的状态中，1944年，老舍头昏又打摆子，写了30万字的《四世同堂》。1945年，老舍病痛不断，原本想两年内完成《四世同堂》，到年底则完成了全书的三分之二。还有三分之一，只能留待在美国写作了。

5

北碚“老舍旧居”（又名“四世同堂”）坐落北碚区天生新村63号，当年是蔡锷路24号。旧居陈列室有老舍在渝部分友人的介绍，这些友人有我们熟悉和不太熟悉的冯玉祥、郭沫若、茅盾、沈钧儒、冰心、胡风、阳翰笙、太虚法师、罗常培、吴组缃、臧克家、黄奇翔、萧伯青、老向、何荣、萧亦五，还有林语堂和梁实秋二位。老舍的这一朋友圈，颇能反映战时重庆的“文化版图”。

老舍和左翼文化人士交往密切，对抗战文化的主将郭沫若等怀有敬意。在《参加郭沫若先生创作二十五年纪念会感言》中，他如此定位郭沫若：“作一个现代的中国人，有多么不容易啊！五千年的历史压在你的背上，你须担当得起使这历史延续下去的责任。”如果暂不论晚年郭沫若，此时的郭沫若是承担了延续历史的责任的。我一直想在老舍们的文章中选择一段文字来定位他们与历史的关系，老舍《感言》中的表述，或许是最精准的了。

曾经在南温泉与老舍短暂为邻的张恨水，也是一位政治倾向不明显的文人。他们是在“文协”成立后相识的。老舍说“恨水兄是个真正的文人”“没有习气的文人”。老舍对通俗文艺没有成见，这可能是当时“新文学”作家对“通俗文学”作家最高的评价。老舍觉得张恨水心直口快，重气节，富有正义感，因而称他为“真正的文人”。老舍看重的还是文人的“气节”。重庆时的张恨水，在政党之间似乎也保持了适度的距离。夏衍在《懒寻旧梦录》中回忆，1943年冬，林伯渠、王若飞从延安带了陕北的小米、红枣和大生产中纺出的毛织衣料到重庆。徐冰让夏衍给各界民主人士送些延安的土特产，多数人送小米，送毛料的不多。夏衍把一包礼品送给张恨水，张恨水迟疑了一下说：红枣和小米拜领了，这毛料，我不能收，因为做了衣服穿在身上，人家会说我和延安有关系了。夏衍并未为难张恨水，认为他的考虑是对的。

皖南事变重庆形势更为严峻，共产党的“统战”工作并不容易。夏衍是1942年4月9日下午到达重庆的。这已是皖南事变后的缓和期。当晚他就在孙师毅家见到了周恩来。周恩来对夏衍说：你在重庆还得争取公开合法，以进步文化人的面貌，做统一战线工作。重庆这个地方很奇特，国共之间既有明争，更多的是暗斗。周恩来还要夏衍去见潘公展。即便是左翼人士，也得和国民党官员周旋。“进步文化人”是当时不同政治背景的文化人的“符号”，他们在国共之间保持某种平衡也非易事。老舍一如既往地以团结抗战为原则，开展“文协”的工作。1942年5月以后，从香港脱险的一些人，胡绳、乔冠华、胡风、宋之的、于伶、凤子等陆续抵达重庆。在张家花园，老舍主持了“文协”欢迎这些“进步文化人”的茶话会。

不问政治，只重“气节”的老舍，也明了政治给他和“文协”带来的尴尬和困境。谈到结集在《抗战文艺》周围的朋友和一些相关活动时，老舍说大家所谈的差不多集中在两个问题上，一是如何教文艺下乡与入伍，二是怎么使文艺效劳于抗战。政治之于老舍是复杂的：一方面，文艺作品要送达军民，没有经费资助和政治力量的支持；一方面，“文协”办事困难，只要动一动，外面就有谣言。老舍对当局显然是不满的。谣言之一，便是张道藩所说的“老舍叫共产党包围了”。老舍不得不给张道藩写信，强调抗战的人他都拥护，不抗战、假抗战的人他都反对，并批评张道藩的话“有利于敌人，不利于抗战”。这样的尴尬和困境其实在武汉时期就已经出现，当年老舍便申明自己不是国民党，也不是共产党，是个“抗战派”，谁抗战就跟谁。

很多年后梁实秋在台湾回忆老舍的文章中说：“在名义上他是中国文艺界抗敌协会的负责人，事实上这个组织的分子很复杂，有不少野心分子企图从中操纵把持。”梁实秋的话看似语焉不详，所指则不言而喻。如果认为“文协”不分党派的老舍地下有知，当不会同意他这位老朋友的话。但如梁实秋所言，“这个组织的分子很复杂”。

老舍超越“复杂”的方法是“不偏不倚”，在污浊的旧社会里，独立不倚。1958年罗常培去世后，老舍撰文《悼念罗常培先生》，含泪写下“与君长别日，悲忆少年时”。罗常培会唱昆曲，老舍悲叹：莘田哪，再也听不到你的圆滑的嗓音，高唱《长生殿》与《夜奔》了！我再读这篇祭文，感慨系之的不只是他们的友情，还有老舍对罗常培和自己做人做事的解剖，“莘田所重视的独立不倚的精神，在旧社会里有一定的好处。它使我们不至于利欲熏心，去蹚混水”。

6

在北碚，梁实秋的“雅舍”和老舍的寓所相距甚近，两人时相过从。梁实秋印象中的老舍又黑又瘦，面孔憔悴，平常总是佝偻着腰，迈着四方步，说话声音低沉徐缓，但是风趣幽默。梁实秋称赞老舍对待谁都是一样的和蔼亲切，存心厚道，所以人缘特别好。梁实秋此番评价是有感而发。1938年，梁实秋编《中央日报》副刊，征稿文嘲讽了“文协”，提出了著名的“与抗战无关”论。老舍不喜欢论争，但作为“文协”的总务主任，不能不回击梁实秋的说法，给《中央日报》写了“公开信”。因张道藩的干预，老舍的公开信未发表。此时，老舍和梁实秋尚未谋面。

1940年夏，老舍在北碚筹划“文协”被炸后新的办公地点。在友人引介下，梁实秋拜访了老舍，相逢一笑，从此成为好友。1941年春，梁实秋患盲肠炎在江苏医学院手术，老舍到医院探视。1943年，老舍在盲肠炎手术后睁开眼，恍惚记得梁实秋和萧伯青在病房里，其他几位朋友似乎没有看见。胡絜青初到北碚，生活困难，梁实秋推荐她到国立编译馆做编审工作。点点滴滴，见出两人之间的深厚情谊。梁实秋绘声绘色地描写1944年募款劳军晚会上他和老舍说相声的情景，我在梁实秋的字里行间，在“雅舍”陈列的照片前，几乎听到了北碚儿童福利试验区大礼堂人仰马翻的笑声。

林语堂是1940年4月携全家由美国经马尼拉、香港回到重庆的。在遭遇了几次大轰炸以后，8月返回美国。在当时很多人的眼里，林语堂是落荒而逃。对此，老舍在《八方风雨》中只有一笔带过：“林语堂先生在这里买了一所小洋房。在他出国的时候，他把这所房交给老向先生与文协看管着。”平和的老舍，没有苛求他的朋友林语堂。

老舍和林语堂私谊甚笃。他初到重庆怀念远方的友人，提到三次难忘的聚会，第二次便是林语堂和邵洵美在上海请客，沈有乾、简又文等先生在座。第三次还是在上海，郑振铎请客，同席的有茅盾、巴金、黎烈文、徐调孚、叶圣陶等。当年林语堂去国赴美时，老舍曾作《代语堂先生拟赴美宣传大纲》，惟妙惟肖。现在重读，觉得老舍的代拟提纲其实是一幅林语堂的文化肖像。老舍和林语堂在重庆的故事不详，林语堂的《八十自叙》几乎没有多少文字说到他的重庆之行。倒是林语堂的三位女公子应美国出版社之约合著的《战时重庆风光》，留下了当时的重庆景象和他们的生活细节。这本林语堂仔细校阅过的书，虽然只是三个少儿的叙述，但林语堂的影子在字里行间。

长女如斯说：三年来同胞们在受痛苦，在打仗，同时我们在国外却奢侈地享受着，作了四处旅行。我不能再忍受下去了，不管如何我都要回国。这位17岁的姐姐已经懂得祖国和爱国，她生怕祖国的观念在脑海中黯淡下去，她要回到祖国，回到战争中的家。——这是回国。次女无双说：我们又要离别了，内心很不愿意。当我们动身时，我们在空中瞧着重庆，瞧着进防空洞的人群。啊，我不愿意离开，我愿继续住在重庆，和中国一道经受战争考验。但我们愈飞愈高，愈飞愈离重庆。原来，人们向相反的方向走去。——这是去国。

我想象着林语堂遭遇大轰炸后的心情。孩子们并不乐意父亲离开的决定。无双说：我们不愿再离开祖国，不愿在战争进行的时候离开。但是我们要走，因为父亲要这样，母亲自然要照顾着父亲，我们这些孩子得听话。1999年4月，我第一次访问台湾，我询问梁实秋和林语堂在台北的故居。青年朋友不知道梁实秋故居在何处，他开车送我上阳明山参观林语堂故居。我看了林语堂的居室和花园，我就明白林语堂在重庆是扛不住不时空袭的恐惧和生活的贫困的。和老舍，甚至和梁实秋相比，林语堂的去国当然是消极的，但林语堂的气节不亏。

林语堂举家再回美国，引发质疑和指摘。郁达夫为林语堂辩解说：“如林氏在国外宣传的成功，我们则不能说已经受到了多少的实效；但至少他总也是为我国尽了一份抗战的力。这若说是镀金的话，那我也没话说。”其实，如斯在香港等船赴美时的想法，或许说出了许多人对林语堂的期待。如斯觉得，身为林语堂的女儿，时时受到特别待遇，她宁愿像个普通青年，穿草鞋，吃糙米饭，在国内抗战到底。

1946年3月20日，老舍和曹禺抵达西雅图。由西雅图，到华盛顿，再到纽约，老舍和林语堂在纽约重逢了。也是在这里，他们从此天各一方。老舍在林语堂纽约的家中吃完圣诞节午餐后，和黎东方一起离开。林太乙援引黎东方的回忆说，老舍在回去的路上对去留问题举棋不定，黎东方劝老舍慎重选择。老舍说："我得回去，一家老小都在北平。"——这是《林语堂传》中的一段记叙。林太乙说当黎东方告知林语堂这一消息，她的父亲半天没有出声。

其实，老舍的选择有迹可循。抗战胜利后，国民政府颁发"胜利纪念章"，未授予老舍。1945年冬，老舍和萧伯青闲聊时说："你看他们这些人有多么笨！一个胜利章能值几文，对坚持抗战的作家每人发一个，皆大欢喜，岂不是比较好些，可他们偏不那样做，这倒真使纪念章不值半文了。"赴美之前，老舍在上海作《走向真理之路》的演讲。睽违上海11年的老舍在演讲开场时说："11年中却有8年在抗战中度过，最近来到上海，看到了很多老朋友与新朋友，非常高兴。日本人大概第一个要消灭的就是我们的文化，文艺对于发扬文化的力量很大，所以日本人把我们的文艺书籍与文人都想予以毁灭，不让他们尽其发扬文化之责任。无论是大后方或是沦陷区，干文艺工作的都是异常艰苦的。然而，却替国家争了不少气。今天看到'文协'的集会，并且有这么些人来参加，这正证明日本人的暴力不足以消灭我们的文艺与文化。所以心里要说的话很多，但同时又感到无限难受，不知从那里说起才好。"老舍说大家要一同"走向真理之路"。

在台湾的文学史家发现了老舍在温和之中批评了国民党和政府。老舍说"不准说话当然不能是民主"："大家都高喊民主，而每个国家所喊的民主都不同，我国是怎样的呢？我们应该有怎样的贡献呢？你尽管说美国不行，可是美国发明了原子弹，英国也胜利了，而中国却只有炸圆子，炸圆子不能代替原子弹，不准说话当然不能是民主。我深盼着多出些作家，希望四万万人都练习着怎样使中国发出声音来，虽然，八年的声音不算小，但都是呐喊声，炮声，现在应该替人民发出声音来了。"老舍讲完这段话，又说："这正是时候。"

老舍回国的路线和林语堂举家回国一样，经马尼拉往香港，但老舍又转往南朝鲜的仁川，12月9日到达大沽口。

7

1950年1月4日，全国文联在北京饭店举行新年联欢会，欢迎归来的老舍。主持联欢会的则是茅盾。

差不多5年之前，茅盾50岁时，老舍撰文《给茅盾兄祝寿》。老舍感慨地说："时间有多么不从容啊！恐怕在五四运动中，那些想一拳打倒孔庙，另一拳打开科学与民主政治的大路的年轻小伙子们，到今天，都是四五十岁了吧。"老舍说他要落泪，不是因为头生白发，而是"五四"青年的分道扬镳：运动中的热血青年，到今天还有几个依旧热烈、依旧时时地握起拳头呢？"哼，有的变成了官僚，有的变为富贾，有的还改为希特勒的崇拜者呀！我的天！"

这是1945年的6月，抗战胜利之前。老舍想到"五四"、"五四"青年，想到知识分子道路的分化。五四运动爆发时，老舍21岁。他曾经思考过"五四"给了自己什么，答案是：反封建体会到了人的尊严，反帝国主义感受到了中国人的尊严。老舍甚至认为如果没有五四运动给他这点基本东西，他便什么也写不出。

历史会把许多人压垮、变形甚至是支离破碎，但扛起历史的人如何延续责任，在现代中国知识分子那里则有不同的选择，并因此分出不同的道路。在叙述老舍和他的朋友们时，我内心充满困扰。老舍当年或许已经意识到并且想清楚了这个问题，即什么样的"诗人"才是"伟大"的。老舍在《感言》中的答案是："只把热情写在纸上，大概算不了诗人，我想，一个真正的诗人，必是手之所指，目之所视，都能使被指的被视的感到温暖。诗人是一团火，文字、言语、行动，必有热力；若只在纸上写些好听的，而在做人上心小如豆，恐怕也就写不出最光辉的东西来吧？好听与伟大还相距甚远。"这或许是我们审视陪都重庆知识分子的一把尺子。

也是在1945年，老舍在《痴人》中说："谁知道这点气节有多大的用处呢？但是，为了我们自己，为了民族的正气，我们宁贫死，病死，或被杀，也不能轻易地丢失了它。在过去的八年中，我们把死看成生，把侵略者与威胁利诱都看成仇敌，就是为了那一点气节。我们似乎很愚傻。但是世界上最良最善的事差不多都是傻人干出来的啊！"

我曾经设想，老舍在1966年自沉太平湖之前，或许会回溯过他流亡生活的一些细节。老舍会想到《痴人》中的这段自问自答吗？

（原载《收获》2018年第2期）

李白来了

——《吴姬压酒劝客尝》之三

◎叶兆言

隋唐时期的南京城，很像被火山吞没的庞贝古城，它被深深地压在了泥浆里，显得那样安静，那样可怜和无助。晋代衣冠吴宫花草，都埋葬在废墟之中。南京仿佛一座古坟，人们对它除了祭奠，就是哀悼，除了哭鼻子，便是掉眼泪，初唐的大才子王勃，对当时南京有一番惨兮兮的描述：

> 遗墟旧壤，数万里之皇城，虎踞龙盘，三百年之帝国，阙连石塞，地实金陵，霸气尽而江山空，皇风清而市朝改。昔时地险，尝为建业之雄都。今日太平，即是江宁之小邑。

在隋唐统治者眼里，南京这个地方必须小心防范，必须把可能生乱的种子，都毁灭在萌芽状态。气尽山空的江宁小邑，正是北方帝王所希望的。当时喜欢南京的人，大约可以分为两种，一是那些心怀不满，或者是南朝的遗民，或者在本朝生活得不够称心如意，多多少少还存着一点反骨，他们看中的是南京的帝王之气。既然隋唐统治者总会有那么一点担心，这种担心恰恰说明了问题，说明了还是存在这种可能性。很显然，如果在南京这个地方造反，更有可能会获得机会。

还有就是各种各样文化人，文化人在六朝时代是个很奇怪的群体，他们并不把后人看重的那些所谓文化，当作了不得的东西。譬如书法，好像当时很多人的字，都写得相当不错，能写字的人都是书法家。如果有什么区别，就是有人字留了下来，有人字没留下来。六朝的南京文人最过分一件事，把骈文发展到了极致。不只文章写得好，触目所见，无不琳琅美玉，而且还弄出各种条条框框，制定了各种专门与人为难的规矩。骈四俪六，讲究平仄，讲究韵律和谐，注重藻饰和用典，经常花里胡哨。

骈文过度注重形式技巧，内容表达往往会受到束缚，然而越是难写，越是戴着镣铐跳舞，只要运用得当，越可能写出令人意外的好文章。外行看热闹，内行看门道，南人和北人的文章风格并不一样，情调上也有区别。若以三国为例，当然还是人家曹氏父子的文章好看，建安风骨魏晋文章，平心而论，北方文风真的要强于南方。

可是南方人容易骄傲，甚至可以说是盲目骄傲，总是一味地觉得自己文章写得好，王婆卖瓜，自卖自夸。陆机陆云兄弟去了洛阳，听说左思要写《吴都赋》，就讥笑人家是伧父。相对而言，北人更容易谦虚，更容易吸收南方的先进文化，譬如南京人庾信，从南方流亡到了北方，人家高官厚禄地哄着，他偏要做出满脸萧瑟的样子，一口一个沉沦穷巷，一口一个埋没荆扉。好的艺术品搁在哪儿都能闪光，庾信的《哀江南赋》写了亡国之痛，感动了无数北方人，让多少北佬儿看了流眼泪。

这真是一个中国历史上很奇怪的文化现象，当时让庾信骗哭的，更多的竟然是北方人。孤零零的一个南方老头，流落在北方，多可怜呀。没人去想庾信的官，其实也做得不小了，待遇非常不错，他生前在北朝的头衔很多，当过洛州刺史，当过骠骑大将军，当过开府仪同三司。究竟哪个头衔最大，哪个待遇更高，恐怕要请专家来解释。能肯定的一点只是，若要较真官职，似乎在北朝的官更大，级别更高，“高官美宦，有逾旧国”。

文学史有时候就这么吊诡，南方人庾信的《哀江南赋》，轰动了北方，北方人左思的《吴都赋》，造成了北方的洛阳纸贵，无论南人北人，只要能够立足北方文坛，只要能够让北方人叫好，哄得北方人高兴，就能够传唱千古。北人真说了好，文学地位基本上就肯定了。这还只能算是其一，更重要的是其二，上述两篇文章有个共同点，都是写了南方的亡国，都是写了当年的南京。亡国实在是个好题材，有痛苦，就会有好文章。痛苦酿成了美酒，慰藉着北方人的得意或者失意。

六朝以后的南京城，因为痛苦，因为失落，深受文化人的喜欢，尤其是失意文人的倾心。这些文人大都与南京没什么直接关系，基本上都不是南京人，他们对南京人的现实生活并不了解，却在这里寻找到了共鸣。隋唐期间，能把南京写好写出色的，都是一些莫名其妙的外地人。有一种浪漫叫诗意，有一种诗意叫浪漫，不识庐山真面目，只缘身在此山中，南京人的感觉与外地人不一样，就是总觉得自己城市不好，怎么不好，几近麻木，也说不出所以然。倒是那些外来的过客，甚至根本都还没到过此地的读书人，光是凭着神经敏感，便留下了非常漂亮的诗篇。

譬如河南人刘禹锡，南京人动不动会用他的诗来介绍自己城市，什么“山围故国周遭在，潮打空城寂寞回”，什么“旧时王谢堂前燕，飞入寻常百姓家”，什么“万户千门成野草，只缘一曲后庭花”，所有这些名句集锦，都不是眼见为实，都只是道听途说。写下这些美丽的诗句之前，刘禹锡并没有来过南京。他不过是听人家说说而已，再就是靠自己读的一些诗书，加上了一些想象，然后艺术加工，然后流芳百世。

金陵怀古成了一个不朽题材，成了一个大家都玩得很熟练的文学母题。按说文学要创新，不应该有套路，然而金陵怀古玩的就是套路，大家都在博弈这个命题作文。会不会玩皆靠领悟，能不能写好全凭手艺，大家都在写，篇帙浩繁，高手辈出，常咏常新。只要是个文章高手，就肯定写过南京怀古，没有咏叹过南京的诗人，不是好诗人。

最过分的一位就是大诗人李白，没人知道他究竟来过多少次南京，恐怕自己也稀里糊涂。有人统计过，李白与南京有关的诗歌，多达七十多篇。他几乎成了南京的形象代言人，千百年来，一直在为南京做免费广告。李白与南京关系确实非同寻常，他一生无数次游览或在此暂住，遍赏金陵名胜，广泛结交当地朋友，喝不完的酒，写不完的诗，无怪后人会说：

金陵江山之胜，甲于东南，古来诗人游者，太白为著。

南京的山山水水，无不掩藏着亡国历史，随便挑几首李白诗，南京的沧桑便立刻扑面而来：

晋家南渡日，此地旧长安。
地即帝王宅，山为龙虎盘。
金陵空壮观，天堑净波澜。

醉客回桡去，吴歌且自欢。

地拥金陵势，城回江水流。
当时百万户，夹道起朱楼。
亡国生春草，离宫没古丘。
空余后湖月，波上对瀛洲。

六代兴亡国，三杯为尔歌。
苑方秦地少，山似洛阳多。
古殿吴花草，深宫晋绮罗。
并随人事灭，东逝与沧波。

与左思《吴都赋》和庾信《哀江南赋》的繁花似锦相比，李白写南京的诗清新脱俗，像教科书一般简单明了。南京沧桑这杯苦酒，浇灭了李白胸中失意的块垒，而李白的诗句，又成为介绍南京历史最简明扼要的宣传词。自从有了李白，有了李白的诗，要想举例说明南京历史，要想夸一夸南京这个城市，变得轻松容易。

隋唐时期的南京，除了破败，还是破败。作为六朝城市象征的台城，片石不留，没有了踪影。无情最是台城柳，依旧烟笼十里堤，台城都没了，哪来的什么台城之柳。艺术就是想象，想象创造艺术，想象中的艺术才是最美的，破败自有破败之艳丽。文化有时候就是一种沧桑，就是无中生有，没有想象力的人，根本没办法描述南京，昔日殿堂楼阁，如今都成为荒园田亩。大家不妨想象一下，曾经的六朝古都，都已经归人家镇江管辖了，你还有什么可以现实主义描写呢，想不浪漫都不行。

也许还可以说的，就剩下两个孤零零的城堡，一个叫石头城，一个叫白下城。石头城仍然还是军事要塞，地方政府办公的所在地，南方一有风吹草动，这里立刻成为重中之重。武则天当政，徐敬业在扬州起兵作乱，他的策略便是利用金陵之王气，所谓依靠长江天险，足以自固，先取常润二州，倚为根据，再北向以图中原，进无不利，退有所归。这次乱哄哄的叛乱，很快被平息，唐朝政府亡羊补牢，赶紧派兵加固南京的石头城。

石头城因此又成了一种象征，道高一尺，魔高一丈，谋欲篡逆者，总是希望以此为基地，而朝廷要做的，便是千方百计地要防止这种事情发生。安史之乱以后，盛唐不再，藩镇开始割据，比南京更容易生乱的地方，开始多了起来，中央政权动荡不安，危险已经不仅仅是来自南京。为了维稳，石头城的驻军越来越多，南京除了石头城，还有一个白下城，原名白石磊，地点大约是在今天下关的狮子山，对着大江，当时属于江乘县。

在六朝时，白下城与石头城一样，都是拱卫京城的军事要塞，是南京地区水上交通的必经之地。它曾经是建康的水军基地，当年齐武帝修白下城，目的就是为了北伐。唐朝初年，白下城一度还有点像模像样，因为建康成了金陵县，又改为白下县，其县治就在白下城。可惜这段历史也不长久，很快白下城也废了，直到唐朝末年，天下大乱，才再一次修筑堡垒。

话题还是赶紧回到伟大的诗人李白身上，回到他和南京的关系上。李白的金陵情结，有其十分荒唐的一面，首先相对于当时南京人，他真是个见过大世面的好汉。大丈夫必有四方之志，人家李白不只诗写得好，仗剑去国，辞亲远游，南穷苍梧东涉溟海，什么稀奇古怪的事没见过，什么大场面没经历过。他到过京城长安，跟皇帝老儿一起喝酒，公然为杨贵妃写诗，让高力士脱鞋子。写实也好，传说也罢，敢天子呼来不上船，像他这样的狂士，天底下又能找到几位？因此他老人家一到南京，立刻有许多羡慕他的此地乡贤，急吼吼地希望能够结识，而李白也很乐意，他也想见见隐藏在金陵的高人。

风吹柳花满店香，吴姬压酒劝客尝，从李白的诗中，可以看到当时南京人的好客，看到南京人的文学热情。李白在南京到处喝酒，临别时，金陵子弟纷纷赶来相送，酒逢知己千杯少，越喝越有感情，越喝越有文化，结果便是似通非通地吟出了千古名句，“请君试问东流水，别意与之谁短长”。南京这个地方，显然太适合李白这样的人物。

在南京，李白以诗会友，朝沽金陵酒，歌吹孙楚楼。草裹乌纱巾，倒被紫绮裘，与酒客棹歌秦淮，达晓歌吹，害得两岸民众拍手称笑，怀疑是六朝时期的王子猷又来了。他与当官的一起喝酒，“春日陪杨江宁及诸官宴北湖感古”，杨江宁是当时南京的一个县令，基本上就属于最高地方行政长官，北湖是玄武湖，一边喝酒，一边怀古。与不相识的名士干杯，“金陵江上遇蓬池隐者”痛饮，并为自己的诗加上自注，“时于落星石上，以紫绮裘换酒为欢”。因为李白写到了落星石，后来的南京人一直在琢磨，想不明白，十分苦恼，它究竟是在什么地方呢？

李白在南京显然是玩得很嗨，他甚至还写文章，自称是南京人，这绝对是喝高了的胡说八道：

> 白本家金陵，世为右姓。遭沮渠蒙逊难，奔流咸秦，因官寓家。

这段话出自《上安州裴长史书》，后人读了几本书，积累了少许学问，立刻会表示怀疑，觉得李白不可能这么写，不可能这么不靠谱。譬如明代胡应麟的《续笔丛》，就认为文中的“白本家金陵”乃“万万不通”，因此断为伪作，李白不可能这么胡说八道，他不可能是南京本家。清代的王琦力驳其说，王琦是李白研究权威，他注的《李太白全集》是研究李白的入门之书。王注认定文章就是李白写的，非常坚定地维护了李白的著作权。清朝人做学问，要比明朝人高明得多，李白不是南京人几乎不用讨论，真假不重要，说白了只是一个文风问题，李白一生中，胡说八道太多了。

诗人的话不能太当真，没必要太当真，不管怎么说，李白的《上安州裴长史书》还是一篇研究李白生平的重要文章。大家都知道李白说话，向来有真有假，虚虚实实，喜欢吹牛，不吹牛就不是文人，不说大话就写不了诗。文人永远都在自吹自擂，可是你真要研究李白，要谈及诗人的生平，后人能使用的那些说明文字，有很多必须还得出自这篇文章。

李白的最大问题不是吹牛，不是说大话，他的问题是太热心参与政治，而且经常还莫名其妙地站错了队。书生干政是文化人大忌，好为帝师，又向来是文人最致命的软肋。李白如果只是自己喜欢南京这个城市也罢了，南京是一个有文化含金量的城市，李白作为一个文化人，怎么能不喜欢，也应该喜欢，问题在于他竟然撺掇唐王朝迁都南京，在《为宋中丞请都金陵表》中，大谈迁都金陵的好处：

今自河以北，为胡所凌；自河之南，孤城四垒。大盗蚕食，割为洪沟；宇宙嵲屼，昭然可睹。臣伏见金陵旧都，地称天险。龙盘虎踞，开扃自然。六代皇居，五福斯在。雄图霸迹，隐轸由存。咽喉控带，萦错如绣。天下衣冠士庶，避地东吴，永嘉南迁，未盛于此。

李白自己就是胡人，虽然此胡非彼胡，写这篇文章不久前，因为组诗《永王东巡歌》，他差点掉了脑袋。“永王正月东出师，天子遥分龙虎旗”，“三川北虏乱如麻，四海南奔似永嘉”，文人一得意，忍不住就会忘乎所以。“南风一扫胡尘静，西入长安到日边”，李白一介穷书生，谈王说霸，竟然怂恿永王李璘割据称帝。李璘兵败被杀，李白也因此下了大狱。幸亏有人出手相救，而救他的这个人，正是李白为之代笔的“宋中丞”宋若思。

说起来，李白也真是没有记性，因为自己严重的金陵情结，在代笔文章结尾处，他干脆赤裸裸地对朝廷来了这么一句：

去扶风万有一危之近邦，就金陵太山必安之成策。

这是篇可以送人性命的文章，用心有些天真，也有些险恶，几乎是在想分裂国家。好在谁也没把这有可能掉脑袋的话当回事。李白如此胡说八道，并没连累宋若思，稀里糊涂就蒙混过去。朝廷突然变得很理智，没有太深究。渔阳鼙鼓动地来，盛唐已不是盛唐，在中国大历史上，此时的唐王朝危机重重，显然已经不把南京当作潜在危险，金陵王气变得不再重要，现在，最难应付的是藩镇割据，天下很快又要大乱，乱得不可收拾。

（原载“腾讯大家专栏”2018年8月5日）

江春入旧年

——嵇康与广陵

◎李　舫

稽康，字叔夜，谯国铚人也。其先姓奚，会稽上虞人，以避怨，徙焉。铚有嵇山，家于其侧，因而命氏。兄喜，有当世才，历太仆、宗正。康早孤，有奇才，远迈不群。身长七尺八寸，美词气，有风仪，而土木形骸，不自藻饰，人以为龙章凤姿，天质自然。恬静寡欲，含垢匿瑕，宽简有大量。

——《晋书·嵇康传》

1

从这场酒席中散去，微醺的中散大夫嵇康匆匆赶去另一场酒会。

在竹林间舒展广袖，狂舞长啸，清峻的嵇康想象自己是一只孤绝、清瘦的飞鸟，在寂寥的高空中不知疲倦地翱翔，俯瞰浩瀚的林海，俯瞰浩瀚的南中国。

夜的精魂不停地缠绵，不倦地周旋。

时而飞，时而停，时而高蹈轻扬，时而缱绻低回，中散大夫携琴自问——是否还记得曾经嬉戏的洛西、曾经夜宿的月华亭？是否还记得绵密无寝长夜漫漫、起坐抚弦遂成新曲？雅乐新成，纷披灿烂，戈矛纵横，惊天动地，嵇康谓之《广陵散》。

时光，如水波般流动。天池辽阔谁相待，日日虚乘九万风——端的是似水流年啊！

这是中国文化最浪漫深情的一刻，也是中国历史最波谲云诡的一页。嵇康像一只孑然独立的大鸟，与乌云一道在电闪雷鸣中穿梭。他龙章凤姿，不自藻饰；他悲愤幽咽，慨然不屈；他昂首嘶鸣，浩气当空；他弹琴咏诗，自足于怀——雷电为他的翅膀镶嵌了一道璀璨的金边，他踏着阵阵松涛，宛若深山中狂飙的雄鹰。

嵇康，公元224年出生于魏国谯郡铚县，先祖本姓奚，会稽上虞人，为避世怨，迁徙于嵇山，置家于其侧，因而以“嵇”命为姓氏。嵇康年少才高，重思想，善谈理，懂音律，能属文，高情远趣，率然玄远。正始末年，嵇康居山阳，“所与神交者惟陈留阮籍、河内山涛，豫其流者河内向秀、沛国刘伶、籍兄子咸、琅邪王戎，遂为竹林之游”，肆意酣畅，共倡玄学新风，主张“越名教而任自然”“审贵贱而通物情”，世谓“竹林七贤”。

据史书记载，嵇康曾经在洛阳西边游玩，晚上夜宿华阳亭，引琴弹奏。夜半时分，突然有客人拜访，自称是古人，他与嵇康一同谈论音律，辞致清辩，于是索琴而弹，声调美妙伦比，他将这首乐曲传授给嵇康，并让嵇康起誓绝不传给他人，他亦不言其姓字。

——这就是传说中的《广陵散》。

嵇康所作《广陵散》，又名《广陵止息》，古时亦名《聂政刺韩傀曲》。嵇康以善弹此曲著称，听者如闻天籁。公元263年，嵇康为司马昭所害。刑场上，三千太学生向朝廷请愿，请求赦免嵇康，并要拜嵇康为师，司马昭不允。临行前，嵇康无一丝伤感，从容不迫索琴弹奏，天籁般的曲调弥漫在刑场上空。嵇康弹罢，慨然叹惋：“世间从此再无《广陵散》!”

叹罢，从容引首就戮。嵇康时年仅四十岁。《晋书》记载：

> 康将刑东市，太学生三千人请以为师，弗许。康顾视日影，索琴弹之，曰：“昔袁孝尼尝从吾学《广陵散》，吾每靳固之。《广陵散》于今绝矣！”

海内之士，莫不痛之。晋文帝司马昭不久亦醒悟，然而，悔之晚矣。

痛失的，岂止嵇康，更有广陵清音。天籁只能天上得，哪堪人间共此声？

每读到此处，便无端地想起文天祥那首七律：

> 生前已见夜叉面，
> 死去只因菩萨心。

万里风沙知己尽，

谁人会得广陵音。

28个字，痛彻心扉。

时至魏晋，琴、曲皆失，《广陵散》再无知音。

2

这是一场酣畅淋漓的欢聚，这是一个放浪不羁的时代。

忧时悯乱、骏逸沉挚的阮籍，外柔内刚、淳深渊默的山涛，容貌丑陋、澹默寡言的刘伶，任性不羁、妙达八音的阮咸，清悟识远、狷介忠直的向秀，识鉴过人、谲诈多端的王戎，以及——永远不会缺席的嵇康。他们嗜酒如命，酣饮时烂醉如泥，清醒时装疯佯狂。

这是一幅怎样汪洋恣肆的画卷！这是一种怎样心有灵犀的景象！春风荡漾，柳丝拂面，众人一起围坐，面对面痛饮。阮籍习武艺，能长啸，善弹琴，好为青白眼。遇见所谓“唯法是修，唯礼是克”的礼法之士，阮籍必以白眼对之。阮籍的母亲去世后，嵇康的哥哥嵇喜来致哀，因为嵇喜是在朝为官的礼法之士，于是阮籍也不管守丧期间应有的礼节，给了嵇喜一个大大的白眼。后来，嵇康带着酒、琴而来，阮籍马上便由白眼转为青眼。阮咸更是不拘小节，大瓮盛酒，与猪同饮。嵇康与向秀饮罢，便在家门前的柳树下打铁自娱，嵇康掌锤，向秀鼓风，二人旁若无人，自得其乐。刘伶每饮必醉，常乘坐鹿车，携一壶酒，使人荷锸而随之，左右顾盼，其妻劝止，刘伶大笑道：“死又何惧？死便埋我！”

这是一场怎样没有休止的酒宴！这是一群怎样没有嫌隙的挚友！他们虽有满腹才华，空有满腔壮志，却错生在一个毫无光亮的时代。曹魏后期，政局混乱，曹芳、曹髦既荒淫无度，又昏庸无能，司马懿、司马师父子掌握朝政，废曹芳、弑曹髦，大肆诛杀异己。他们所看见的，是恐怖的屠杀、虚伪的礼法。他们不满司马氏的所作所为，更不愿依附司马氏。他们崇尚老庄的自然无为，蔑弃礼法规则。他们是嵇康真正的知音，是他的听众、他的读者，无论微醺，还是酩酊。

有学者将这个时代称为“世说新语”时代。我们不妨用四个词来概括那个时代：玄幻、谋篡、战乱、黑暗，也不妨用四个词来概括他们的心绪：哀伤、苦闷、恐惧、绝望。

这是何等的玄幻、谋篡、战乱、黑暗！这是何等的哀伤、苦闷、恐惧、绝望！走出竹林，便是无尽的长夜，放下酒盏，便是亘古的空虚。他们紧紧地贴服着大地，紧紧地簇拥在一起，像凛冽寒风中残存的雏鸟——覆巢之下，其能幸哉？

万里风沙知己尽，谁人会得广陵音？

嵇康一生放荡作文，桀骜为人。他的诗歌存世仅50余首，后世却评价极高，赞叹其诗不为《风》《雅》所羁，直写胸中之语。他的文论存世六七万字之多，句句隽永，字字珠玑。读嵇康的《琴赋》，眼前不时闪回这位执着于精神自由、终日与琴为友的士子形象：

> 余少好音声，长而玩之。以为物有盛衰，而此无变；滋味有厌，而此不倦。可以导养神气，宣和情志。处穷独而不闷者，莫近于音声也。是故复之而不足，则吟咏以肆志；吟咏之不足，则寄言以广意。然八音之器，歌舞之象，历世才士，并为之赋颂。其体制风流，莫不相袭。称其才干，则以危苦为上；赋其声音，则以悲哀为主；美其感化，则以垂涕为贵。丽则丽矣，然未尽其理也。推其所由，似原不解音声；览其旨趣，亦未达礼乐之情也。

嵇康以为，“众器之中，琴德最优。”而操琴之德，何尝不是为人之德？在《琴赋》文末的“乱”段，嵇康咏叹琴的和悦之德，无法探其深广；体味琴的清明之体，无法知其旷远，感慨琴的高邈之美，无法遇其企及；倾听琴的优良之质，无法得其驾驭；惋惜琴的至性至情，堪称群乐之首，可惜知音者渺邈。而这些，何尝不是以琴寓世、以琴喻人？

> 愔愔琴德，不可测兮；体清心远，邈难极兮；良质美手，遇今世兮；

纷纶翕响，冠众艺兮；识音者希，孰能珍兮；能尽雅琴，唯至人兮！

嵇康文章，多为论说，所著诸文论六七万言，皆为世所玩咏。他曾做《声无哀乐论》，针对儒家的“治世之音安以乐，亡国之音哀以思”，旗帜鲜明地加以辩驳，音乐是客观存在的音响，哀乐是人们的精神被触动后产生的感情，两者并无因果关系，亦即“心之与声，明为二物”，“心”和“声”，明明就是两种东西，压根就没有什么关系。

夫天地合德，万物贵生，寒暑代往，五行以成。故章为五色，发为五音；音声之作，其犹臭味在于天地之间。其善与不善，虽遭遇浊乱，其体自若而不变也。岂以爱憎易操、哀乐改度哉？及宫商集比，声音克谐，此人心至愿，情欲之所锺。故人知情不可恣，欲不可极故，因其所用，每为之节，使哀不至伤，乐不至淫，斯其大较也。

嵇康为文，多借景抒情，托物言志。在《琴赋》中，他讲述琴的材质的生长环境、在能工巧匠手中的制作，随之写到琴音的优美典雅，变化无穷，盛赞琴的高尚和平、纯洁正直的品格。不论是琴音、琴思、琴德，还是叙事、写景、抒情，嵇康之文如同其人，笔势放纵，汪洋恣肆，辞采绚烂，让人无法不击节赞叹。

正在这篇赋中，嵇康曾以自己的喜好将古琴曲目排出顺序。他认为，首先无可争议的是《广陵》，接下来是《止息》《东武》《太山》，《飞龙》《鹿鸣》，《鹍鸡》《游弦》，他认为这几首古曲变换为不同的演奏方式，如果声色自然，流畅清楚美妙，都能消除烦躁情绪。后代变换的俗谣俗曲，当属汉末蔡邕创制的《蔡氏五弄》。接下来还有《王昭》《楚妃》《千里别鹤》。最后还有一时权宜之作，杂进俗曲，也有一些值得浏览的琴曲。所以，所谓曲高和寡者，“然非旷远者不能与之嬉游；非夫渊静者不能与之闲止；非夫放达者不能与之无恡；非夫至精者不能与之析理也”。

嵇康道德文章影响深远，清代何焯感喟：“叔夜千古人，此赋亦千古文。读此赋，如闻鸾凤之音于云霄缥缈之际。”

3

嵇康，身长8尺，容止出众。

这样一位翩翩佳公子，加之满腹诗书，可谓器宇轩昂、玉树临风，简直是那个黯淡时代的华彩篇章。举目皆是战祸、离索、弥乱、凋敝、血腥、恐惧……可是，有什么能掩盖得住心中鼓荡的丰盈与骄傲？嵇康曾娶曹操曾孙女为妻，官拜曹魏中散大夫，从此与曹魏有了生死之缘分。也恰是因为他与曹魏的不离不弃，种下了他终于为钟会所构陷、为司马昭所杀害的祸根。

说到嵇康桀骜不驯的性格、坎坷多舛的命运，不能不提“竹林七贤”中的山涛，以及嵇康写给山涛的《与山巨源绝交书》。

山涛在由选曹郎调任大将军从事中郎时，欲举荐嵇康代其原职。没想到，嵇康听到消息，勃然大怒，不仅在信中断然拒绝山涛的引荐，而且傲慢地申明自己赋性疏懒，不堪礼法约束，不可加以勉强，发誓以此与山涛断绝往来。

在这封长信中，嵇康开篇毫不客气地说，我性格直爽，心胸狭窄，对很多事情绝不姑息（“直性狭中，多所不堪”）；性情懒漫，筋骨迟钝，肌肉松弛，头发和脸经常一月或半月不洗，如不感到特别发闷发痒绝不愿意洗浴（“性复疏懒，筋驽肉缓，头面常一月十五日不洗，不大闷痒，不能沐也”）。好在朋友们都能够忍受他孤傲简慢的性情、背离礼法的行为（“侪类见宽，不攻其过”）。

此后，嵇康以“七不堪”力陈拒绝山涛的理由：

> 人伦有礼，朝廷有法，自惟至熟，有必不堪者七，甚不可者二：卧喜晚起，而当关呼之不置，一不堪也。抱琴行吟，弋钓草野，而吏卒守之，不得妄动，二不堪也。危坐一时，痹不得摇，性复多虱，把搔无已，而当裹以章服，揖拜上官，三不堪也。素不便书，又不喜作书，而人间多事，堆案盈机，不相酬答，则犯教伤义，欲自勉强，则不能久，四不堪也。不喜吊丧，而人道以此为重，已为未见恕者所怨，至欲见中伤者；虽瞿然自责，然性不可化，欲降心顺俗，则诡故不情，亦终不能获无咎无誉如此，

五不堪也。不喜俗人，而当与之共事，或宾客盈坐，鸣声聒耳，嚣尘臭处，千变百伎，在人目前，六不堪也。心不耐烦，而官事鞅掌，机务缠其心，世故烦其虑，七不堪也。

嵇康在这封信的末尾义愤填膺地写道："若趣欲共登王途，期于相致，时为欢益，一旦迫之，必发狂疾。自非重怨，不至于此也。"也就是说，我与你并无深仇大恨，何苦为难我让我去做官呢？

山涛是"竹林七贤"中最年长的一位，也堪称"竹林七贤"的伯乐。他的风神气度，震撼了"竹林"。同为"竹林七贤"的王戎对他的评论是："如璞玉浑金，人皆钦其宝，莫知名其器。"也就是说，他给人一种质素深广的印象。大气度，正是其时名士之一种风度。虽然山涛与嵇康情意甚笃，但是人生志趣未必相同，就在嵇康越来越放任自然之时，山涛却越来越彰显其入仕之心、治世之才、运筹之能、选人之能。他走的是另一条道路。

山涛不是一个没有见识的人，他谨慎小心地接近权力，却又小心翼翼地回避权力。毫无疑问，纵然狂放如嵇康者，在道德品行上也是了解自己的朋友信任自己的朋友的。他后来因得罪司马氏而被治罪，临死前对儿子嵇绍说的最后一句话便是："有巨源在，你便不会孤独无靠了。"

在曹氏与司马氏权力争夺的关键时刻，山涛看出事变在即，"遂隐身不交世务"。这之前他做的是曹爽的官，而曹爽将败，故隐退避嫌。但当大局已定，司马氏掌权的局面已经形成时，他便出来。山涛与司马氏是很近的姻亲，靠着这层关系，他去见司马师。司马师知道他的用意与抱负，便对他说："吕望欲仕邪？"于是，"命司隶举秀才，除郎中，转骠骑将军王昶从事郎中。久之，拜赵相，迁尚书吏部郎。"此后，嵇康与山涛在政治上分道扬镳，山涛一帆风顺，货与帝王家，征程万里无隔阻，嵇康绝尘而去，血染断头台，不做俗世一尘埃。

嵇康曾有《与山巨源绝交书》一文，后人因此对山涛颇多鄙夷。嵇康是非分明，刚直峻急。而山涛则举事有度，量体裁衣，凡是不逾矩，不违俗。譬如他也饮酒，但有一定限度，至八斗而止，与其他人的狂饮至于大醉不同。山涛生活俭约，为时论所崇仰。他在嵇康被杀后20年，荐举嵇康的儿子嵇绍为秘书丞，他告诉嵇绍说："为君思之久矣，天地四时，犹有消息，而况人乎！"可见，20余年，他从未忘却旧友。

嵇康为司马昭所杀，竹林自此分崩离析，向秀悲恸不已，他写下千古绝唱《思旧赋》，怀念与老友同游山林的岁月：

将命适于远京兮，遂旋反而北徂。
济黄河以泛舟兮，经山阳之旧居。
瞻旷野之萧条兮，息余驾乎城隅。
践二子之遗迹兮，历穷巷之空庐。
叹黍离之愍周兮，悲麦秀于殷墟。
惟古昔以怀今兮，心徘徊以踌躇。
栋宇存而弗毁兮，形神逝其焉如。
昔李斯之受罪兮，叹黄犬而长吟。
悼嵇生之永辞兮，顾日影而弹琴。
托运遇于领会兮，寄余命于寸阴。
听鸣笛之慷慨兮，妙声绝而复寻。
停驾言其将迈兮，遂援翰而写心。

在这篇赋的序中，追思与老友过往游宴欢饮的点点滴滴，向秀慨然叹息：“嵇博综技艺，于丝竹特妙。临当就命，顾视日影，索琴而弹之。余逝将西迈，经其旧庐。于时日薄虞渊，寒冰凄然。邻人有吹笛者，发音寥亮。”

斯人已去，足音跫然。

4

“聂政”曲何以名“广陵”?

韩皋曾经给出一个颇为可信的理由：“扬州者，广陵故地，魏氏之季，毋丘俭辈皆都督扬州，为司马懿父子所杀。叔夜（嵇康）悲愤之怀，写之於琴，以名其曲、言魏之忠臣散殄於广陵也。盖避当时之祸，乃托於鬼神耳。”时运不济，遂以广陵言志。

谁能想到，今日温婉可亲的扬州，竟然是昔日嵇康抚琴言志的广陵故地?

虞渊未薄乎日暮，广陵终不绝人间。

这是晚春的扬州，烟花三月的广陵雾雨还未飘远，时间却已行进至1700年后的今天，清朗的空气便开始讲述与昨天的记忆迥然不同的故事。林钟宫音，其意深远，音取宏厚，指取古劲，广陵余音绕梁，至今犹在耳畔，一支新曲俨然歌成。

江水北去，淮河南来。

这是一年里最欢腾、最茁壮的日子。大地上冰封的一切早已苏醒，暗夜里沉寂的一切正在绽放。被雾雨笼罩的广陵，繁花似锦，万马奔腾，举目皆是浓墨重彩的山水画卷。

风无边、水无界。

公元前486年，吴王夫差开邗沟，筑邗城，沟通江淮，成就了后世“烟花三月下扬州”。水，催生了扬州的数度繁华，也孕育了扬州的悠久文明。站在江都水利枢纽的高台上，荡胸顿生层云。过去的岁月气势磅礴，如水波般一泻千里，雄伟壮观，恍若嵇康的广陵绝响。

扬州盐商富甲天下，留下了美轮美奂的园林、婀娜多姿的景致、穷奢极欲的宅邸。清代戏曲家李斗在其笔记集《扬州画舫录》中曾写道：“杭州以湖山胜，苏州以市肆胜，扬州以园亭胜，三者鼎峙，不分轩轾。”而今，这些园林、亭台、宅邸，已成为扬州璀璨多姿的文化景观。当年的广陵，走过无数风雷激荡的岁月，在万千气象、日新月异的今天，正在由古老的遗存，蝉蜕为羽化的新生。

古城里，举步皆是脊角高翘的屋顶、风韵痴绝的门楼，直露中有迂回，舒缓处有起伏；古巷曲折蜿蜒，巷子里的茶楼和酒肆藏而不露，每每寻到，便是无边的惊喜，让人回味无穷。瘦西湖上，五亭桥造型秀美，富丽堂皇，如同湖的一束玉带。传说这是清扬州两淮盐运使为了迎接乾隆南巡，特雇请能工巧匠设计建造的。桥上雕栏玉砌，彩绘藻井；桥下四翼分列，十五个卷洞彼此相通。每当皓月当空，各洞衔月，金色荡漾，众月争辉，倒挂湖中，不可捉摸。“青山隐隐水迢迢，秋尽江南草木凋，二十四桥明月夜，玉人何处教吹箫。”杜牧的诗句恍若与月色一道铺满银色的水面。

5

这是中国历史一段波谲云诡的时期。

魏晋南北朝——史家惯于从建安元年（196）开始计算，到隋开皇九年（589）隋文帝统一中国为止，前后共约400年。

漫长4个世纪，无疑是中华民族家国分裂、政治动荡、战火频仍、割据政权林立的时代。这期间，共发生较大规模的战争500余次，先后建立35个大大小小的政权，只有西晋实现过短短的37年的统一，其余皆处于分裂状态，可谓“城头变幻大王旗”。秦汉以来的物质积淀被糟蹋殆尽，董卓之乱、八王之乱、侯景之乱、少数民族南下……天灾人祸，生灵涂炭，国家满目疮痍，人民流离失所。

然而，若论在中国历史上的风采独具、文采焕然，无出魏晋南北朝其右。一方面，社会生活空前动荡与纷乱；一方面，是文学创作空前的发展与繁荣。这是士人思想最活跃、精神最自由、个性最张扬、行为最放纵的时代，这是一个具有艺术气质的时代。

这是一个“世说新语”的时代。在这样一个时代，天下规则散尽，斯文扫地。在这样一个时代，不难理解，何以武好法术，文慕通达；何以天下之士，不循前轨。

遗憾的是，旷世之才如嵇康，也只能以自己的方式在这个时代的夹缝中求生。

“爱有大而必失，恶有甚而必得；智惠不能去其恶，威力不能全其爱。故前识所不用心，而圣人罕言焉，若乃系情累于外物，留曲念于闺房，亦贤俊之所宜废乎？”这是陆机在《吊魏武帝文》写到曹操临终吩咐后事时的描述，惋惜一代明主的远行，笔笔顿挫，气势畅达。这还是“日月之行，若出其中；星汉灿烂，若出其里”壮怀千里的曹操吗？这还是“山不厌高，海不厌深；周公吐哺，天下归心”运筹帷幄的曹操吗？这还是“老骥伏枥，志在千里；烈士暮年，壮心不已”永不言败的曹操吗？这是与嵇康有着千丝万缕牵挂的曹魏，是一个大时代拉开华幕的序曲，然而，落花流水终去也，英雄暮年，恰如一个时代的谢幕，端的是有着说不尽的凄伤和沧桑。

让我们重新回到1700年前的历史现场，清点烽烟凉尽的烟火，收殓岁月老去的残骸。这是景元二年（261），嵇康作《与山巨源绝交书》，两年后，他为司马氏所杀。有心者也许会留意，会在青灯黄卷中翻到曾经被我们忽视的片段，以及这些片段中的丝丝缕缕——半个世纪之前，曹丕在《典论·论文》中写下了“盖文章，经国之大业，不朽之盛事”的千古绝唱；在《与王朗书》中写道：“生有七尺之形，死唯一棺之土。”王粲在《登楼赋》中写下了“人情同于怀土兮，岂穷达而异心”。半个世纪后，在匈奴的进逼中，洛阳失守，建兴四年（316）西晋灭亡。这场战争中，匈奴长驱直下，很快便控制了几乎整个中原，长达100多年的大动乱大灾难大纷争就这样开始了，中华民族陷入漫漫寒夜。史官干宝在《晋纪总论》中写道：“国政迭移于乱人，禁兵外散于四方，方岳无钧石之镇，关门无结草之固”，最终“脱耒为兵，裂裳为旗，非战国之器也；自下逆上，非邻国之势也。然而成败异效，扰天下如驱群羊，举二都如拾遗芥，将相王侯连头受戮，乞为奴仆，而犹不获，后嫔妃主，虏辱于戎卒，岂不哀哉?”国家顺乎天命方可兴盛，顺乎民意方可和谐，以礼仪教化百姓方可建立纲常，国家基础宽厚方可难以颠覆，正如树木根深叶茂则难以拔掉，政教有条有理则国家不乱，法纪牢靠周密则社会安定。如此者，方为治国之策，立国之本。

前后不过百年，世事更迭如斯。随风云变幻的，是利益的血腥和政治的无情。不变的，是士子千百年来一脉相承的家国情绪、道义文章——末谓书生空议论，头颅掷处血斑斑。

“夜中不能寐，起坐弹鸣琴。薄帷鉴明月，清风吹我襟。孤鸿号外野，翔鸟鸣北林。徘徊将何见？忧思独伤心。”这是阮籍的《咏怀诗》。其孤绝旷逸，寓意深远，所书所写何尝不是嵇康？不难想象，某个黑暗寂静得没有边际的长夜，嵇康、阮籍夜阑酒醒，忧畏难去，在耿介与求生间矛盾，在旷达与良知中互争，嵇康的悲凉郁结莫可告喻。这些悲凉郁结莫充溢于他的字里行间，穿越无数个日日夜夜，至今仍散发着彻骨的寒凉。

霜被野草，岁暮已去。

端的，是该散了——

（原载《光明日报》2018年5月11日）

半岛渔村手记

◎张　炜

开海节

四月，开海节到了。半岛东部渔村自古以来就有这样的节令。

随着天气转暖，海的颜色变了，风向变了，一艘艘船准备出航，所有渔村都跃跃欲试。最活泼的季节来到了。这个时段是从一个传统节日开始的，这一天的到来，预示着兴高采烈、巨大收获、忙碌快乐，更有新的希望。

节日之期相对固定，一切都以可爱的四月为开端。但时代变化太大，与过去不同的是，现在的这个节令仅仅是一个节令而已，它甚至让人有点儿尴尬：过完开海节只短短的十几天便到了禁渔期，所有的船与网都得收起来，一直苦挨到九月。

不过尽管如此，这个节仍然要好好过。每到临近的日子，人们还是盼望着，兴奋地传递消息，准备选择一个最好的村子去过节：并不是每个渔村都有这样的节日，只有那些有海神庙的村子才会有。

海神庙通常建在海边，大多有千百年的历史。这些庙宇虽然不大，香火却很盛。到了开海节的这一天，周围村子的人一大早就朝那个方向移动。届时海岸张灯结彩，人山人海：除了附近村子赶来的，还有远处的人，有的甚至来自遥远的南方和北疆。

当地的旅游业者不会错过这个时机，他们从很早起就着手宣传开海节的盛况，所以近几年来声名远播。

我和朋友第一次参加这样的节日，心里充满期待。说来有点蹊跷，作为一个海边出生的人，我竟然从未参加过祭海和开海之类的活动，没有见过类似的场面。我知道，一般来说从这一天开始，海猎的大幕就算正式拉开了，渔港里的船只集结待命，旗帜招展，渔人在甲板上忙个不停，只待轰轰烈烈地出发。

这样的图景是想象出来的，也是预料之中的，历史上的这一天肯定如此。

然而今天我们所看到的有些异样：几乎所有的渔船都静静地泊在海湾里，船上基本上没有忙碌的身影，死气沉沉。从这里可见，出海打鱼似乎还是一件很遥远的事情。

但海湾旁的小广场上已热闹非常，正在做庆典开始前的最后准备。祈祷海神的内容虽然一如过去，但从形式上变得华丽了许多：台子盛装打扮，四周有气球悬挂彩幅，台前安置了一溜大音箱。虽然如此，不过看上去还是觉得缺少了一些仪式的肃穆，笼罩的全是娱乐的气氛。这里即将举行的仪式与真正的开海，实际只有名义上的联系，已经蜕变为一场海边人的娱乐活动。

狭小的海神庙挤不下多少人，人们更多地拥挤在庙前的广场和近处的沙滩上。庙里的一尊神像是老旧的，岁月为其蒙上了深重的颜色，显得愈加神秘遥远，令人想起更为恒久的海边岁月：笨重的渔具，辛苦的渔民，不测的风雨……那些故事和传说堆积在四周，成为一部诠释不尽的历史。

海神庙前的巨大香炉由生铁铸成，里面的香柱粗过碗口，冒起的黑烟呛人眼睛，再加上噼里啪啦响个不停的鞭炮，想在这里多站一会儿是困难的。几乎所有人都掩鼻眯眼，涕泗滂沱，时刻小心地躲闪炸飞的鞭炮屑。

台上的高音喇叭响了，主持人上来，是一对手拿麦克风的靓男丽女。为了这个节令，主办者花重金从大城市请来了歌手。在四月凉凉的海风中，演唱者浓妆艳抹，抖着单薄的衣衫。他们演唱的内容与海猎无关，都是耳熟能详的一些时曲：《爱和恨》《思念和痛苦》。

歌舞之后是拉网号子表演，这让我们多少振作了起来。粗犷的号子很快将人的思绪牵到往昔，让人想起那些风浪之搏，人与橹，船与网，腥风阵阵。领唱号子的是一位老人，他和一帮人都化了妆，穿了夸张的服饰，样子有些触目：描了浓眉，脸色酱红，这会儿一齐举起双手“啊啊”大叫。“嗨哟嗨哟”的声音节奏强烈，从调性到动作都有极强的表演性。这声声喊唱由大功率音响播放出来，震得人心打战。我们努力想听清号子的具体内容，很难，偶尔听到的几个词是“盛世”和“大潮”。

当年的拉网号子是至关重要的，对于渔民来说，无论是拉大网或升大篷，都必须在齐整划一的节奏中完成。这种放声呼号能激励生命，催发力量，强大的感染力无可比拟。只有铿锵有力的号子才会让人动作一致，汇集起巨大的爆发力。现在的海上劳作一般不需要这样的号子了，因为机械化作业使劳动形式改变了，海上号子只能作为一项文化遗产搁在那儿，供我们在一些场合里观赏。

这场拉网号子表演吸引了满场的人，风头超过了前边的歌手。台下观众随上呼号，不停地跺脚，使台上领号子的老人更加兴奋。老人显然难以控制自己的情绪，更加夸张地做着动作，一班人也紧紧跟上。

喊号子的人退场，犹如退潮。稍停，又上来一拨头扎红巾的舞者。大鼓擂响，似乎为新一轮高潮做着铺垫。鼓声停息，之后一阵冷场，但只沉寂片刻，都听到了一阵沉闷而遥远的声音响起。声音不大，并不让人注意，好像是从大海深处一点点钻出来的，一时无法辨清它们究竟来自何方。

声音渐渐大了，显然在逼近。人们四处张望，看到几个穿制服的人推拥着挤来挤去的人群，开辟出一条弯弯曲曲的小路。这会儿大家都看清了：十几个穿了华丽服饰的男子从广场台阶那儿登上来，浅蓝色的衣服上绣了金线，烁烁发亮。他们抬着两支深棕色的大铜号，每支铜号足有一丈多长，那沉沉的声音就是它发出来的。

两支大号缓缓地往前移动，海神庙四周一下安静了，只响着它们的呜咽。

大号一直抬到台下，这才放下来。号声一落又是一阵喧哗：穿制服的人再次把拥挤的人群推到一边。原来从台阶下又一次登上一群穿戏服扎红巾的人，他们这次抬来了最重要的祭品：每个门板上都安伏着一头剃得光光、染成朱红色的肥猪，一溜二十多头。它们被整齐有序地放在海神庙前，头朝海神像。这是犒赏海神的，是开海节的重头戏。围观的人发出赞叹，纷纷凑近拍照。

最终到了一个关键环节，即当地官员讲话。一个衣着考究的中年人，头发疏淡而齐整，两手按在小腹上，大声言说。由于场内外实在太吵了，根本无法听清所说内容。演讲毕，人们报以热烈掌声。

在整个开海节中，我们所渴望看到的那些历史悠久的传统内容也许全包括了，也许已经远远离开了真正的传统。现在的人无法真正回到一种严肃的仪式之中，这里不是指某些程序的缺失，而是内在的品质。传统的气质与内涵正在消失，取而代之的是逗趣，是阵仗，是欢欢乐乐热热闹闹。

我问一位蹲在旁边抽烟的老人："过去也是这样吗？"他点头又摇头："现在

的阵势大啊。贡品多了，上的香比过去粗，再不是那种黑细的榆皮香，如今的香比牛腿还粗！早年能有几头猪就算不错了，现在一家伙挑出全乡最大的肥猪，个头一样，头脸模样也差不多，嘿嘿!”

“那两支大号是老物件吧?”

“那也没有多少年，算不得古物。早先的大号没这么长，这是十几年前打制的，专门为了开海节。”

“以前也有歌舞表演吗?”

“没。那得使上银子从大地方请来。”说到表演的男女，老人大不以为然：“海神不喜。”

“为什么?”

“太浪气了。”

“浪气”两个字多有趣啊，但这也无可避免，因为这个时期最不缺少的就是“浪气”，想躲开它可不容易，海神也只好多些担待了。

节目还在进行，好像一时完不了。烧成灰烬的鞭炮纸屑还在冒着黑烟，混合着浓浓的香火。在这里待下去不知要付出多少眼泪，我们实在无法忍受，就费力地挤到广场边缘，想到开阔的沙滩上呼吸一会儿。

路过台阶时要穿过各种各样的货摊，小贩们晃动着手里的商品大声兜售。花色繁多的贝壳、小蛤蜊和螺壳制成的饰物，还有琳琅满目的仿古玩器。几个道士站在旁边，手拈稀疏的胡须瞅着我们。我和一位看上去很年轻的道士攀谈起来，问他多大年纪，他说：“我们道家不讲年纪。”

我们离开时得知，就在东面三十多里的地方，两天之后还有一个开海节：海神庙和庙前广场虽然很小，气派无法与这里相比，可是它的历史更悠久，所以也更正宗，更有吸引力。

到了那一天，我们仍旧一大早赶了过去。果然是一座更小的海神庙，看上去真的十分古老。我们都知道，所有规模小、颜色旧、其貌不扬的古迹，往往才是更久远更珍贵的。令我们稍稍遗憾的是，这里的开海节也像上次一样，烟火实在是太盛了，以至于稍稍凑近了就呛得鼻涕眼泪一大把。我们不得不掩上耳朵躲远一点。

这里扎起的台子要小很多，但表演内容大同小异。唯有一点让人满意，就是没有从远处大城市请来浓艳的歌女，所有节目都由当地人自编自演。当然，呜咽的铜号和血色肥猪仍是必备之物。周边围满了各种车辆，停车场水泄不通。不知哪来这么多新闻媒体，大小摄像机不止一台，人们头顶旋转着拍摄吊杆，天空盘旋着无人机。这让我们明白，盛大的开海节当晚就会出现在电视屏幕上。

到处都在娱乐，因为我们实在寂寞。找一切机会制造庆典，以各种借口和理由：悲伤、喜庆、仪式、宗教，或庄重肃穆，或荒诞不经，只要解除寂寞就好。娱乐的熔炉可以融化一切，把一切变成热乎乎软乎乎的一团。

两个开海节留给我们的印象都差不多：闹。我不知道海神会怎么看。不过海神即便不高兴，也依然会保佑那些出海的人。海神气量大，慈爱、宽容，有无边无际的怜悯。

正午开炮

我怀疑自己走到了一座现代大都市：二三十层的高楼一幢幢迎面而来；沙滩板铺成的栈道沿海边蜿蜒；漂亮的石板路；生铁铸起的锚链环绕着白帆雕塑；不锈钢海豚……小广场上音乐奏响，旁边是咖啡厅、西餐厅。这里是一个个居民小区，沿海岸东西铺开了几十里。走在其间，感觉自己完全陷入了一座陌生的城市，以至于不止一次迷失了方位。一次次询问，旁边人说出的准确地理位置让我深深地吃了一惊：大概没有比我更熟悉这个地方的人了！

我的出生地离这里不远，几十年前曾在这片土地上四处游走，随处都留有自己的脚印。难以想象的是，仿佛只一转眼，它就变得如此陌生，好似迎接一个猎奇者、一个远道而来的访客。这一瞬间我眯上双眼，好像要挨过一阵眩晕那样停顿了一会儿。我大概需要镇定一下，压抑心中的惊讶。与此同时脑海里却清晰而准确地再现往昔：就像一个盲人一样，除了无花果的花什么都看不见，此刻，那敛起的花蕾正绚丽地绽放，每一道丝瓣都那么清晰，楚楚动人……

这里曾是一片无边无际的林野，是神秘莫测的绿色茫海。除了年代久远的自然林之外，二十世纪五十年代末六十年代初又掀起了人工造林运动，结果海岸往南几华里遍植黑松，茂密广阔，沿曲折岸线东西绵延百里，甚至更远。几十年之后，黑松树干已粗如水桶，树隙间又生出其他：洋槐、构树、合欢。主要是黑松，苍劲，硕旺。人们习惯称这里为“防风林”，好不雄阔蓊郁。防风林的南面即连接了那片自然林，原来曾是一个很大的国有林场，林场内占绝对数量的是白杨和橡树，还有柳树、大叶枫、苦楝等。粗壮的大树啊，占据了我的童年，占据了当地人最美好的记忆。

防风林和自然林连成一片，浩瀚而神奇。这里面发生过各种各样的传说，真真假假交织一起，难辨真伪，构成了一片林海的独有魅力。那是一片神奇的莽野，其中蕴藏着各种不测：动物趣闻，妖怪传说，怪人故事。这一切与现实纠缠，形成一段特异的历史，化为一道永恒的风景。这里什么都曾发生过，什么都曾存在过，可以任人想象。没有一个准确标界限制那些传说，没有一个既成边缘禁锢它，其魅力就在于此。是的，它是昨天，是我们这一代人心中保存的奇幻，是一段特殊的历史和骄傲。

各种各样的猎人和采药人穿行在林海中，他们来自当地或更远的地方，所以林子里常常交织着多种口音。猛禽偶尔惊扰了鸟儿们的欢唱，四蹄动物肆意出没，甚至还有花鹿。花鹿是哪里来的？是从遥远之地横穿半岛进入林子，还是哪个养鹿场的出走者？都不得而知。林子里的四蹄动物最多的是豹猫和狐狸，还有少量的狼。狼的名声很坏，让人憎恨，但这里的狼没听说伤害过人。二十世纪七十年代中期狼便绝迹了，狐狸却因为狡猾和美丽，一直在林子里高高兴兴地游玩。关于狐狸变人，到村子里偷酒喝的故事，在海边上流传很广。

出于对往昔、家乡和林子的热爱，人们厌恶伤害动物的猎人。关于林子的许多故事都是糟蹋猎人的，故事的结局往往只有一个，即猎人的可悲下场。传说猎人去林子里打猎，他们见了动物马上端枪，这时却发现面对的竟是自己的亲人；放下枪，那亲人又变成了动物。巨大的物质诱惑最终还是让他扣响了扳机，结果却真的打死了亲人。这是所有故事中最让人恐怖的一个。

在物质欲望面前，人变得何等勇猛和无畏，结果也就导致了许多可怕的结局。眼前这一片高楼就是那些游荡的“猎手”们造成的，他们是财富角逐场上的猎手：端起枪又放下，然后又端起枪，结果打死了自己的亲人。亲人就是这片原野，这片林海，是我们共同拥有的昨天。我们把母亲般的园林给毁掉了，换来的是一片干枯阴郁、没有生命、仿制而成的水泥丛林。这片矗起的水泥就像一道阴森的墙，挡住了我们从今天回到昨天的那条郁郁葱葱的大路。

沿着大楼的空隙走啊走啊，景物一再重复。路旁是生铁铸杆、散见于繁华都市的莲花灯，它们如今又冒着海风站到这里，装点和述说一个完全雷同的轻浮故事，指引我们从一个小区到另一个小区。穿行在这群似曾相识的楼房之间，感觉渐渐麻木，心头泛起一丝凄凉。同行的人见我不说话，也就不再吭声，只是往前走着……

我们这会儿走到了哪里？当年许多人在林子里迷过路，现在同样是迷路，心情却完全不同。

正在彷徨，突然一阵剧烈的炮声从高楼深处传来，很是惊心。我蓦然回首，望向那个炸响的方向。陪伴的人赶忙解释说："正午到了，每到正午就要放十二响礼炮。"我有点惊奇，不知这礼炮缘何而来。朋友告诉，这是为了追念过去，传说这里在清代是一处险要海防，经常用大炮轰击海盗。我问："就在这个地方吗？"他说仅是传说而已，但打炮的事肯定在古代发生过。我说这样打炮多危险，这会儿海里有船怎么办？他笑笑："这是一种氢气做的炮弹，没事的。"具体怎么制成他也说不明白，总而言之没有污染，也没有弹片射出去，只是发出一种模仿的巨响。

我这才松了一口气。

我们在不停地毁掉昨天的同时，却用这十二声巨响追念遥远的过去。看来人人存有怀旧的心情，愿意放大眼前的时空，使自己的精神生活变得更加开阔。可是仅有十二声礼炮还远远不够，它不过是一种猎奇和装点：与其说追溯过去，还不如说是为了一个奢华而浅薄的现在。

而今不要说返回清代了，即便回到几十年前也是难而又难了。用今天的眼光看，这里曾是多么难得的一片土地：密林北临大海，南傍村庄，质朴的村庄也许有点贫寒，但是它们守住了生气勃勃的自然，守住了一片丰茂的土地。记忆中的海岸经常收获丰厚，拉网的号子一旦响起来，就意味着大网靠岸。一溜溜脱光衣服的拉网汉子喊着号子往岸上拖拽大网，一座鱼山很快就给搬到了沙滩上。如果是夜晚，渔人挑着火把在海岸上奔忙，随着吆喝声加大，大网就要上岸。月光下人声鼎沸，大鱼跳跃嘶叫……那样的记忆，那样的场景，如在眼前。现在全消失不见了。

我们能于瞬间毁掉一片浩瀚的林子，可是再花费巨资并加上几十年的光阴，也无法恢复它的原貌：生命的惨烈性和悲剧性也就体现在这种无法回返之中。

十二声礼炮很快过去，接下来是长久的沉闷。

恐　惧

几年前，我曾在海边碰到一位打鱼人。他那会儿已经不再打鱼，而是承包了一片海上养殖场。他的家在南边的村子里，因为要看护照料养殖场，就独自搭了一个鱼铺住在海边。

小小鱼铺里的生活用品应有尽有，但非常拥挤和紊乱，光线也不好。鱼铺照例陷进地下，这为了保温，有冬暖夏凉的特点。北风大作的冬日，只要往炉膛里塞进一点柴火，整个鱼铺里就很舒服了。铺子里最触目的是一个很大的地铺，这是他的睡床，又宽又软。他曾当过兵，这种荒野生活不仅没有使其产生寂寞难耐的荒凉感，反而让他获得了极大的满足。夜晚点上桅灯，听着海浪，读着一本自己喜欢的书，别提有多么幸福。他告诉我当年在部队养成了阅读的习惯，书籍帮他打发了很多驻防地的空寂时间。现在海边养殖虽然辛苦，但空闲时间多，特别是长长的海边之夜，正好用来阅读。

这位海边的嗜读者，给我留下了极深的印象。

这次路过此地，已经与上次相遇隔开了两年多。再次来到这里，却怎么也找不到那座鱼铺了，举目望去，身前身后都变成了建筑工地：推土机停放在新修的道路上，远处正挖掘出一个个大坑，还有一些看不出名堂的沟渠相互连通，里面渗出了铁锈色的水。显而易见，又一场新的开发正沿着海岸线往西推进。我从记忆中搜寻那个方位，往前走着，不信那个养殖场会消失得不见一丝痕迹。目测，我没有走错，最后认定它就在这一带。

找了许久，终于看到了一个半塌的鱼铺。我一下认出了它，匆匆赶过去……里面没有了那位朋友。

工地上的人说，所有海边的人，不论是打鱼的还是养殖的，全离开了，这里已经属于一个大公司或大集团。不过此地现在究竟隶属于哪个新的主人，他们也说不清。毫不奇怪，因为这种开发来得异常迅猛，有时可以说是猝不及防，一些莫名其妙的人在瓜分这片海岸，他们来自天南地北的大都市，还有从京城赶来的。这些拥到海岸的开发者，让人想起宴席上那些吃相难看的人。

不仅是朋友不见了，就是南边的村庄，有的也没了踪影。我这一天有些倔强或好奇，偏要从海边一直往南找去，进入了硕果仅存的一两个村庄。最后费了不少劲儿，我竟然找到了这位朋友：原来他正和自己的村子一块儿原地待命，也就是说，等待搬迁。这个时刻他和村子里的人一样，失去了任何劳动度日的心情，也说不出今后的打算。所有人都无法预料自己的将来。做什么？怎么做？只有等待。

朋友抖着手掌，示意说："我们不能大声说话，别声音太高。"他这样说着，引我到一个僻静的地方，嗓子压得很低："千万不要对生人埋怨什么，不要。"

就这样，他时断时续地讲出了一个骇人的故事。那是他离开自己鱼铺的前前后后。他曾经拼出军人的勇力，倔强地抗拒逼迫他搬迁的人，因为海岸承包合同上白纸黑字清楚地写着长长的承包期，他为这片养殖场不知投入了多少热情和精力，更有来之不易的一些积蓄。他实在舍不得。那些逼他走的家伙只有蛮横，没有半点怜惜，更不会讲理。那些人根本不愿承担最起码的补偿，而只是让他快些卷起铺盖走人。在一些新富豪这儿，从来没有什么法律可以约束，他们想怎样就怎样。可是要驱赶他也不容易，他偏要待在热乎乎的铺子里，要等一个稍稍公平的结果。这样拖延了半个月，一天午夜，铺门被猛地撞开，闯进来几个蒙面壮汉，一个个手持棍棒。他拼力抵挡，使出了部队里学得的看家本领。

相搏到最后，他给打得半死。

他在鱼铺里躺了许多天，几乎死去。他捡了一条命，那是因为在野外生活久了，生命力比常人顽强十倍。这会儿，他抚着身上大大小小的疤痕告诉我：那个夜晚，那些人差点就把他装到麻袋里扔下大海。我觉得未免有些夸张，他说这是真的，因为麻袋和绳子都准备好了，一点都不是唬人："在风高浪急的夜晚把一个人扔到海里，根本不算什么。"就在他们要那么做的时候，突然不远处有人打着火把往这儿赶来，他们可能是旁边工地上巡夜的人。就这样，那些蒙面壮汉扔下他跑了。

我吸了一口凉气。他说下去：沿海一带许多人失踪了，有的遭到了不测，就因为这些人拒绝离开，拒绝出让自己的土地，拒绝放弃自己的劳动。每个村庄里都有人被打，每个村庄都笼罩在一片恐惧之中。但是他们不敢抱怨，不敢公开说出自己的憎恨，而是要赞美那些集团和公司。

他讲出了故事的后一半，算是结局：他曾逃到很远的地方，去了山区、海岛，与妻儿生生分离。那时他不知道自己还能否回来，有时真的不再做这样的打算。他告诉我，他从铺子里回村之后，因为愤恨和不甘，就联合村里像他一样强壮勇敢的人，做好了抵抗的准备。大家采用许多办法阻拦这些开发者，究竟什么办法，他不愿多说，只说从那一刻起种下了更大的祸秧。

无比恐惧的生活开始了。先是一些身份不明的人频频袭扰，让他不得安宁，后来就是直接围堵。在十分危险的境地下，他不得不逃出家门。一群人紧追不舍。毫不夸张地说，那是死里逃生的故事。他讲了一些细节：追赶的人开着一辆装有远射灯的越野车，车上有武器，而且真的开枪。他当时赤手空拳，为了逃脱，就窜到车辆无法行驶的麦地，跳进壕沟，钻入涵洞。在远射灯交织成的恐怖网络下，尽可能找一些黑暗的空隙，最后挣出一条命。

他和同伴们颠沛流离了好几年，那会儿不知将流浪到何时何地。那段黑暗的日子里，他只在伸手不见五指的深夜才潜回自己的村庄一次，但要趁着天亮前快些逃开。他们在外乡四处打听老家的消息，直到得知原先的开发者离开了，这才敢回来。他们归来后才发现，村里好多人都失踪了，留在家里的女人早早白了头发，她们一把抱住归来的男人，泣不成声。

我注意到，几年不见，原先那个腰杆挺直的朋友身子躬了，喘气急促，只有生气时声音才高起来，没有说上几句又是低低地说话，还小心地睃着左右。他处于恐惧之中。我在这种情形下，声音也变得很小，像打探一个绝大的秘密那样悄声询问着。

他和朋友的回答都是声音低低的，当突然换了高声时，一定是在赞扬，赞扬开发者，赞扬那些“集团”：“多好啊，多好啊，咱这里要变样了，以后就享福吧，做梦也想不到会像现在一样，真是……”喊过之后，再次低下头咕咕哝唳，说了什么谁也听不清了。

鱼拓画

一位多年不见的海边好友，从打磨文字的作家变成了画家。他展示一幅幅作品，令我无比惊讶：都画了鱼，大鱼小鱼，那么逼真而古朴，看上去有些异样，与以前看过的绘画完全不同。我见过各种各样鱼的水墨画，还从未看到这样的风格。我向他讨了一幅。

我选中一条一尺多长的黑色大鱼，说："这好像是一条比目鱼。"他说："是的，一条比目鱼。"他指点着墙上的画，依次告诉："赤鳞鱼、鲷鱼、鲳鱼……这是一条红鲷，多大的红鲷啊，四斤二两！"最后一句让我吃惊：他显然在说一条真实的鱼。看着我惊讶的样子，他主动解释道："我忘了告诉你，这不是一般的画，这是'鱼拓画'。"

"什么是'鱼拓画'?"

"就是给鱼做拓片，像拓碑一样，把宣纸放在上面……"

这令我更加惊奇。我马上想到的是要等活蹦乱跳的鱼死去，等它僵硬时，然后再涂墨，按上宣纸。鱼毕竟不是石头和木头，这事儿从头到尾做下来肯定麻烦。不过到底有多麻烦，我怎么也想不清楚。只觉得这种办法高明而巧妙，他能够想得出真不简单，也许只有生活在海边的艺术家才能有这种奇思妙想。

我知道他喜欢出海钓鱼，是海猎能手也是烹鱼高手。大概就是这种海上生涯给了他灵感，让他成为一个特别的画家。我尽力发挥想象，说："如果没有猜错，你肯定要把逮到的大鱼搁置一会儿，等它不动了才开始动手。这大约需要多次实践，积累经验，比如墨色浓淡、宣纸按上去轻拍重拍、怎么把握力道等，会有许多技巧。宣纸揭下来还需要动动画笔，最后才能题字落款，成为一幅作品。"

我像一位内行，这样说时，其实内心里已经在琢磨怎样亲手做一幅"鱼拓画"了。因为这种画是在现成的鱼身上"印刷"出来的，算是一种工艺，只要掌握要领就能完成。我说着，极力隐藏自己要当一位艺术家的跃跃欲试、野心和冲动。

谁知朋友马上摇摇头："死鱼不能拓画。"

"用活鱼？这怎么行？"我的声音变大了。

"让鱼安静一会儿，但不能让它死去。安静的鱼和死去的鱼是不一样的，死鱼，拓出的画也是死的，那就没什么价值了。"

听上去既有道理，又过于玄妙。我甚至认为他有点太较真或太讲究了，换了自己一定不会这样做。因为显而易见的道理：只有死去的鱼才会有木石一样的标本作用，那时操作起来才得心应手。我微笑不语，看着他。

"我让鱼安静下来，让它睡一会儿，在这段时间里抓紧完成。"

"怎么让它睡着？"

"一点酒吧。"

我明白了，它醉眠后，他开始往它身上小心翼翼地涂墨。怎样涂？如预料之中，他语焉不详。大致是按照丰富的经验施墨，而且在宣纸和鱼结合一体的时候，拍按之间，需要高度的技巧。鱼鳞、鱼鳍，特别是鱼的眼睛，都要传神地表达出来。他一再强调"眼睛"。

这使我想到：鱼是有神气的，鱼是有神采的，鱼是有心情的。是的，我不得不确认这样的一种理念，即一切高妙的艺术都是精神的再现、个性的表现。而对于一条海中生灵而言，最能传递这一切的当然只能是眼睛。它要注视，它的悲哀或怜悯都要从目光中流露。它从自己的那个方位投向人间的神情，即便在这样的瞬间也不会泯灭。我想，作为一个艺术家，这种揣测和把握当是至关重要的。这是一切艺术即心灵劳作的关键所在。

他告诉我，一张好的鱼拓画可以把鱼和鱼之间的不同表现出来，也可以将同一种鱼的不同时刻表达出来。不同的鱼，不同的时刻，都在画纸上凝固了，却是凝固了栩栩如生的那个瞬间。

我长时间沉默。我在想鱼和艺术，想生命的奉献，想短暂和永恒。这样一些关系纠缠在艺术创造之中，从来没有例外。离开了这样的领悟，所谓的艺术就会变得木讷。而那些看起来木讷的用来作拓片的石碑之类，却含蕴了十足的生命力。我们一再地拓、拓，复制，只为了再现生命的神色。

一条大鱼留下自己生前的刻记。它带着水族的秘密来到面前，那一刻刚刚沉睡。它曾经活生生地、惊讶地看着这个新的世界，看着和自己完全不同的生命，大睁双眼……

关于鱼和海的故事，朋友可以讲上一整天。那是一些烂漫的故事、惊险的故事。故事的主角大多是鱼。他的这些经历铸就了与水族的深刻情感，也催生了手中的艺术。

后来这幅艺术品挂在了我的室内。它看上去和一般的水墨画大为不同：既是一种拓制，又是活的生命的印迹。我端详的时候，总觉得它的一双眼睛在注视我，充满了悲悯。

它真的就在那里了。它是一个悲剧。它演绎着生命和创造的故事。它讲述了大海：波涛万里，压低的铅云，还有其他……

天尽头的风

“天尽头”是半岛最东部的一个小小海岬，准确点说它处于一片大陆经度的最东端，所以才有了这样的“命名”。这个名字已经有了几千年的历史，至少在遥远的秦始皇时代，就已经这样称呼了。

历史记载中，这个“千古一帝”曾三次东巡，其中至少有一次抵达了这个“天之尽头”。作为大陆的边缘地带，这里对他而言是多么遥远、多么神秘。他是西部人，看惯了高原景色，而今却要吹拂海风，面对一片渺渺大洋，当时何等心绪，也只任我们去想象了。当天下一统，特别是美丽富饶的东部齐国并于秦国版图之后，整个国土就变得多彩多姿和幅员辽阔了。沿海地区是截然不同的风韵习俗，山水大绿，物质极大地丰富。秦王的有生之年，其脚步不可能踏上他统治的每一寸土地，但对最东端的这片陆地，对王土的边缘，这次却要亲手抚摸一下。

当年他站在这里，脚踏海岬放眼远望，只见大浪滔滔，海天混淆，茫茫无际，一定会思绪万千。后人只凭他东巡的足迹去揣测和推定，认为他当时最关心的事业，就是寻找长生不老药、寻找海中仙人。这就有了徐福率庞大船队入海求仙的千古之谜。

今天的“天尽头”已成为著名的旅游胜地，它以独有的地理位置、神奇的传说和罕有的帝王行迹，吸引着无数海内外的游人。一个人不到“天尽头”，就不知道天之广阔、地之遥远、海之浩渺。有一句诗谓“不到长城非好汉”，那么不到“天尽头”又将如何？

初春时节的一个上午，我们几个人兴冲冲地赶往这个神奇之地，遥望缅怀，踏上古代帝王印过足迹的海岬。到了这里已是上午十点左右，天下起了蒙蒙细雨。风从黄海深处吹来，寒意渐浓。为了抵御春寒，我们启程时特意穿了很厚的衣服，可来到这儿才发觉天这样冷，最后简直凉气彻骨。风一阵比一阵猛烈，细雨更加剧了寒冷。

长时间定定地望着这个声名远扬的海岬：探入海里，一小块突出的岩石，靠海一端矗着一座石碑，上面刻上的“天尽头”三个大字赫然醒目。任何人到此都要止步，因为它的前方及左右都是滔滔海浪，真的再无进路。回头看，不到百米之处耸着另一块碑石，上面写了“好运角”三个字。

身后这块石碑当然是新立的，那三个字其实只为了对冲一个不祥的暗示：一个人既然来到了“天尽头”，也就意味着走到了绝路，所以很不吉利。这种预示会让人刻意躲避，对于旅游业的发展来说显然是一个忌惮。于是后来就有了这块新碑，有了再次命名。不过无论如何，一个沿用了几千年的名字最终是改不掉的，也没人敢彻底抹去。

就在那句吉祥话的旁边，有一处群雕，自然是为了纪念秦王东巡的壮举：肃穆的始皇帝，冠盖、随从、武士，一色青铜。这位古老的帝王，青铜的帝王，此刻在寒雨劲风中显得格外威严。我注视群雕，想象很久很久以前的奔波与艰辛。后人猜测他遥遥东巡之路绝不仅仅为了探寻长生不老的仙药，也不仅是对富裕齐地的好奇，而是另有大谋，即强固难以驯化的东夷族，夯实边地统治之基。是的，比起寻仙之事，这算是最为现实的政治需要。

传说中的“三仙山”位于东部深海的一片混沌迷茫之中，缥缈之处居住着仙人。那里一直是秦始皇的梦牵魂绕之地，有着持久的吸引力。或者就在这次东行之后，或者从更早的时候起，那个叫徐福的奇异人物就进入了他的视野，最终率一个庞大的船队出海了。他是受秦王派遣的。

从此即有了古代航海家徐福的故事了。记载中秦始皇不止一次会见了徐福，在东巡之路的某一时段，约对方于黄县莱山月主祠，有过一场密谈。这次约见的结果就是让徐福率“五谷百工”和“三千童男童女”，组建起一支浩大的船队。当年秦王站在“天尽头”，心中一定升腾起无尽的希望。也正是那次派遣，使中华民族的历史上发生了一个惊天动地的大事件，一个神话般的传奇，出现了一位比哥伦布还要早一千八百多年的探险者，一个寻找新大陆的冒险家。徐福的船队穿越对马海峡途经济州岛、入韩国，最终抵达了日本列岛。

古老帝王第三次东巡匆匆来去，是一个很快消逝的孤独身影。那一次他由这片海岬西行，行至山东西部一处叫“沙丘”的地方即染病不起，结束了短促而宏大的一生。也许是巧合，他从“天尽头”径直走到了生命的尽头，从此这条路、这个地方，也就变得多少有些骇人了。

关于这里的不祥传说很多，当代人的某些经历和际遇，被演绎得有声有色，以至于影响到此地的游客数量。我们作为游人，心中真的不能不生出一些多少有点滑稽的想象，对踏上这个海岬生出一点悸惧。人们一边惊喜地观望古迹，一边在心里祝祷，希望留给自己的是回头看到的那三个字的内容，交上“好运”。

风势还在加大，雨丝密织。离开这座青铜群雕只有几十步远，看去已经模糊不清了。昨天离我们太过遥远，隔开了几千年，可是一切又恍若眼前：漫长的历史仿佛只有一瞬，我们现在和古人，而且是一个统一中国的帝王的脚印重叠了。

一瞬映照永恒，以至于成为历史与生命的巨大参照。一些关于形而上的终极思绪在这里徘徊缠绕，袅袅升起。对此我们常常视而不见，可它现在实实在在地化为具体，化为当下。

（原载《花城》2018年第3期）

初春，读一册时光

◎汤世杰

转眼新年过去，老年过去，每个人原本薄薄的过往，倏忽便又多了厚厚的一页。

唐人张说《钦州守岁》诗曰："故岁今宵尽，新年明日来。悉心随斗柄，东北望春回。"除夕夜，团年饭面对的虽是满桌佳肴，其实还有一道隐形菜点，便是那份古老亲情。这个最古老的夜，无形中，有许多关于血脉血缘的志异般的秘密，正如花一般悄然开放，料想也有些隐秘的情谊爱恋，在看似枯瘦的虬枝上，以点点新绿，延续着生命的传奇。

想起传奇志异一语，系因年前获赠国文先生新著《李国文评注〈酉阳杂俎〉》，厚厚重重的一册，封面深蓝色，望之若午夜星空，浩瀚，且幽深。许久没去看望先生了，倒是曾请赴京的朋友代致问候，也借一幅新拍的照片，得见先生依然精神矍铄，遂心有欢喜。

《酉阳杂俎》内容驳杂，三十卷，所记皆听闻传抄之唐代流行的异事，人物则上从皇帝宰辅士大夫，下到道士僧人穷书生贩夫走卒，内容更林林总总，包括唐代社会生活、文化艺术、风俗习惯、奇闻异事、文人掌故等，堪称唐代社会生活的百科全书；文章虽多为片段记叙，倒堪称典型的唐人笔记。国文先生是小说大家，晚年转而"考古"，《说唐》《说宋》，世人皆惊。我倒不意外。记得上世纪80年代初，就在先生其时位于羊坊店一带的斗室里，见过先生早年在铁路工地上，于一片片细窄如蓑的材料进出记账单上，以工整字体，所记的几大册读史笔记。那天先生说，仅那段时光，《红楼》《三国》他都读了多遍，做了几大本笔记。问及其他，先生则笑而不答。先生这回俯身在另一间我去过也宽敞得多的书房里评注《酉阳杂俎》，心情笃定大不一样。那是要让《酉阳杂俎》走出学术研究的高阁，让人既瞻前，也顾后么？

每逢年节，大抵往前、往将来看的多，往后、往昨天看的则少。其实事后慢慢翻看，那么厚那么大一本，时有欣喜雀跃，也常有泪流满面。想罢掩卷抬眼，仰望云天，看到的似乎唯一片浩茫星空。我在微信里说，岁月山河，风雪弥漫，该怎样回望那些逝去的时光，及深藏于中的美好与痛楚呢？翻过一个年，回望时便又多了一座关山。立马有朋友跟帖说，当然也会多了一片风景。

就想过往的那些时光，哪一片哪一段，不是可供咀嚼与品味的呢？其味或清淡，或微甜，偶尔也有一点野草般的涩。那样的咀嚼无须狼吞虎咽，倒该悠缓沉稳些，倘囫囵吞枣，还没等你嚼出真味，它便已溜走，会苦到终生——生活的真谛，往往先是一个苦字，苦后是否回甜，端的要看造化。

展读方知，先生以八六高龄，评注此书时耗时耗神之巨。鲁迅于《中国小说史略》评曰，《酉阳杂俎》“每篇各有题目，亦殊隐僻”。国文先生则谓：“因为隐秘，所以费解，所以好奇。”有论者谓，《酉阳杂俎》对于唐代社会的生活、风俗、文化的描写，国文先生在评注中对唐代生活的想象和描绘，都十分宏大、有趣、神秘又瑰丽。在我看来，先生以通俗话语，借古论今，那样的犀利与透彻，倒常常让人在畅快之余，陷入沉思。

记得初获此书，细细读去，一节一则，一段一句，所见尽皆生命的遗址，时光的废墟。历来做典籍评注，都是件繁缛的细活，发微探幽，披沙沥金，要紧在带引读者拂去历史浮尘，领略其中的深味与异趣。读着读着就想，看来即便俗世人生，有许多事，也是“隐僻”或“隐秘”的，偶尔挑几件出来讲讲，不唯好玩，也蛮有趣。

比如幼时对于守岁，是蛮当回事的，先立了誓言，一定要如何如何地熬到天明。到有了些年纪，守岁就只是个小小仪式了。儿女们各自回家后，宁静午夜，心想堪与谁，分享这一生的欢娱与疼痛，以及那倏忽而过的一分一秒呢？四顾无人，且独自举杯，邀来世一起共斟生命的酒吧。然偶尔的爆竹声，到底还是让人容易惊醒。时间已过了零点。毕竟，时光这穿梭山河的箭，刚刚从一个新的原点出发，就像过去一样，当你发觉它已然在无声中飞远时，你也便成了个被刺得思念成疾的人。

通信发达的时代，贺年拜春的消息汹涌而来，包括平时或也没有太多往来的熟人，出于礼节，这时都必要回复。更别说几十年未曾谋面的老友，不知从哪里找到了你的联络方式，于是一声问候，穿越时空山河排闼而来，弄得人几乎手足无措，一时竟不知说些什么才好——就像突然面对一个闻所未闻的，流于时光深处的传奇志异。那样一些过往，真是可以写进志异类书的。明季吴从先有句云：“生平愿无恙者二：一曰青山，一曰故人。”此话倒甚合我心。

与老同学聊起青春，隔着想象中纷纷扬扬的雪花，恍惚觉着先前再怎么贫穷的青春，也掩不住它青涩的华丽，但说着说着，说起为了那样的华丽，我们曾忍受了多少的疼，眼睛还是有些潮湿了。

家乡那条熟悉的小巷，或也积有初雪了吧？这么多年过去，当年那干干净净的脚印，如有生命，不定已转世投生，开出许多花来了。而我命里的那场雪，此时越下越大，一下就是多年，顶着头上的这座雪山，但愿我一直走到遥远，回望中的故乡亦妍嫣依然。

从风花雪月的地方，友人午夜的长话里，飘来一阵浓浓酒香，欢乐、痛苦与半世之情，也一起飘来。如今这世界倒是真小，仿佛他就在我的隔壁，从来都没有离去。我说，生活倒给我的每一杯酒，我从来都是一饮而尽的，不管酸甜苦辣，待等哪天，我把迷魂酒泡好，也倒一杯给它试试。

尽管从日历上扯下的每一天，最后都皱皱巴巴地，贴在了我们原本光滑的额上，倒终于发现，曾以为是鸡毛蒜皮的小事，都在回望中闪出了异样光彩。走得很远之后的回眸，让心，一下就穿透了前世与今生——那或许正是与李商隐、温庭筠齐名的段成式作《酉阳杂俎》的初衷？

白居易《除夜》诗云：“病眼少眠非守岁，老心多感又临春。火销灯尽天明后，便是平头六十人。”而我，早过了白乐天那时的年龄。午夜梦回，思绪踟蹰于往昔的泥泞与跋涉，竟不知何时缓缓睡去。醒来时，痴痴凝望，冬日一派空蒙。恍惚间立春已过，那就道声早安吧，向所有的曾经。忽然觉着，这个从头冷到尾的奇异冬天，竟然美到了完整无缺，动不动就让人们想起往昔，想起那些至今都有人歌吟的百孔千疮，以及那些无法与人共享的短暂欢娱。

天确实亮了。天光其实每天都是一样的，不一样的，只在那些去来变幻无定的云朵，既无法约束它们的行姿，也难料它会于须臾间显现出意外的精彩。对于日子，我本偏爱那些荒芜的空白，也看好泼墨于空白的黝黑的浓郁，至于它是否能转瞬如画，我还真不那么在意。只相信，总有些混沌幽微的往昔，会拼命地穿越时空秘密生长，长成水清花明的此时。

初一在家，怕人多拥挤，没敢外出。南国春早，窗外已花开新枝，叶吐新绿。不出去也好，那就行于史籍，去寻另一番风景。国文先生在该书《导言》里，有段话堪称经典："五四新文学运动最大的缺失，就是将志异体文学打入十八层地狱，而白话文的新文学，九十多年来，只有正，而无异，只有实，而无虚，始终处于一种不完全、不完善、不完备，因而也就不完美的跛足状态之中。在世界文学之林中，至今无法成为一种强势文学，不能不为之遗憾。而上个世纪中叶，拉美文学得以瞬间崛起，一是正和异的契合，二是虚与实的交结，三是今与古的混同，四是新与旧的碰撞，这种复合多元的文学，远比我们近几十年平面而且片面的现实主义或写实主义，来得浑厚深邃，丰富多彩，从而产生爆炸性的文学魅力，令整个世界为之侧目。"就想，我们的日子里，到底有多少那样的"异"与"虚"，入得如《酉阳杂俎》那样的书呢？想必每个人都会有的——真做那样的记叙，想想就是件十分有趣的事了。

此时，冬天刚刚过去，我似乎也已变得柔软——除了骨头。即便冬天还没有真的过去，也不妨挺直身子迈开大步，自个儿闯进翠色——流光抹不去幽远的绝决，我的冒犯注定会发作在早春。谁也阻止不了花叶的失礼，这季节，或许怎么都会生出些红杏出墙的事来。

（原载《北京晚报》2018年3月8日）

孩子、驴子和水

◎梁晓声

那是一头漂亮驴子。三岁多，能干不少活了。

驴子属于牲畜。

若将迄今为止的中国历史数字化，则可以这么说，此前十之八九的世纪是农业史。全人类的历史也是如此。在漫长的农业时期，牛马骡驴四类能帮人干活的牲畜，也被中国某些省份的农民叫作“牲口”。牲畜是世界性叫法；“牲口”是中国的特殊叫法。特殊就特殊在，视它们为另册的“一口”。在古代，评估一个农村大家族兴旺程度时，每言人口多少，“牲口”多少。“土改”时划成分，土地和“牲口”是两项主要依据。若一户农民分到了一头“牲口”，必会兴高采烈。

“牲口”实际上是对牲畜含有敬意的尊称，后来才演变成辱人话的。

在四类“牲口”中，驴子的地位排在最后。牛马骡的力气都比它大，它干不了的重活，对牛马骡不是个事儿。通常情况下，驴的本职工作是拉碾子或磨，拉轻便的载物小车，代足。如果代足，骑它的大抵是女人、老人和孩子。男人一般是不骑驴的，觉得失风度。若驴干的是第一种活，那时它是比较可怜的。怕它晕，人要将它的眼罩上。它围着磨盘或碾盘，转了一圈又一圈。即使很累了，人不喝止，它自己则不停止。往往，一干就是一天。秋季，须去壳的粮食多，一两个月内，它从早到晚被罩着眼，拉着沉重的碾石或磨扇，一千圈一千圈地转啊转的。它也往往充当拉大车的牛马骡的边套。驴那时是不惜力气的，实心实意地往前拉。可一卸了车，人首先将水桶和草料袋子拎向驾辕的牛马骡，待它们饮够吃饱了，才轮到驴。人觉得，最辛苦的当然是驾辕的牲口。在“大牲口”中，驴一向被视为小字辈。如果牛马骡是自家的，且正当壮年，农民往往会以欣赏的目光望着它们，目光中有时甚至流露着感激；却很少以那种目光看驴。

但，那孩子经常以欣赏的目光望着自家的驴，欣赏起来没个够。在他眼中，他家的驴好漂亮啊——兔耳似的一对耳朵；睫毛很长又整齐的眼睛；不宽不窄的头；不厚不薄的唇；肩部那条驴们特有的招牌式的深色条纹；直直的腿；完好的尚未受损的蹄……总之，在那孩子眼中，他家的驴哪儿都漂亮，没有一处不耐看。

十六岁的少年只从印刷品上见过牛和马，还没见过真的。至于骡，他仅仅会写那个字，都没从印刷品上见过。他也暗自承认印刷品上的牛和马皆很精神，各有各的雄姿。但它们是印在纸上的，不是他家的呀。而且，不论他还是他父母，都不敢想自己家里会有一头牛或一匹马。中国刚实行分田到户不久，全村哪一户人家都不敢做家有大牲口的梦。

那个村太小，在大山深处，东一户西一户的，几十户农家分散而居，围绕着面积有限的一片可耕地。不论每家的人多么勤劳，那片土地上打下的粮食从没使人们吃饱过。后来，被迁到此处的农户多了，全村就只能年年靠救济粮度日了。

然而那少年当年是有自己的梦的，他正处在喜欢有梦想的年龄。他家的驴是好的，他的梦想是它经常做母亲，每年都会生下小驴，一头头送给别人家，于是全村有很多驴，家家都有小驴车。女人、老人和孩子们，经常可以进县城了。十六岁的他，还没进过县城。进过县城的孩子是有数的几个，进县城是他的另一个梦。

他不可能不对别人说说自己的梦想，首先听他说过的是他父亲。

“不许你再做那种大头梦！你也是驴脑子呀？还梦想着家家都养驴！人不喝水啦?!”

父亲生气的一训，他就再也不在家里说他的梦想了。

对于一个少年，心有梦想是憋不住的。不久，老师和同学们也知道他的梦想了。同学们对他的梦想都持嘲笑态度——和驴联系在一起的梦想，也能算是梦想么？梦想应该是高级的想法嘛！老师却对他的梦想深有感触，还鼓励他写出来。他就写了。几个月后，他家的驴出了名，他也出了名，因为他的梦想登在县里的文学刊物上了。同村的同学将此事在村中说开了，不仅他的父母，村里的大人都对他刮目相看了。

但是对那头驴，他父亲的既定方针并没改变——尽快卖掉。那也就意味着，县里某些饭馆的菜单上，会多了以“驴肉”二字吸引人眼球的菜名；县城里没有靠驴来干的什么活。村里的大人们也都认为，他父亲尽快那么做了，才不失为明智的一家之主。

分田到户时，那头驴出生不久。它母亲是队里重要的公共财富，为队里贡献了毕生力气，生下它没隔几天就病死了。它的父亲是另一个队的牲口，被杀掉了，将肉分吃了。小驴没人家要，都明白长大了谁家也养不起，驴的胃口并不比牛马骡小多少，单干了，每家才分一二亩地，庄稼活人就干得过来，何必非养一头驴？少年的父亲出于恻隐之心，将小驴牵回了家。果不其然，驴子后来给他家带来了很大的烦恼——全村人仅靠一口井解决饮用水问题，井水忽然变浅了。县里的地质专家给出的结论是，水层太薄，已快渗完了。解决方案是，须找准水层丰沛的地方，用钻井机再钻出一处深井，起码得钻一百几十米深，也许还要深，并且要靠汲水设备将水汲上来。总之，在当年，少说得花十几万元。村里的人家生活都很困难，凑不了那么大数的一笔钱，只得作罢。后来，井水更浅了，便每家轮流用水。轮到谁家，将孩子和桶轮流吊下井去，一大碗一大碗地往桶里装水。各户人家斯时都全家出动，一切能盛水的东西都用上，轮到一次要一周多呢！倘缺水了，就得向别人家借水啊！

轮到那少年家时，他母亲将驴子也牵到井边。拽上的第一桶水先不往家里拎，而是先让驴子饮个够。那驴经常处于渴而无水可饮的情况，有几次都闯入屋里找水喝。见着水，饮得像没个够似的。往往，它一抬头，一小桶水已饮光了。有村人看见，心里便生气了——“专家说水层都快渗不出水来了，那话你家人也听到了！还讲不讲点人道主义啦？”少年的母亲也生气了：“到哪时说哪时，现在不是还有水吗？有水我就不能让我家的驴活活渴死！我家的驴还被别人家借去干过许多活呢，这又该怎么说？”

结果，吵了起来。少年赶紧将驴牵回家，他父亲则急忙跑到井那儿去制止自己的老婆，向对方谢罪。也许，他父亲的内心里，也曾有过如儿子一样的梦想——造一辆小驴车，使自己的老婆儿子进县城变得容易些。没想到出了水的实际问题，梦想破灭了。自从发生了吵架事件，少年的父亲卖驴的想法更急迫了，只不过一时还找不到出价合理的买主。而少年望着他眼中那头漂亮的驴子时，目光忧郁了，他变得心事重重了。两年过去了，他家的驴却没卖，真相是——每天夜里，他将驴牵到井边，将长绳的一端系在驴身上，另一端系自己腰上，一手拎小桶，缓缓下到十几米深的井里。好在井壁并不平滑，突出着些石凸，可踏足。预先测准距离，并无危险。驴也听话，命它在哪站定，就老老实实站在哪儿，一动不动。待拎上半桶水，看着驴一口气饮光了，再下井。每次临走，还要拎回家半小桶水。那驴聪明，经过两次后，明白小主人的半夜行动是出于对它的爱心，以后极配合。因为半夜饮足了水，白天不那么渴了，不犯驴脾气了，干起活来格外有劲儿了。某夜下雪，他粗心大意，留下了蹄印和足迹。天亮后，一些男人女人聚到他家院门前，嚷嚷成一片，指责他家人偷水。

丢人哪！

但那种行为确实是偷嘛！

他母亲臊得不出屋，他父亲当众扇了他一耳光，保证当日就杀驴，驴肉分给每一家，算是谢罪。待人们散去，父亲一会儿磨刀，一会儿结绳套。瞪着驴，刚说完非把你杀了不可，叹口气又说，我下得了手吗？要不就吊死你！又瞪着少年吼，我一个人弄得死它吗？你必须帮我！

少年流泪不止。

驴也意识到问题严重，大祸即将临头了，在圈内贴壁而站，惴惴不安。

那时村里出现了几名军人，是招兵的。为首的是位连长，被支书安排住到了他家。该县是贫困县，该村是贫困村。上级指示，招兵也应向贫困村倾斜，所以，他们亲自来了。

天黑后，趁父母没注意，少年进了连长住的小屋。

连长笑问："想走我后门参军？那可不行。我住在你家里也不能为你开后门。招兵是严肃的事，各方面必须符合条件。"

他哭了。说自己参得了军参不了军无所谓，尽管自己非常想参军——他哀求连长他们走时，将他家的驴买走，那等于救它一命。他夸他家的驴是一头多么多么能干活的驴，绝不会使部队白养的。

连长从枕下抽出两期杂志，又问："发表在这上边的两篇关于驴的散文，是你写的？"

那时他已发表了第二篇散文，第二篇比第一篇反响更好。他点头承认。连长是喜欢文学的人，杂志是在县里买的。上世纪80年代的中国，是文学很热的年代，那份杂志是县里的文化名片。

一位招兵的连长，一个贫困农村的少年，因为文学的作用忽然有了共同语言。

连长说："你对你家的驴感情很深哪！"

他说："它早已经是我朋友了。它为我家为别人家干了那么多活，人得讲良心。"

连长思忖着说："是啊，是啊，完全同意你的话。"

由于家中住了一位连长，他爸暂且不提怎么弄死那头驴了。

而那少年，已过十八岁生日了，严格说属于小青年了。他和同村的几名小青年到县里一检查身体，都合乎入伍条件，于是都成了新兵。即将离村时，唯独他迟迟不出家门。连长迈进他家院子，见他抱着驴头在哭呢。

他父亲说："你倒是快走哇！"

他就跪下了，对父亲说："爸，千万别杀死我的朋友……我走了，不是等于省下一份给它喝的水了吗？"

连长表情为之戚然，也说："老乡，告诉大家，我保证，一回到部队就号召捐款，争取能为你们村集到一笔打机井的钱。"

连长和他刚走出院子，驴圈里猛响起一阵驴叫，听来像是驴也放声大哭了……

2017年12月某日，在一次扶贫题材的电视剧提纲讨论会上，一位转业后当起了影视投资公司项目主管的曾经的团长，讲了以上他和一头驴子的往事。

讨论会我也应邀参加了。

有人问："你们那个县现在情况如何了？"

他说还是贫困县，但已确实在发生一年比一年好的变化。

有人问："你们那个村呢？"

他说已有两口机井，不再缺水了；与县城之间，也有一条畅通的公路了。

导演问："那头驴后来怎么样了？"

曾经的步兵团的团长、五十几岁的大老爷们，眼眶顿时湿了。他说，据他父亲讲，当年为了送一名难产的女人到县医院去，一路奔跑，累死在医院门前了。

他说，他无法证实父亲的话是真是假。既然村里人的口径也一致，他宁愿相信真是那么回事。

“导演，请把我的朋友写到剧本中吧。没有它，我也许不会热爱上文学，也许不会有现在这一种人生。我一直在想用什么方式纪念它，人得讲良心，求你了……”

众人肃然。而且，愀然。

导演李文岐看着编剧说：“加上这个情节，必须。否则，咱们都成了没良心的人了，可咱们得成为讲良心的人！”

众人点头。

（原载《解放日报》2018年2月8日）

家在西山湖水间

◎范小青

天已经很冷了。冬天的西山，多少有了一点“墙角数枝梅，凌寒独自开”的静谧之意。而这一份静谧的意境意趣，恰好配合和烘托了西山的另一个面貌，另一种情怀：西山的古村、古宅、古桥、古道、古庙、古埠、古墓、古石刻、古遗迹等，由这一种独特的配合和烘托，它们呈现出更浓、更静、更深、更厚、更古朴的意味和气息。

有一个古村叫明月湾。只是，今天的明月湾不是“春花秋月”的明月湾，不是“水抱青山山抱花，花光深处有人家”的明月湾，这是冬天里的明月湾。冬天的明月湾，别有一番滋味在眼前，上心头。

游人是有的，不多，也不少，恰恰正好。既有鲜活的声响，又不至于过分喧哗，既给安静的古村带来外面世界的现代气息，又不是那么莽撞和突兀。

我们走在明月湾的石板街上，我们经过村落里的一些老宅、旧宅，我们看到村落里的门楼、窄巷，我们站在一棵古树下面，我们停在一座祠堂前面，我们不但放慢脚步，连说话交谈都是轻轻的，好像怕惊动了什么。

那是什么呢?

那是历史沉淀下来的生活，那是现代社会的另一个面目。

虽然在冬季，明月湾仍然如同一幅长轴画卷，全方位地、毫无保留地展示出来了。

细细长长的老街上，除了少量的旅客，少有行人经过，一眼望过去，似乎是空的，是轻的，但是在这个空的和轻的里边，却是神秘的，是有力量的，隐藏着许多奇特的故事，掩饰了许多辉煌的往事。

且让我们踏进一座老宅去看一看。

大门口的台阶上，随意而又零散地坐着几位大妈和老太太。早晨的雾气散了，太阳出来了，她们在这里晒太阳，做着手工活，随便地说说话，或者为游人指点一二。说这里是一个景点，其实它更像是一个日常生活的普通场所，是明月湾老人们的一个聚集处，老人和老宅，都是一个“老”字，却让我们感觉到了新鲜，感受到了近切，让我们怦然心跳。

踏进黄氏宗祠，原本是想看看这座建于乾隆四十九年清代建筑的特色，结果第一眼就被大厅的几副对联吸引了：

人居东晋风流后，家在西山湖水间。

心气和平事理通达，德性坚定品节详明。

守古老家风惟孝惟友，教后来恒业日读日耕。

被它们拖住了脚步，挪不开了，不想走了，细细地读了一遍，再读一遍，用手机拍下来，回家去、以后、再以后，都还会慢慢地品味——总共不到五十个字，已经概括出这个家族的许许多多，甚至一切的一切。

老宅之所在，做人之准则，良好的家风，严格的家教，深厚文脉，渊博知识，等等等等。

就几十个字，已经足够，已经让我们的内心沉甸甸、热乎乎，似乎已经可以满载而归了。

且慢，接下来走进宗祠里的村史馆里，我们再一次被征服了。

尽管今天我们已经无从考证明月湾的建村年代，但是感谢一代又一代的文人墨客，他们的诗文，留到了今天，才让我们得以知晓，早在一千多年前的唐代，明月湾就已闻名遐迩了。

先看看来过明月湾的几位唐朝诗人的来路：

刘长卿，706年生人；
释皎然，760年生人；
白居易，772年生人；

贾岛，779年生人；

皮日休，834年生人；

……

一千多年过去了，沧海桑田，世事变幻，诗人们却将从前的明月湾留给了后人，留给了我们。一千多年过去了，诗人笔下的明月湾今天犹存眼前。

“试问最幽处，号为明月湾”

“湖山处处好掩留，最爱东湾北码头”

这就是文化，这就是文化自信，这是值得我们骄傲自豪、一直传承至今的中华文化的优良的美好的内涵。

走出明月湾村史馆，暂别那纸上的和墙上的历史，历史还在现实生活中鲜活地存在着，热烈地延续着呢。

我们继续沿着石板街往前走吧。太阳升高了，气温也高了些，暖和多了，整个村子都活泛起来了，在小街的拐角那儿，飘过来一阵香味，一位明月湾大叔，正在做油氽萝卜丝饼，大叔的女儿在帮着张罗生意，她戴着眼镜，文文静静，看上去是个学生，不知是高中，还是大学，我们没有和她交谈，只是猜想，在假期的时候，明月湾走出去的女儿回来了。

是的，今天的明月湾，有许多的老村子一样，年轻人越来越少，只剩下留守着的老人。

但是，年轻人会回来的，他们的心会牵记着家乡的，何况是明月湾这样的家乡。

其实又何止是明月湾的年轻人，即使是许多外来的年轻人，他们本来只是来走走，看看，当成一个一般的游客，当成一个一般的旅游之地，但是，当他们走过了明月湾，明月湾就在他们心里留下去了，不可磨灭了，也和他们自己的故乡一样，值得他们永远去怀念，常常去回忆。

因为明月湾，就是我们每一个人的童年呀。

它就是那么简单而丰富，它就是那么朴素而饱满，你在石板老街上这么随便地走着，忽然就多愁善感起来，忽然就心思细腻起来，一个粗糙的小竹篓，一捆杂乱的干柴火，都能够激荡起情感的涟漪。也许，这些年来，我们将这些普通而又朴素的情感丢失了，遗忘了。

于是，我们在明月湾流连忘返，我们在寻找我们远去了的童年呢。

童年的气味引领着我们，我们又进了另一个院子，是另一种院子，一个崭新的院子，是一个满是生活味道的院子，满院子挂满了腌制的鱼、肉、鸡、鸭，这又是一道独特的风景线。

我们在明月湾，从童年的味道里钻进去又钻出来，钻出来又钻进去，终于，我们回到村口了。

村口有一棵千年古樟树。

在古樟树隔河的对岸，是一家茶室，里边热气腾腾地坐着一群来旅游的上海大妈，满屋子的沪方言，说话，喝茶，嗑瓜子，忆旧，迎新，向未来。

村里还有一家名叫“知青缘”的小客栈，在一条小巷的深处，虽然没有走进去，但是看到这个名字，就已经感受到了旧日时光在这个冬天的温暖回照。

冬天的明月湾，就这样刻印在了我们的生活中。

苏州的洞庭西山有很多的景点，明月湾只是其中之一，但是我想，明月湾是一处最接地气的景点，是一座最鲜活的古村，是一段最真切的历史，是一幅最精致的天然长卷。

终于要离开明月湾了，有些不舍，有些依恋。其实我们都知道，苏州西山岛上的古村落，保存下来的，为世人所熟知和所不知的，还有好些好些，它们像散落在小岛各处的明珠，一颗一颗都值得细细品鉴，一颗一颗都值得留下记忆，走过了明月湾，还想再去东村，去阴山，去植里，堂里，甪里，蔡里……去更多更多的古村落。

回家去。

（原载《人民日报》2018年3月7日）

毛发的力量

◎梁鸿鹰

博加从我的身上剪去了灵魂，剪出了约瑟芬娜·贝克的发型。那就是以前的我呀，是我的肖像呀。我的发型曾经触动着每个人，而博加将我剪下的头发扔掉了。他好心地让我找到自己的平衡，让我习惯自己。

——（捷克）博胡米尔·赫拉巴尔《一缕秀发》，万世荣译，北京：十月文艺出版社，2014年，103页

1

对人来说，毛发永远是外在的，与人身上的天然拥有物一样，有生命、有呼吸。但毛发所具有的神奇，并不为人们所充分了解。毛发顽强附着于特定皮肤的表面，日夜兼程争夺着人不同器官的皮肤，争夺人的视觉注意力，一刻未曾有所停顿。毛发屈服于刀剪、水火、时光，柔软或坚硬，粗壮或细弱，与主人一生相伴。

毛发有忠实于岁月和时光的力量，在这方面，它无意于也无力说谎。有位不染发的歌剧女星，过去经常在舞台上扮演英勇就义的革命者，每逢此时，一头短发乌黑锃亮，英姿飒爽、豪气十足，而如今在舞台之下，满头蓬松的白发，显得疲惫、颓唐和委顿了许多。而像田华、秦怡这样的老前辈，一头白发恰恰显出非凡的气度与尊严。头发常背叛年轻的主人，不惑之年即满头披雪者不在少数，如今少白头吃香，少白头就多了起来。头发不忠实于年迈的主人却很困难，古稀之龄能够依然乌发者，少之又少。

毛发不背叛主人的种属，人的毛发颜色与肤色的深浅，一般都有对应关系。少年时代曾读过一本生物进化著作，书名疑似《人类在自然界的位置》，作者好像是赫胥黎，朴实的封面上有类似恐龙或猿人之类的插图，郭老题写的“科学出版社”五个字居于封面下方。书的内容忘记了很多，只记得其中说，世

界上的人种主要有白、黄、褐和黑几种，皮肤深浅对应发色深浅，白色人种头发最浅，黄色人种次之，黑人头发最黑，以此推断，即使同为黄色人种，发色深浅与肤色也能对应起来。从此他每见到一个人，总不由自主地以头发判断其肤色，或以肤色印证发色，基本上都是屡试不爽的。不过也常有例外，如好莱坞女星费雯·丽、伊丽莎白·泰勒，与卓别林合演《舞台生涯》的克莱尔·布鲁姆，均肤白如玉，却是一头夜一般漆黑的长发。但不管什么发色，最终都要归于由深到浅、到白，这一点是共同的。克林顿已经满头白发，奥巴马最终也会如此。

对男性来说，时时泄露时光之无情的，除了头发，还有胡须。胡须自动提醒一个不蓄须男性一天的开始或结束。库切在其小说《青春》第十三章末尾时讲到，长期在IBM工作的主人公离职之后，变成了“一个阉人，一个寄生虫，一个急着赶八点十七分的火车上班的提心吊胆的家伙”。有天，他与从前在IBM时相互颇有好感的姑娘卡罗琳重聚，逛完查令十字街的书店后，发现“长出了一天的胡子楂”，这就提醒他，一天剩下的时间不多了。

我们的主人公与父亲在生理上的亦步亦趋是全面的，包括头发与胡须。父亲坚硬与顽强的毛发给他留下的印象任何时候都挥之难去。酒后通红的脸，嘴里重重的酒气，言不及义的胡话，以及热情凑过来反复摩擦他脸庞的胡楂，长期占据着他的大脑。

唯恐胡须给人不洁、粗野的印象，我们的主人公每天早上出门之前都必刮胡子——避免胡子疯长在面容上带来的不雅观。他每天起床的第一件事是上卫生间，排泄完毕，来到水龙头和镜子面前刷牙、洗脸、刮胡子。他的胡子自青春期以来便浓密、粗硬，分布面积大，且生长快速，一日不剃，则如乱草。四十岁后，他的胡子踏上由灰到白的路途，显然在提醒他已经进入“大叔”阶段。任何的遮掩都难以奏效。剃须器具是旅行最重要的必需品。胡子的素质是从父亲那里遗传来的，这个他有充分的证据，从很小的时候他就见过父亲的种种剃须设备——电动的非电动的，磨损得很快，质量不尽如人意，更换十分频繁。

2

头发最有力气树立风范，它们是门面，可以化为口号与气质，拥有你无法绕开或省略的程序。在我们的主人公走过的生命历程中，理发这个责任，父亲向来未曾负担，这导致了早年在理发这件事情上，他是四处奔走的。为他解决头发问题的，有国营理发馆的理发师，有父亲的好友，或关系很好的邻居。对理发师的记忆，是他记忆中最温馨的部分之一。小时候给他理过发的都是男的，上大学以后给他理发的，都是女的，没有遇到过一个男的，很是奇怪。

孩提或少年时代生活的小镇，呈严整的四方形，一切机构的位置、规模、门脸都有着一定的统一性、规整性，有一种取齐式的朴实与内敛，谁也不想抢谁的风头，一致中的苍凉坚定，平静中的单纯划一，被大家所习焉不察。这种“苏式”规划的种种痕迹很明显：对称、庄重、严整，显得五脏俱全，实则难掩匮乏单调。毕竟，一个地级行政公署所在地的风范，大致也只能如此了。

镇上的理发馆都是国营的，一共两个，一居镇之南、一居镇之东。各有一位理发师给他留下难以磨灭的印象。

“红卫理发馆”居镇之南，店门朝西开，规模大，设施先进，十几个理发师每天都围着高大的理发椅忙碌。全店似乎没有女性理发师。别的人都忘记了，只记得店里有位高个儿、大嗓门儿、下手狠的理发师，姑且叫他老赵吧。老赵门牙大，天包地，东北口音，脾气暴躁，风风火火，干活幅度大、力气大，“萝卜快了不洗泥”，很不受人的待见。老赵永远守在门口，来理发的人一进门就会被他引到椅子上。我们的主人公来这里理发，从来没有轮到过别的理发师。这位脾气暴躁的理发师说话特别快，理发也特别快，全程说话不停，吐沫星子飞溅，让人受不了。如果抱怨理得太短或太偏之类，老赵立刻就会显出惊讶之色，沉下脸来大声辩驳，急于撇清自己，不给你任何插话机会。记忆中，老赵师傅是理发馆里年龄最大的，头发短短的，还没有全白，浑身上下利利索索，始终很精神、很勤快的样子。但在众多理发师中，他似乎很失意，生意很清淡，人气很不足。好的理发师都有固定的主顾，老赵没有这个运气，成年人成为他固定主顾的少，很没有面子，拦截前来理发的孩子就成了他的首选。为何如此？是因为脾气过暴、下手过狠，还是别的什么？老婆红杏出墙，家里有晦气的事？孩子们自然无从得知。

小镇毕竟不大，时间不要很长，我们的主人公就发现了另外一家理发馆，那便是小镇东边一家门脸朝北的理发馆。理发馆招牌标明是“东风理发馆”，位于南北大街中段。这个理发馆面积小，理发要排队，因只有一位理发师，白白胖胖的，个子很高，总戴着干干净净的白色的确良小帽。后来才知道，这位理发师是主人公中学同学陈瑛的父亲。奇怪的是，陈瑛个子不高，长着双眼皮，眼睛大大的，小巧的鼻子，樱桃小口，梳两只小辫儿。她学习成绩一般，但人缘颇不错。陈师傅人缘同样好，找他理发的人多，要排大队，但陈师傅有耐心，手艺好，话又不多。我们的主人公不止一次发现陈师傅的两只手都已变形，手腕处突出来了大骨头，变形是长期一个姿势持握推子造成的。老头儿动作轻重适中，为人温和，大人孩子一视同仁。他的随和、友好最能征服人，这种童叟无欺、耐心一致的精神，是饭碗最坚实的依靠。老头儿皮肤细腻、白皙，身上总有一股好闻的味道，由于体型过胖，喘气声息也较重。陈师傅常年戴帽子，并非完全出于职业需要，是因头发极少，可能是个秃子。在过去那些年代里，谢顶、头发少不罕见，但秃子不多，而且秃子不光彩，被认为是异数、不正常，这与现在各行各业场面人物秃子当道形成了强烈的对比。

3

人与头发较量，正如与肠胃较量。有吃百家饭的，就有理百家头的，我们的主人公就是“理百家头”长大的。小时候经常给他理发的长辈，除了一位姑父，其余都是父亲的好友，一位姓白，一位姓张，一位姓杨。这三位各有千秋，对比鲜明，但只要被求到理发，谁都不会推辞，他们技艺也好，是永远的能工巧匠。

老白性子最直。高个头，留一头短发，一对很小的三角眼，山西大同一带人，酷爱聊天，口音很重，嘴里总叼着烟。每次理发，他也烟不离嘴，而且不停地说话，各种各样的打听——家里来了谁，学校老师批评没有，喜欢谁、讨厌谁，最近到谁家吃饭了，问得人心里发毛。老白理发速度快，家伙什儿也老旧，夹着头发是经常的事情，对此他没有丝毫歉意，根本不放在心里。老白有个贤惠的少妻，热心肠，生了三个儿子。可能只因老白嘴上缺个把门的，在人们眼里始终没有威信。大家觉得他只说不练，嘴碎，而且爱图小便宜，到别人家一坐一晚上，不把对方烟抽完不拍屁股走人。老白家的老大老二年龄差两岁，老三来得晚，比老大小了有十几岁。大儿子额头有青筋，黑眼睛很忧郁，个子高高的，平时温良，但脾气犟，在二十出头原本该上大学的时候却得了一场恶病。遭此大难的一家人风雨同舟，到呼和浩特的大医院治病，租住在医院旁的民房里，老白夫妻俩曾请我们的主人公到他们那里吃过饭，在异常巨大的心理和经济压力之下，依然没有忘记在这里念书的小老乡，着实令人感动。记得是烩了一锅酸菜，肉不多，米饭，像很地道的杀猪菜，大家吃着，聊着，说了一些现在早已记不起来的事情。生病的老大——好像叫类似俊平的名字吧，也暂时忘掉了自己的病，偶尔露出单纯的笑。这次午饭之后不久，俊平就离开了人世。老白一直在行政机关工作，官没有做上，但始终乐观、健谈、爱给人出主意，是小镇上一个传奇。

父亲的第二位好友姓张，是个理发上精益求精的人。张叔叔河北人，高个儿，英俊潇洒，优雅从容，文质彬彬，曾经当过文化局长、宣传部长、中学校长。让张叔叔理发是种享受。张叔叔为人和蔼可亲，做所有事情都很恰切，不温不火，给人十分文雅、有教养的感觉。张叔叔家里永远井井有条，得益于有个能干的妻子。这个说陕西话的瘦弱女人面容姣好，细皮嫩肉，善理财且极其勤快，凡缝补、浆洗、编织、烹饪等，均得到好评，家里保持着纤尘不染的状态，这在困难时期是不多见的。张叔将理发视为一项重要业余活动，从不敷衍、草率，更没有不耐烦的时候。他理发的时候动作轻柔，张弛有度，从不在理发时聊天，理发就是理发，聊天就是聊天，他会前后左右不停地打量，反复端详、琢磨，直到自己满意，而不会毛毛糙糙地凑合。张叔是我们主人公父亲的“骨灰级”挚友，主人公母亲弥留的时候他在场，追悼会上他是致悼词的人。当时他并没有带稿子，只见穿着大棉袄，朝着小小的遗像深深鞠了一躬，面向大家说了一席言辞恳切的话。至今我们的主人公只记得这席话开头的是——“老师们、同志们，不久前，大家深为尊敬的王承真老师永远离开了我们”。会场顿时出现了压抑的抽泣声，我们的主人公的妹妹哭得很忘我，完全干扰了站在旁边的哥哥的倾听。张叔家有两个男孩，理发总是同时进行，小儿子的头发又黄又少又软，但这孩子每次理发都要闹腾，不愿理，提条件，要么吃东西，要么就要求给他买玩具，仗着年龄小，每次都能得逞。

第三位理发的父亲好友姓杨。这位叔叔个头儿不算高，说东北口音的普通话，在医疗卫生系统工作，人长得很英俊，头发很早就花白了，留一种恰到好处的背头，头发从来一丝不乱，也绝不油头粉面。一家人都是普通话，彬彬有礼。杨叔叔会抽烟，但很节制，在家乡那个小小的官场上，算不上一个成功人士，但稳稳当当。孩子的学习都一般，都没有上过好大学，全家人很亲切很温馨，是我见到的最美好的一个家庭。杨叔叔因为很早的时候腰就不好了，在家里并不干什么重活儿。给人印象最深的，杨叔叔冬天也背着手走路，双手居然能缩在棉衣袖子里。去杨叔叔家理发从来不用预约或大人给打招呼，见了孩子来了，就会问要不要理发。杨叔叔理发技术好，速度快，始终和颜悦色。理完发，往往还被留下来，与他们全家人一起吃饭。这是一个厨艺、家庭氛围、家人美誉度俱佳的家庭。女主人姓郭，眼睛不好，戴副眼镜，人很伶俐、很善良，说话声音很好听，是县医院的护士。她与我们的主人公舅舅家沾亲。都出自解放前从山东蓬莱到内蒙古传教的家庭。这家三个孩子，老大是儿子，叫小明。老二是女孩叫小兰，眼睛并不大，头发枯黄，人极活泼善良，也在卫生系统工作。最小的孩子是个异常漂亮的姑娘，比她的哥哥小了十几岁，印象中她的头发油亮乌黑，垂感很强，大大的眼睛，睫毛很长，永远天真地看着这个世界，她很受一家人宠爱，小时候经常吊在爸爸的脖子上。小明很和善，只低我们的主人公一个年级，眼睛同样大大的，人很规矩，下军棋和跳棋，以及做游戏，都经常占上风，头脑很灵巧，但并没有考到好的学校里，很早就在小城里子承父业，在地区卫生防疫部门工作。

4

不知道从什么时候开始，头发的驾驭者慢慢地由男人转到了女人手里。大学时代理发多在校园理发馆完成的。学校东门招待所旁边有家面积不小的理发馆，洗、剪、吹、烫、染，均可完成。这里是校园男生愿意聚集的地方，一位正值美好年龄的女店员肤色白皙、身材傲人，她以自己的芳龄、洋溢的青春之气，吸引着校园里的男孩子们。这里的理发师其实不算多，两个女的一个男的。麇集在这里的小伙子，理发或不理发，都直接只为这个姑娘而来。这位呼和浩特市当地的美人实话说也是一白遮百丑。眼皮倒是双的，但并不大，眼梢有些略略向下。姑娘肤白、齿白，樱桃小嘴儿，鼻子微翘，是那种热气腾腾、很有气场的女孩子。仅靠熠熠生辉的双眼，就足看得小伙子们神魂颠倒。“她知道自己是好看的”，正如曹禺在《雷雨》中所说，她陶醉在这种自认为“好看”的好看里。听同学议论，这是个大胆的姑娘，敢跟不同小伙子幽会，上世纪80年代还根本没有私家小汽车，她被那些骑着自行车来接她的男孩宠得够呛，但后来遇到一位会武功的壮小伙，接她的人就少了。但理发室里围在她身边的男孩仍然不少。

服务行业的人如果过分抢眼，是会扰乱顾客心绪的。我们的主人公来找她理发的时候自然也有一些私心。姑娘旺盛的活力，天真无邪的美丽，镇定自若的沉着，迷了他的眼神，扰了他的心绪，使他很难把持自己，在她面前会笨拙、不自然，表情尴尬，或前言不搭后语。但有一段时间还是免不了要到这里理发，想着与她相遇，又害怕被她摆布。

记得是夏季一天的中午，洗完澡后，他顺便拐进理发室。那天来理发的人不多，值此暑期临近，塞外的呼和浩特已经开始展示其“暑威”，午后的理发室并没有多少传说中的所谓年轻倾慕者。推开理发室，便见这位唇红齿白的姑娘以轻盈的身姿迎了过来，令他无法躲避。姑娘似乎早就认识他，脸上带着一层薄薄的友好与善意，但他不自然的表情与动作，很快让对方捕捉到了。她微微一惊，迅速收回自己脸上的笑容，以更“专业”的职业表情接待他。在由姑娘引领下，来到理发椅的一小段距离，他走得别别扭扭。落座之后，他才开始努力缓解与姑娘之间的紧张，不知是谁开了聊天的头，慢慢地，他与她之间自然起来了。姑娘露出笑容。他们分享着校园一些共同的话题，她问起他的老家在哪里，他则问她来这里有多久。在你来我往的交谈中，双方之间的紧张感如雪在太阳底下般慢慢融化，留下一些意想不到的记忆。年轻的目光在镜子里相遇了，是心有灵犀的那种，是无邪的美好与无邪的接近那种，而且，表情里有各自的聪慧，透出各自的感悟。

这是上个世纪80年代初，长发流行。他的头发历来密实而粗硬，很不驯服，不曾按主人意志以服帖出一定的形状。留长发要靠吹才能服帖。理发的最后环节照例是吹风。吹风对男生大多是个过场，更多的时候意味着额外馈赠，只需弄干便可以了，他虽没抱太大指望，但心底还是希望她能够用心一些，让头发服帖在头上。但没有想到，这位女理发员吹得过于细致、专注、投入，或许吹的时候走了神，思绪飞到了别的地方。瞥一下眼前的镜子他碰巧发现，姑娘目光迷离，长长的睫毛低垂着，白色衬衫里的小胸脯微微起伏，在这个充满洗发水味道的屋子里，她身上依然散发出极馥郁的好闻气味。她鼻息的声响匀称细微，她右手保持着吹风机的平衡，左手上的梳子在他头顶上翻动着，眼见她白皙的胳膊现出纤细蜿蜒的血管，耳边响起声嘶力竭的蝉鸣，一声声一阵阵。时间在吹风机的嗡嗡声中流逝，他忽然想起远方家乡烈日下的一个个沙丘，想起小渠或小湖之上飞翔的一群群蜻蜓，想起自己与小伙伴一起奔跑的树林。对了，树叶仿佛向天空伸出懒洋洋的手指，阳光插到树叶之间，透进来的阳光星星点点，胡乱涂抹在树叶上，为密林投进光亮与温暖。偶尔有蚊虫嗡嗡飞过，并不刻意叮咬什么，只是消遣，只是闲逛。

就这样，脑子里天马行空，思绪漫无边际；就这样，思绪时时飘向别的地方。但很快，仿佛双颊感觉到了家乡初春凛冽的狂风，秋季忘我的狂沙，冬天放肆的狂雪；一会儿仿佛又看到一队高低错落的奇异的驼群在沙漠深处缓行，驼铃悠扬，奔向好几天才能到达的一片绿洲或树林的边缘；一会儿仿佛看到自己和小伙伴们围坐在小树林里，聚精会神地盯着眼前的小火堆，几只包在泥巴里的麻雀在边上烤着，烟冒起来了，随后又被耳边的风吹散，远处飘来呼呼的声响，其间隐隐约约夹杂着一股味道。这股味道从远方刮过来，携带着说不清的不祥信息。对了，是一种受到鼻翼排斥的异味——来势神速，很快刺激到人们的嗅觉感官，令理发者和被理发者几乎同时猛然回到现实中。她像是如梦方醒，立时面颊泛红，鼻尖冒汗，接着赶快停掉吹风，少女的端庄样态顿失，眼里满是羞愧，手足无措地僵立在一边，不知如何才好。他则像犯了大错、勘破不可告人秘密似的，草草付钱，落荒而逃。

从此很长时间，他都避免与这位姑娘见面，也不再回到这里理发。但校园毕竟不大，越是不想见的人，越是容易见到。这位皮肤白皙的、不难看的姑娘，后来他在校园的不同地方又见到过几次，他远远看到她便躲开，根据她的走向选择自己的方向，尽量不与她迎面而行。姑娘每次都与不同的小伙子同行，穿着高跟鞋，头扬得高高的。直觉告诉他，她依然认识自己，他未与她对视。只有一次，实在是狭路相逢，而且陪在姑娘旁边的，是熟识的同班壮汉，才勉强打了个让彼此都不自然的招呼。毕业了，成了校园里的老师，似乎倒没有多少机会见她了，没有想起是否打听过她。

5

世上打不倒的职业是理发师、厨子、医生、入殓师，或许还有会计。人人都不能不甘受他们的摆弄。研究生阶段的理发问题是怎么解决的，印象十分淡薄。在市民气息极浓的天津，只记得理发毫无固定地点，变得前所未有的随意、不规律，有时候到北京解决。上世纪90年代之初开始到北京工作，他见过的，留下印象的几位理发师无一例外都是女性。其中有一位异常小巧而嘴甜的女理发员，居然是因为让丈夫纠集打手威胁房管处负责人而被开除。房子，相当一段时间里，真倒是要命的资源，在计划经济时代，曾经有多少人为之歌哭，想尽各种办法，最终还折在里面。

王师傅是他在北京工作以后名副其实的“第一”理发师，延续时间长达十年以上。她在内蒙古五原县下过乡，是地地道道的北京人，中等身材，偏瘦，她是接替被开除女理发员的，口音由京腔完全变为内蒙古“后套话”，又侉，鼻音又重，常用冷僻字汇，像是西部人学说普通话似的，谁也从口音猜不出她从小在北京长大。理发中聊天，她说小时候参加过天安门广场的联欢、纪念碑献花，与同学一起欢迎外宾，但一夜之间全部成为过去，而且是自觉自愿的，家里人也根本管不了。王师傅理发极为细致认真，从不懈怠，有好多回头客，在一个只有两个人的理发室里，回头客总是找她，让小刘师傅闲待着。王师傅右手长期持握手动或电动推子，已经变形，手腕骨突出好多，但她爱这一行，与顾客相处融洽。她文了眉毛，头发在脑后扎个独辫，腰挺得很直，嘴唇经常紧咬着，显出她的坚毅从容。有时会聊聊她在内蒙古下乡的经历。她说同去的孩子都十几岁，走的时候大家挺高兴，多浪漫啊，最初也很高兴，但内蒙古真大、真冷，风真野啊，出门不结伴很容易走丢。有羊肉，有炒米，就是没有菜吃，更没有电，没有书看，想家啊，大家受够了罪。改革开放后，大家拼命找关系回北京。好不容易回来了，住的地方都没有，工作更难找。受的白眼很多。碰到内蒙古人，她很高兴，理发格外认真，每次都花比别的客人更多的时间。在工作调动的最初几个月里，他依然找她理发，直到不好意思为止。但他记得，她真诚地说，你随时来，反正也就快要退休了，欢迎到她家理发。这很让他感动。

他总认为自己的头不够浑圆、不够对称，是被睡偏的，幼年没得到矫正。这种认识使他过分关注理发效果，说穿了，就是过分关注别人眼中的自己。其实你理发不理发，发理得如何，别人可能根本不关心。至于头是如何偏的，党校一位理发师曾经给了一个解答。这个女店员个头很低，胳膊却不短，一双不大的手白白嫩嫩，没想到异常有力，洗发时抓挠得很到位。看出他是“偏头”，她便说，母亲喂奶是一件异常艰苦的事情，头偏是因为母亲喂奶时候过于劳累，在寻找一个舒服姿势的过程中，习惯性地把孩子置于一边，长此以往，孩子头就偏了。在中国式的幽默里，有这样的诗句：“未进门前三五步，额头已到大堂前。去年一滴相思泪，至今尚未到腮边。”前者说的情形大概包括偏头，当然后者说的是脸大。

我们主人公的发型经历了数度变化，早年留短发，上大学、研究生的上个世纪八九十年代改为长发，90年代之后再度回归短发。中小学时期的短发自然是父亲的意思，他本人就把这种特权延续到了自己的孩子身上，为省事，给他们一律剃秃瓢。美国作家亨利·米勒有篇名为《粘鸟儿的树枝与反叛精神》的散文，文中历数“大人们”所有对自己孩子颐指气使的限制与理所当然的塑造。米勒说，孩童的发型、衣着、语言、行事方式，无一例外地，统统难以逃脱“大人们”的控制，其实，大人们“所知甚少、心胸偏狭、思想迟钝，缺乏想象力、耐心和宽容之心”，但他们握着所有的权利。我们主人公的发型在上大学前，就按照父亲的规定，是未有任何移换的“平头”。上大学之后则随社会风潮而动，先是留分头、长发，二八开或三七开，完全随自己之便，因父亲早已无法掌控。90年代初期一段时间里，仍留了一段长发，自有了孩子就没了潇洒，加之案牍劳形，生计奔波，终至选择了好打理的短发，这样，一下子与父亲中年之后的发型完全一致了。早先逆反，后来亦步亦趋，老年再回到长发。他发现，生命轮回的逻辑完全无法抗拒。

6

人的毛发有的是美学上的资质、道德上的申辩权与命名权——不管你愿意承认与否。中国人讲究点睛，其实眉毛才见精神，修眉就是修精神，女性最懂这个。眉毛虽不为脸面最核心的器官，却是很打眼的存在。在老祖宗留下的汉语遗产中，关于眉毛的美好说法向来不缺：眉如新月、青眉如黛、眉如卧蚕、眉如春山、眉同翠羽，这些类比寄寓了前人对眉毛多好的想象啊。对女性的眉毛，明代徐士俊曾著《十眉谣》，归纳出女子的十种眉：鸳鸯、小山、五岳、三峰、垂珠、月棱、分梢、烟涵、拂云、倒晕。未能向徐士俊请益的清代文人张潮撰《十眉谣小引》云："大丈夫苟不能干云直上，吐气扬眉，便须坐绿窗前与诸美人共相眉语"，"唯日坐愁城中，双眉如结，颦蹙不解，亦何惫也。"遥想在那时光缓逝的农耕时代，这些文人吟风弄月，真是百无聊赖得可以。

人的喜悦、愤怒、失望、惆怅均可形之于眉。男性是不应修眉的，但现代的人们但凡给张飞、李逵、鲁智深、沙和尚、武松化妆、造像，必拿眉毛做文章，眉毛比别的器官似乎更容易体现男子汉的勇气、威风与意志。周总理的眉毛是举国美谈，而日本有位勤勉的前首相，严重的八字眉，似也成了他平民姿态的标志。别以为眉毛与头发必有连带关系，共进退，眉毛黑，头发必黑，反之亦然。满头皆白而眉毛独黑者多见，满头乌发者，白眉毛的，极罕见。我们的主人公从早年的照片里看到，自己曾经是长长的弯眉，逐渐越来越稀，而现在，已经有一半不见了。

人类进化过程中褪掉毛发，亚洲人毛发普遍少，毛发多被国人视为异数。我们的主人公四肢有着极为浓重的体毛，尤其是前臂与小腿。这成了他受陌生人注意的一个因素。小时候就发现，这是从父亲那里遗传的，毫无可抱怨之处，谁也奈何不了。手臂汗毛多，容易被表链夹，戴手表是头疼的事情，在冬季，受衣服重重包裹，手表更碍事，戴与摘都难受。

在腹部手术的前夜，有个必不可少的程序叫"备皮"，就是由护士为即将手术的病人剔除腹部体毛。他有过两次无力裸袒于女护士面前受"宰割"的时刻。十三年前主刀的护士居然与中学时代一位漂亮女同学同名，口罩上面有双睫毛极长的美丽眼睛，口罩下面是不戴饰品的细白脖子。女性只要戴了口罩，眼睛一般都好看几倍，只要戴了眼镜，眼睛一般都要难看几分。正值春末，他求护士把屋里的温度调高一些，手术的时候别脱掉袜子。

毛发的力量有多大，如不是亲眼看到，无论如何都想象不出来。亚里士多德《动物志》有言："毛发在被剪断后，不在断处生长，而由底部向上生长；羽翮倘被剪去，断处和底部均不生长，它便脱落而换羽。"人失去生命之后，毛发是不是依然不会放弃生长，不会停止挣扎，抓住最后机会展示自己的威力呢？这将由生活展示结论。他亲眼见过，父亲遗体置于冰箱的次日，亲人们前去看望的时候，发现下巴颏上花白的胡须顽强地冒出了密密的一层，依然如昔日般茂密、粗壮、威风。父亲的胡子其实前一天刚刚剃过，本来是被一丝不苟地消灭在皮肤之下，作为死者尊严的一部分绝不会让其露面的。但胡子根本不吃这一套，它们按照自己的本意挣扎成功了，向活着的人们示威、诉说、宣告。作家鲁敏写过一篇散文《器官：耳语与旁白》，文中说，"剪了、剃了、刮了、染了、烫了，过后，毛发们终究还会顽固地呈现出本来的色彩与形态。毛发在骨子里有些我行我素的气质，以柔克刚的作风，暗流涌动的激情"。信哉此言。

人在进化过程中脱掉了大部分毛发，鬼斧神工地在该保留的地方得到聪明的保留。而在他看来，女性之所以"文明"，在很大程度上讲，是毛发比男性进化得更适当、更优雅。虽然见过不少女性上唇有细微的一层汗毛，但在下巴上发现女性有"胡子"却少到几乎为零。但这种例外还是与他撞了个满怀。2016年10月20日，一行人由阿尔及利亚回国，在阿尔及尔候机的时候，我们的主人公拐进机场一家杂货店，拿到一部装帧颇好的英阿对照版《古兰经》，付款后提出让女店主签名，并与她合影。那位颇为丰腴高大、白胖温和的女店主很高兴地答应了，她签下一行根本画符般的阿拉伯文，又在下面工工整整地签下F-E-L-L-A五个字母——看来她叫菲拉。然后是合影，当他靠近这位热气腾腾、一袭黑衣之外只有亲切的白白胖脸露在外面的菲拉时，他吃了一惊，因为他发现，这位美丽的菲拉下巴颏上有一条连在一起的密密的黑色毛发，很清晰、很惊心，况且也只能叫胡子，这是他在这个世界上见到的唯一一例异性胡须，忘刮了？自己没有注意到？别人也不必提醒吗？

（原载《北京文学》2018年第9期）

茫茫深海钓鱼人

◎于　青

1

我是海边长大的，家里的男性又都爱钓鱼，所以对钓鱼别有情怀。我爸和我哥，从我记事起就钓鱼钓了半个多世纪了。

“文革”的时候，孩子们都不上课，全在社会上混。父亲是单位里的逍遥派，不参加任何帮派，大概也是为了让正是红卫兵年龄的哥哥不去社会上乱混，就带着他一起钓鱼。白天钓，晚上钓，栈桥钓，太平角钓。总之，他们那几年的主要娱乐活动就是钓鱼。钓鱼并不就是到海上完成钓鱼那样简单，以前的钓鱼，准备工作就有很多。他们先是在家化铅，把一些铅块放在炉子上烧化，化成铅水，倒在模具里，做成鱼竿上的铅坠；钓鱼用的甩竿，每次回来都要倒线，就是把鱼线绕着屋子全部松开，再一圈一圈缠到鱼轮上。记忆中他们不多的零花钱几乎都用在了买鱼食、买鱼线、买鱼竿上。虽然钓鱼是父亲带哥哥上的路，可好像哥哥更有鱼缘，一般青岛钓鱼圈里盛传的开海第一条佳吉鱼或者黑寨或者黄姑鱼，基本都是我哥哥钓上来的。而同样是一起去钓鱼，父亲总是空手而归。好在父亲是宰相胸怀，从来都是替儿子骄傲。再后来，哥哥下乡了，父亲仍旧自己去钓，每天下班后破衣烂衫的，扛着鱼竿就去了栈桥。我家就住在栈桥边上。

我从不吃父亲钓的鱼。再鲜美也不吃。他钓的基本是海鳗。关于海鳗的故事是母亲讲给我听的，为了让看官还能继续享用红烧海鳗的美味，我就不剧透了。反正是听了母亲讲的故事，不是故事，是她亲眼看见的鳗鱼从何而来后，她就绝不吃鳗鱼，我也不吃。钓上来的海鳗没有人吃，父亲就把海鳗洗净后挂在窗户外面。海鳗的肥腻是一般人想象不到的，夏天的日头把海鳗晒得不断往下流淌着琥珀色的鱼油。到了冬天没有酒肴的时候，父亲就把鳗鱼干放在炉子上烤，在火上汪出的鳗鱼油滴答滴答溅到火里，火苗就会吱吱地兴奋地响着，味道着实好，但我们还是不吃。

父亲偶尔会钓上来红佳吉鱼，那鱼炖汤喝很是鲜美。每次钓上来父亲都亲自下厨，炖的鱼汤像牛奶，他逼着我喝，我昧着良心仍旧说不好喝。不是不爱吃，是不喜欢父亲和哥哥因为钓鱼把自己搞得破衣烂衫的。谁知道呢，孩子总是和那个最喜欢你的亲人闹别扭。我也是。凭良心说，佳吉鱼做的鱼汤真是好喝，我以后再也没有喝到那样鲜美的鱼汤。

那个年月他们基本是在海边钓鱼，很少出海钓，因为没有条件。母亲在医院住院时认了一个干妈，就住在栈桥对面的薛家岛，我们每次放暑假都要到薛家岛玩。往返的交通工具就是那种很原始的机帆船。我天生晕船，一般都是躲在船舱里听着海浪拍打着船板，而哥哥总是兴趣盎然地在甲板上与渔民们聊天，帮助他们打零工。有时碰上撒网打上来鱼渔民们就直接用海水在船上炖鱼吃。那个时候人与人之间非常单纯，我们从来都不认识这些渔民，只要提一句去薛家岛山里，就让我们拎着大包小包的上船，一分钱也不花。

所以，以前的出海钓鱼基本就是用这种机帆船。这种船有一个很小的马达，嘟嘟嘟嘟的，冒着黑烟，但碰到六级的风浪就不能出海了。这种机帆船都是渔民的，城市就没有这样的船提供给钓鱼者。所以，父亲他们钓鱼最远就是去太平角的礁石上去钓鱼。在礁石上钓鱼有一定的危险。后来哥哥曾经透露过，一次落潮的时候，他和老爸在太平角的礁石上面钓鱼，看上去海面风平浪静的，可是就在瞬间，一股巨大的浪涌陡然扑面而来，把哥哥从礁石上打出很远很远，幸亏哥哥会水性，连滚带爬地回到礁石上，捡回一条命。后来他们分析，一定是一条巨大的鱼路过此处，掀起了浪涌。听上去还真有点悬疑。

父亲是一个土八路。虽然没有文化，但头脑很清楚。他参加革命早，红小鬼出身，从来大事不糊涂。家里家外都是主心骨。但因受家庭影响，所谓的仕途并不顺，尽管最后总算落实了政策以离休干部退休。但在我的印象里，父亲从来没有幽怨，永远的谈笑风生，幽默风趣，是整个楼上大人小孩都喜欢的好脾气的老头。“文革”时期春节不放假，父亲就做了一桌的饭菜，招待我和哥哥的小朋友。哥哥的性格与父亲相似，能撑得住事，可以忍，也很仗义。按照当时的政策，他是可以留在城里就工的，但他是他们年级第一个报名下乡的，虽然明面上说是为了照顾妹妹我毕业后可以就业，实际上哥哥的志向从来就不在城市。他的胸怀大志应该是在钓鱼时面对大海就定下来的吧。

哥哥下乡后，基本上就是父亲自己去钓鱼，就像马季相声里嘲讽的那样，有时没有钓到鱼，就在渔村买两条鱼回来。但所带的午饭就没有那么好了，经常就是一块馒头就疙瘩头咸菜，对父亲来说，能在休息一天的日子里去钓鱼，比什么都幸福。每当青岛钓鱼圈又传出来某某又钓到了大鱼的传说，那一定就是我哥哥回来了。他一回来就会创造钓鱼圈里的奇迹。后来有了孙子，孙子有一段住在青岛，父亲也会带孙子去钓鱼，但那时就纯粹是休闲了，带上奶奶做的好吃的饼、好喝的饮料，没有当年钓鱼的辛苦，心思也不在钓鱼上了。再后来父亲老了，病了，脑血栓导致偏瘫近十三年，跟我们一起住在北京。生病期间，即使是在不能行走的情况下，也心心念念青岛的大海。母亲也是一样，为了让父母的思念得以缓解，每年夏天，我们都要送父母回青岛避暑。即使父亲行走很不方便，也要艰苦一个晚上，让他们能回到家乡看看大海。有时在夜半回青岛的特快列车上，我要背着不能行走的父亲去列车尽头的厕所如厕，必须一路小跑，否则我是背不动他的。但心里默默地在坚持着，只要是父母高兴，见到大海，就是累一晚上也是值得的。每次回青岛，父亲都要让母亲带他去栈桥附近看望那些钓鱼的人，看看也解馋，父亲这样说。回到北京时，有时，我费心带他去一个叫碧水源的农场去用手竿钓小池塘里的鱼，他碰都不碰。一脸的漠视。那是，在青岛大海边上用甩竿钓过鱼，在深海里乘机帆船用海竿追过鱼，要在池塘里用粮食钓鱼，连我都认为简直就是一个笑话。父亲的内心早已沧海桑田，哪里看得上这个小小池塘。

随着岁月流逝，父母相继离开了我们。但他们的心永远与大海相连，他们的遗愿都是海葬。母亲还在遗嘱中开玩笑地写到，她要到大海里去陪着父亲继续钓鱼。

我们也按照父母的遗愿把骨灰撒到了青岛的大海。父母已经回归大海，与海同在。

2

现在，哥哥也退休了，回归大自然，他的主要乐趣也还是钓鱼。这个乐趣经过岁月的淬炼越发夸张，简直成了钓鱼疯子。对，他的朋友们就是这样称呼这些喜欢钓鱼的人。有鱼汛的时候，他经常回青岛钓鱼。清晨五点，就一身渔民打扮，挽着裤腿，手拿一塑料袋鱼饵，戴着太阳帽，出海钓鱼去了。

现在的条件当然好了，他不再拿着鱼竿站在礁石上钓鱼，而是租条游艇，到深海里钓鱼。钓鱼的条件虽然比以前不知好了多少倍，但到深海里钓鱼也不是常人所能享受的。那是要吃苦的，他还有一帮儿时的伙伴一起去钓鱼，也就是一帮“钓鱼疯子”。这些钓鱼疯子首先是要有特异功能，不管多大的风多高的涌浪，钓鱼的人都不晕船。其次还得能吃苦，早晨四五点起床再愿赖床的人也不赖了。中午就在海里就着海风啃面包，嚼香肠，不管在岸上是多大的领导、老板，在海里就像是一个老渔民。不过我相信经过年少时艰苦钓鱼岁月的老哥，这点苦实在是不算什么。

这些钓鱼疯子的家属们凑在一起就会嘲笑他们，“钓到鱼眉飞色舞，钓不到鱼沮丧极了”。他们在退休前大都是各自单位里的掌门人，人前的被人尊敬也算是成功人士了。但他们凑到一起钓鱼的时候，真是摸爬滚打，个个恢复到儿时玩瓦片的时代。他们经常在群里分析潮流，分析气象，摸索上鱼的规律，每次出海钓鱼绝不空手，总能钓回几十斤上好的海鱼。由于经济条件允许，后来干脆拼团去越南钓鱼，去泰国，去马来西亚，甚至钓到了新西兰。

他们钓上鱼后，会在晚上把发小们集合到一起，自己下厨，片生鱼片，炖海鲜，就着青岛啤酒，真是神仙过的日子。

当然，他们钓鱼的钓友们并不都是青岛人，也有因为钓鱼上瘾专门从北京搬到青岛钓鱼的。

说起来有点像传奇。哥哥的一个朋友，就是把生意都放弃了专门在青岛买了房子和渔船从事钓鱼的，他在二十年前的俄罗斯机场上认识了我哥。当时他正在做珠宝生意，就突然在乘客中相中了也在国企做生意的大哥，托刚见一面的哥哥给他带上飞机一包东西。哥哥也很好奇，为什么选中的是他。这位小哥回答，看出他的沉稳和实诚。其实，当时带上飞机的这包珠宝不算什么，因为当时还没有海关规定。但他为了保险不出意外，就这样从机场捡回了一位大哥。后来事业做发达了，收购了几家公司，成了不大不小的老板。再后来就跟着大哥跑到青岛钓鱼，一上瘾连北京的生意也疏于管理，公司有事时才回来过问一下，其他时间都在海上泡着。去年我回青岛陪护住院的母亲，他去医院看望老人，我差点认不出他，除了朝我笑着的牙齿是白的，全身就像是从非洲来的难民，黑得流油，一样的破衣烂衫，一双快磨破的塑料凉鞋，谁也不会想到他是在青岛奥帆中心拥有游艇的人。

钓鱼的人真是钓鱼疯子。

3

我对钓鱼也很好奇，不仅仅是因为父亲哥哥都喜欢钓鱼，主要是发现喜欢钓鱼的人都有一个突出的特点，这就是他们的忍耐力。没有耐心的人是不会喜欢钓鱼的。

毫无疑问，父亲一生中最大的乐趣就是钓鱼。而生活中他最突出的特点就是脾气好，有耐心，遇到问题从不着急，也从来不把问题看成是问题。他有许多自己的格言，没有文化却有哲理，什么“梦中千条路，醒来还要卖豆腐”“彩云易散月常亏”等。他在“文革”中受到批判也能安之若素地扛着鱼竿去钓鱼，从来没有让我们感到他是一个有问题的人。但是有一次，父亲喝多了，他笑着讽刺着当时在山东等地很有名的头目，听上去很反动的样子。母亲怕让外人听到，连忙让我和她一起用被子把父亲捂着。父亲在被子里继续喊着，“山东的小太阳不亮了”，“青岛的小月亮不亮了”等等，我和母亲一边害怕一边也忍不住笑，他这是憋屈了多久才这样借酒撒野，平时他多乐观啊。除了这种喝大了的时候，记忆中父亲的性格总是乐观而又沉稳的，单位的人都称他是“小诸葛”。

父亲在离休后不久就得了脑血栓，半身不遂了十三年。这十三年中受了不少苦，最后的岁月腿也折了不能动。但父亲一直保持着乐观的人生态度，尽管照顾他也让母亲费了心，而且家里的处境也多有不顺，但一家人在精神上一直是乐观向上的。父亲在病中无论多么苦他都是忍耐着，在人生的海洋里，他就像他健康时钓鱼一样耐心地守着自己的鱼竿，等待收获。收获不一定是物质的，谁能知道父亲在黑夜不能入睡的时候都体悟到了人生的什么真谛。

虽然我不会钓鱼，有限的钓鱼经验让我也体验过鱼儿咬钩时的激动和快感，但我能感悟到钓鱼人的胸怀是怎样的，就像在海边长大，已经习惯于遇到事情就到海边走一走就能化解了一样。钓鱼的性格并不是锻炼出来的。有的人天生就属于能钓鱼的人。我觉得愿意钓鱼的人，应该都是胸有江河的人。

记得有一年，考研究生没有考上，当时是已经接到了导师的祝贺信，连箱子都买好了，却接到了没有录取的通知书。伤心至极。记得那天下午我独自来到栈桥，买了一个冰激凌，坐在沙滩上就着泪水吃完了冰激凌，就那样呆呆地望着远处的大海。大海一望无边，一个波浪接着一个波浪，年年月月都相随。我想着，其实人生就像这大海，生生不息，从永远到永远。没有什么，明年再来。我站起身来，拍拍身上的沙子，情绪得到了大海的抚慰。

从我一己的经验，我能想象出，钓鱼的人能够长时间一个人独自面对大海，那要想通人间多少事啊。世间多少事，都到心头来。那些历史上与钓鱼有关的典故，都显示了钓鱼的收获不在鱼，而在江湖。钓鱼不是钓鱼，钓鱼钓的是心。司马懿如是说，估计许多的腹诽之事也都是他在钓鱼时谋划的。

姜太公钓鱼的典故最能说明问题。天下人都知道，姜太公钓鱼，愿者上钩。姜太公用的是直钩，所以显然他不是钓鱼，而是钓人。姜太公自己都说：我在这里不是为了钓鱼，我是想钓明主圣君。如是者太多，成大事者有很多是从池塘边的垂钓中起家的。1909年，袁世凯甘当蓑翁，回到了河南安阳的洹上村，过起了赋闲垂钓的悠闲生活。并写了名为《自题渔舟写真二首》的两首诗，其中的一首：百年心事总悠悠，壮志当时苦未酬。野老胸中负兵甲，钓翁眼底小王侯……“胸中负兵甲”了，这哪里是钓鱼，分明是在等待时机。果然时机被他等到了，却也被他的一时愚昧给玩坏了，一盘好棋，下出了败局。

古时候有关钓鱼的诗句更是令人遐思，把玩有味。“一竿风月，一蓑烟雨。”这是宋诗人陆游的佳句。是钓鱼人自然世界和精神世界的全部概括。与风云烟雨为伍的钓鱼人，谁能说他们只是一蓑渔翁？陆游另有一首《鹊桥仙》词：“华灯纵博，雕鞍驰射，谁记当年豪举？酒徒一半取封侯，独去作江边渔父。轻舟八尺，低篷三扇，占断蘋洲烟雨。镜湖元自属闲人，又何必官家赐与！”也是写渔父的。谁又能说诗人陆游没有抱负？

这么多圣贤对钓鱼深有体悟，我相信深迷此道的吾兄之辈也自有心得。我不由得有些羡慕这些钓鱼的疯子们，他们面对那一望无际的大海，看着波浪起伏的水面，思想的波涛该是多么活跃。他们一定会把陆地上的不解之谜都汇集在此，家事国事天下事，事事尽在眼前；风声涛声心潮声，声声汇集耳边。手上鱼钩任尔咬，多少块垒随水漂。还是司马懿的话，钓鱼，钓鱼，哪里是钓鱼，钓的是心。

但也许，我想多了。钓鱼就是钓鱼。因为懂得，所以简约。既然人生充满了不定，就像深海里的随浪起伏的鱼钩们所探索的那样，不知道下一个将要碰到的是什么，但只要有耐心，一定会有斩获。

行文至此，我对那些常年在深海里垂钓的兄长们充满了敬意，也愿意欢乐着你们的欢乐，思索着你们的思索。茫茫人海中，我们都是垂钓者。愿在人生的海洋中，人人都有属于自己的收获。

（原载《东方航空》2018年第6期）

我的食羊小史

◎苏　北

吃羊肉最好在北京吃。有大红门楼的名店当然好，胡同里的小馆子也不错。一只铜锅，清水。几份羊肉，一点蔬菜。甜蒜，麻酱，韭菜花。最后再来两块烧饼，足矣。

外地吃羊肉太复杂。在四川那成了麻辣火锅了。合肥吃涮羊肉，弄了很多的香油和蒜泥，很多人还喜欢这样吃，我见了真是无语。只有在心里默默遗憾：他们没有在北京生活过。

我这辈子，值得一点高兴的，是在北京生活了几年。而且在北京生活，一定要是青年的时候。青年精力旺盛，什么都不怕。

那时在北京的生活有两个特点，一是一天在外的时间多，回家就一张床，倒头就睡。二是大多同事、熟人都是外地人。四川的，云南的，贵州的，甘肃、青海的，东北那旮旯的；连新疆、西藏的都有。每人操着自己家乡的口音，自说自话。再一个就是报社的工作，没有时间概念，没日没夜。时间长了，每个人都不愿意回家。有人并没有事，可也在办公室耗着。这就弄得和同事在一起的时间比家人多，一日三餐在外吃的多。日久天长，朋友、同事之间好得能胜过兄弟。那时除了吃小炒，京酱肉丝，蚝油生菜外，就是涮锅子。我工作的公主坟，有一家羊肉馆，叫益寿福，似乎是一家老字号，生意比较好。我们正规涮肉，一般都是在这一家。有个大红的雕花门楼，进去一个大厅，一般来说都是食客如云，人声鼎沸。我们绕过人缝，进入包间坐下。有人开始点菜，其余的人都脱了大衣，挂在椅子背上。锅子上来，一会儿便热气腾腾，大家你追我赶，涮肉的涮肉，喝酒的喝酒（没有重要客人一般喝啤酒），没有半个钟点，十几盘肉下来，每人身上都热了，上脸的脸也红了。这时气氛一般比较好，大家从容说些闲话，更多的是笑话。北京人爱侃，因此从头至尾，笑声不断。我的部门头儿李兄，长得膀大腰圆，相貌堂堂。他是老北京人，可能有点满族血统，能吃能喝，一般要三四盘羊肉，再来两大扎冰啤，才过瘾。他每天趿个鞋片，走路蹋蹋踏踏，拖着个沉重的身子，三十好几的人了，不结婚生子，喜欢俄罗斯音乐，喜欢去弄马。每年要飞好几次内蒙古的呼伦贝尔，去就是为了看马。他吃饱喝足，面带酡红。他长得真是十分俊美，这时若用"腮凝新荔，鼻腻鹅脂"形容他，听起来肯定不妥，但真实情况就是那样。

吃完出来。北京的冬天饭馆都挂着门帘（是那种厚厚的挂毯），门也是两层——大门之外，做个套门，从两侧开门——我们掀开挂毯，走了出来。这时一股寒风迎面扑来。北京生冷的冬天就是这样。可是心里快乐无比，身上满满的热量，被这冷风一吹，人真是舒服极了，嘴迎着寒风，可身上一点不冷。真有一种"把酒临风"的感觉 （这只是感觉哈）。

现在人到中年，过去许多年记得的一句话，可并不能真的体会："人生行乐耳，须富贵何时?"现在对这句话已有所理解。想想这句话，放在我们那时酒足饭饱出门时的感觉，真真是再恰当不过了。

后来我离开了北京，但到北京出差还是多的。我们总部的培训中心在展览路，对面有家羊肉馆，叫百万庄园。我之所以提到它，是因为他家的羊肉真是极品。不知是羊身上的哪个部位，我只知道入口即化，极嫩，极香。价格贵得要死，一盘要九十八元。那么大大的卷子，松松地放在一大盘里，看起来挺多。你夹起来往锅里一放，立即就熟。可那么一大卷，只剩下一点点。蘸上麻酱，那个香啊！我有一次请一个美女同事吃饭，她长得瘦弱俊美，可吃起来了得。我先一人要了两大盘，没有三下五除二，没了。我又要了两盘，两人边聊边吃。她原来在省里工作时和我同桌，整天趴在桌上睡觉，迷迷瞪瞪的（脸上老睡出印子），后来忽然一个机会，调入北京，人像突然醒了，一身的工作热情，马上显出职业女性的样子。她脸小身壮，极有能量，吃起来玩命。最后两人给吃了一千多块，我心那个疼啊，所以怎能忘记。

在北京工作，我还跑了全国的许多地方。说羊肉，当然是西北的好。九十年代中期，我第一次到新疆，当地银行同志带我到南疆去，中途路过库车。库车的行长是汉族，可人热情得像个王爷，他非要带我去看原始森林，我看到了，就是一片胡杨林。之后到塔里木营业所去吃饭。我只记得下车一脚下去，鞋就没了。路面上全是浮土。进到营业所的院子，正在杀羊。羊刚杀一半，那个行长见了说，重来一只重来一只。他是嫌这只羊岁数太大（不知他怎么看出来的），要一岁左右的羊才嫩。过了一会儿，果然重新拖来一只，杀羊不费事，一会儿就好。下锅白水煮，煮熟捞起，趁热吃，只要蘸一点点椒盐。

那顿羊肉极香。因为我是主客，主人肯定把最好的给了我。记得是边吃边跳——他们从街上找来个弹三弦的，给他些肉吃，之后他便卖命般地弹奏起来，还有几个大妈，都极胖，可跳起来灵动可爱。我借着酒劲，也上去乱舞了一通，抓着她们的手，一脚颠动，一边手从头上绕圈，还真有模有样的。这个记忆深刻，是因为只吃羊肉，没有别的菜。而且羊肉极热，香气绕梁。几块下来，便饱胀了。

有一次在青海，是个周末，当地朋友一定要我去一个叫互助的县，全称是互助土族自治县。车开了很久，经过很多光秃秃的山。再往前，就见到森林了，还有一条大河，不知叫什么名字。沿着河岸开了很久，到了一个地方，原来是个农家乐的玩意儿，我们在那看看，还模仿当地风俗，假装结婚了一把——把一个年轻的姑娘背着跑了一圈。那个假新娘，见我人老实，最后竟偷偷地把自己的一个旧荷包塞给了我，弄得我挺激动。这个荷包，绣得很漂亮，现在还挂在我的书橱里。这一回让我长见识的，是杀羊。半上午没事，就在林中瞎转悠，忽就见到人家杀羊。杀羊对当地人，真不是一个事。整个过程一滴血没有，不像杀猪脏兮兮的，还嗷嗷叫。杀羊没有多大动静，我几乎没听到什么声音。一只羊整干净也只二三十分钟的光景。羊肉割成几大块，放在摊开的皮子上。那一整张羊皮真干净。那个杀羊的男子，一会儿把小刀衔在嘴里，一会儿又轻轻割上几下，非常从容和平静。他不像是在杀一个活物，而是像在整理一件东西，很有条理地整理一件东西。

十几年前到内蒙古，在新巴尔虎右旗的一个蒙古包里，吃羊肉喝酒。我拿了一个一大块的扁骨，用手撕上面的肉吃。边吃边喝草原白（一种内蒙古产的白酒）。坐在我边上的一位朋友，是当地人，他非常热心地教我如何剔肉，用小刀一点一点地剔肉吃。在内蒙古做客，骨头上的肉吃得越干净，越代表对主人的尊重。我跟他学，把一块骨头剔得干干净净，仿佛晾晾干就可以是一件装饰品了。

我喝了一点酒，头晕，就走出蒙古包，出来走走。蒙古包是搭在一个草滩上的。那个草滩非常大，我就沿草滩走。走了很远，一直走到了天边（那时回望我们的那个蒙古包就只有很小的一点了)。我躺到了草地上，那么大的一片天。我耳边是风的声音。我看蓝天，看白云。听自己的心跳（酒后的心跳)。听大地的声音——大地有一种遥远的持续的轰鸣声。听身边一群卧着的花牛的反刍声和呼吸声（牛的呼吸非常粗重)。

我躺在草地上，躺了很久，第一次感到自己那么遥远。

当然，在过往的岁月里，我还多多少少在另一些地方，吃过无数次的羊肉。但都不能记下。我记下的这些，多是发生在我的青春岁月。说是写羊肉，其实是纪念我的青春。

我的青春已经过去。我怀念我的青春。

（原载《文汇报》2018年3月13日）

食树记

◎杨小凡

正月走了，二月也即将过完。

去年秋天收的粮食吃得只剩囤底儿了。年前种下去的小麦、油菜刚吐绿拔节，这时候青黄不接，正是一年中最难过的日子。

人要活命就得填饱肚子，那只有吃青了。野菜刚发芽，能吃的只有树。

树是可以吃的吗？不吃树又能吃什么呢？总不能张着嘴饿死吧，毕竟不是三年自然灾害那样的大饥荒了。这是母亲常说的一句话。

家里的粮食越来越少。父亲端起碗就唉声叹气，母亲却面带希冀地说：怕什么？院子前的榆树，明儿个就长出榆钱了。

20世纪70年代中期，我七八岁，正是身轻似燕、爬树如猴的年龄，自然成了母亲最好的帮手。

榆钱长出来后，母亲就让我爬树去撸。

榆钱的吃法很多，洗了、拌上盐，可直接吃，若加葱花、再点几滴醋，那真是鲜嫩脆甜，可口得很；可以洗净拌上面上锅蒸熟、加盐调了吃，当然，加点油更好，可惜那时是没有麻油的；也可以与红薯面和在一起，捏成榆钱窝头。

榆钱还可以放在红薯面粥里，加上野蒜苗、葱、姜，做成咸味的榆钱粥，滑润喷香，味道也是满口的鲜。那时候，我绝没有欧阳修吃过榆钱粥后的感受：杯盘粉粥春光冷，池馆榆钱夜雨新。

院子前的这个老榆树是我家的救命树，1960年把树皮都吃光了，它却活了过来。母亲不让把榆钱撸光，用她的话说，树给人活命，人也得给树留命。

榆钱也是防病保健的良药。有通淋、消除湿热等功效，主治妇女白带多、小儿疳积羸瘦；外用可治疗疮癣等顽症。中医认为，多食榆钱可助消化、防便秘。但70年代吃它，却仅仅是为了填肚子。

其实，果树的叶和花也都是能吃的。

村里的果树并不多，这一家有棵梨树、那一家有两棵杏树、另一家有三两棵桃树，一半以上的人家根本就没有果树。我们家倒是有一棵梨树、一棵杏树、四棵桃树的。

把花吃了，就结不了果子；叶子吃了，同样不能结果。没有人舍得吃。

但是，我家每年都是要吃上几顿蒸花饭的。杏花开了，又落了，母亲就早早地起床，把落下来的花儿扫在一起，洗净了拌上面蒸。蒸的杏花微苦，梨花稍甜，蒸桃花却有点酸。我对蒸花饭的印象一直很深，但这几十年没有再验证过，不知道可有变化。即使现在与那时的味儿不太一样，也属正常。正所谓，时过境迁吧。

柳树好栽，长得也快，插柳成荫就是专对它说的。

村子的房前屋后、路边沟头都有柳树。柳芽和嫩柳叶都是可以吃的，我的记忆中，村里吃柳芽柳叶的人家并不多，那时候我家却是每年都要吃上几次的。

柳芽要在没有开花前采摘。采摘后，先把柳芽用开水烫一遍，然后用凉水把苦味泡出，放上盐，拌上蒜泥，就是不加油也是很好吃的。母亲有时也把柳芽与红薯面和在一起贴饼子，淡淡的苦味与红薯面的甜味混合在口里，也是大好的；柳芽拌上面蒸熟吃，也还不错。

记得有一年春天，母亲把柳芽晒干，到了夏天，用豆油炸的柳芽丸子，又焦又酥，香中有点苦味，别致得很。晒干的柳芽还可以泡茶，秋天用滚开的水冲泡，清香爽口，是退火祛燥的佳品。

柳叶就没有柳芽好吃了，但量大易采，每年也吃不少次的。

柳叶当然要选嫩的了，采摘下来，用热水汆后再用井里现打的凉水拔半天，就可以凉拌、摊饼子、蒸豆渣包子、包素扁食吃了。据母亲说，柳叶炒鸡蛋最好吃，但她从来没有给我做过一次。那时的鸡蛋金贵，一家人吃盐、买煤油，连我的铅笔作业本子，全靠攒下的鸡蛋了。

洋槐树花和葛树花都很好看，白中有蓝有紫，是春天树上最好的吃食。

蒸着吃、炒鸡蛋吃、凉拌吃，吃法很多，怎么做都好吃。一直到现在，都是在乡下人的馋食和城里酒店的美味。但现在，吃洋槐树嫩叶的却几乎不见了。在我的记忆里，它与柳叶的吃法基本相同，但味道比柳叶强多了，吃起来有一口腔甜味。

槐花没了，楮树的穗子也吃完后，杨树的花穗就长出来了。

杨树的花是穗状的，不到一寸长，如毛毛虫一样。青杨树的花穗可以吃，白杨树的花有毒，不能吃。青杨树的花穗，似乎只可拌面蒸了吃，苦苦的涩涩的，好像不太好咽。只有多用蒜泥调了，才吃得爽一些。母亲说过，也可以做一种“渣豆腐”。但那些年春天哪来的黄豆呢，所以，一直也没有见过杨树花穗做的渣豆腐，更没有吃过。

以我的口味看，所有的树都没有香椿树好。

香椿芽、香椿头、香椿叶，都是上品。苏轼在《春菜》里说，“岂如吾蜀富冬蔬，霜叶露芽寒更茁”。早在汉朝，香椿与荔枝一起就作为南北两大贡品，深受皇上及宫廷贵人的喜爱。香椿又被称为“树上蔬菜”，嫩芽可做成各种菜肴，营养丰富，药用价值也高；叶厚芽嫩，绿叶红边，犹如玛瑙、翡翠，香味浓郁，是宴宾之名贵佳肴。

香椿的芽和叶，可凉拌、可腌制、可与各种荤素食材做成上百种美味。但那时在农村，可没有这些讲究，就只能是粗吃，凉拌或腌了吃。有时，根本就不舍得吃，而是拿到集市上去卖，换成家里的一些日用品。

臭椿树的芽，才是我们家里可以随便吃的。

臭椿与香椿的外形大致相同，村里人也叫它樗树。有人说它有臭味、有毒，不能吃。

母亲每年却都要采摘它的嫩芽，而且采得很多，大致要采一大锅的样子。嫩芽用热水焯好，在凉水中泡上四五天，苦味和臭味就淡了；然后，拧干水分，用盐腌在小缸里，盖上盖子，上面压上半块砖，让盐与时光、太阳一起发酵。大约到了麦黄梢的时候，就可以吃了。虽然，有一点臭臭的苦酸味，吃起来还是不错的。

桑叶我也是吃过的。

一直到现在，我每年春天都会回乡下采些桑叶，晒干，到秋天煮桑叶茶。煮出来的茶，滑而香醇，据说可以降脂、降压、降血糖，降胆固醇、抗衰老，几乎是保健的上品。

桑树全身是宝，桑叶可以吃可以养蚕，桑葚更是美味，一直是中药里解毒抗病的常用药。但那时乡下人并不甚了解，只道吃它可以挡饿，也有药用而矣。

桑叶的吃法很多，嫩桑叶掉柄、洗净、切丝、热水焯一下再用凉开水过凉，沥水即可拌食；也可以焯过沥水与面粉混合烙成饼吃；若蘸点蒜泥或辣椒酱，那就更好吃了。

母亲活着的时候，常常站在老家那棵大榆树下说：春天的树养人，要是没有这些树啊，真不知道怎么活过来。十二年前，母亲走了。没两年，那个大榆树也突然枯死了。

现在，我极少回到那个生活了十五年的小村庄。

但每到春天，那一棵棵榆树、柳树、杨树、楮树、槐树……都会在我的心中蓬勃地绿起来！

（原载《奔流》2018年第3期）

在奥斯维辛

◎景凯旋

大巴穿过一个村庄，驶进停车场。隔着一大片长满草的土地，远远地，天底下现出一排平房，两边是带刺的铁丝网，中间矗立着瞭望塔。尽管在电影里已经见过多次，但眼前这幅图景仍然让我感到森然。这就是奥斯维辛。

已经是深秋，天色尚早。我们的车是早晨从布达佩斯出发的，路上用了六七个小时，每到中途休息，导游就要求大家抓紧时间，否则就无法参观奥斯维辛了。为了证明这一点，他讲了上一个旅游团遇到的窘况，开车的是一个俄罗斯人，道路不熟，车况也不好，路上抛了几次锚，结果还没到奥斯维辛天就黑了。于是导游建议直接去住宿地克拉科夫，有的游客赞同，有的游客反对，后来竟吵了起来。反对最激烈的是两位大学教授，他们说，他们是研究纳粹大屠杀的专家，这次来就是专程看奥斯维辛，接着他们又强调大家都是花了钱的，不看不是亏了吗？最终还是教授赢了，大巴在半夜里开进了奥斯维辛。

车上的人都笑起来，说有这样的体验也不错呀，不过大家却没有再耽误时间。我们的司机是波兰人，一路上很顺利。途中还经过了一座山脉，公路两旁的山上覆盖着森林，呈现出各种颜色。当年，凯斯泰尔从布达佩斯被送往奥斯维辛，走的不是这条路，而是乘货物列车。所有运往奥斯维辛的犹太人乘的都是这种闷罐车，车厢上方有两个小窗口，用铁丝网包得严严实实。

描写奥斯维辛的作家有很多，比如，匈牙利的凯斯泰尔、波兰的博罗夫斯基和意大利的莱维，他们都曾经是集中营的囚犯。奥斯维辛实际上是周围几十座集中营的总称，我们去的是一号营区。凯斯泰尔和博罗夫斯基曾关在这里，莱维则是关在莫诺维茨，而女犯和毒气室主要集中在比尔克瑙。我们的车刚才从比尔克瑙经过时，导游说，那里正在修建一个展览馆，现在还没有开放。

穿过瞭望塔下面的拱形大门时，我仔细搜寻了一下，没有看到大门上方“劳动使人自由”的铁铸标志，后来才听说前两年这个标志被人偷了。进入集中营，眼前是两条交叉的铁轨，从远方一直延伸过来，这就是当年运送囚犯的货物列车终点。许多幸存者的回忆都会有这样的叙述，囚犯们在这里下车集合，经过医生的检查后，队伍分成两列长队，一队是身强力壮的青年男子，留下来当苦力，另一队是病弱的老人、女人和孩子，他们随后就被卡车送往毒气室。

博罗夫斯基在他的一篇小说里描写到，那些女犯们的头发被剃光，身上的东西全被搜空。有些人已经看出不妙，一个女人丢下自己的孩子，想混进那支可以暂时活下来的队伍，孩子在后面追赶她，伸出手哭喊："妈妈！"她发疯似的尖叫："这不是我的孩子，不是我的！"押送人员抓住她和孩子，把她们扔到卡车上："犹太臭娘们儿！你连亲生孩子都不要！"旁边的党卫军士兵，包括那些男囚犯都笑起来。

即使在奥斯维辛，也是不缺少笑声的。

当天的游人并不多，除了我们一行人，也就百十号人。又过了一道铁丝网，便是营区了。整齐划一的木板营房像是一排排马厩，无边无际。由于年深日久，木头已经有点发黑。游客大多在营区的路上转悠，拍照，小心地避开脚下的泥土。我走在前面，走进一个营房，近门是一块空地，里边是几十个三层床铺，上下空间很狭，躺下后几乎抬不起身。我试图想象当年那些囚犯的生活，每天清晨起床后，他们必须在饥饿和严寒中裸露身体，伴随着军乐声排队走向劳动场所，这样的情景日复一日，看不到尽头。

再往前走，游人越来越少，或许是觉得所有营房都一模一样吧。在一个没有床的营房里面，并排砌着几个水泥平台，上面是两排间距很小的圆洞。我在头脑里搜索着博罗夫斯基、凯尔泰斯和莱维的文字，他们似乎都没有写过犯人如厕的情景。营房里面还有几个欧洲人，都在默默地看着，没有人说话。这里离大门已经很远，一个游人把头探进来，看一眼就缩回去了。

我认出她是同行的一位退休教师，脑子似乎不大好使。出发第二天，她就在车上嚷嚷手机忘旅馆了，结果很快却在她的包里找到；在布达佩斯参观渔人堡时，她又走丢了，跟在了另一个旅游团后面。据她同伴说，她脑里长了个瘤，有时会犯糊涂。打那以后，导游和同行的人都时时盯着她，生怕她在旅途中出了问题。

人有记忆未必是好事，对于莱维来说，记忆只是加重了痛苦。在描写奥斯维辛的作品中，莱维可以说是最特殊的一位作家。凯斯泰尔、博罗夫斯基都是采用小说的形式，莱维则是采用非虚构形式，这使得他的叙述更加直接、具体和真实，而且我觉得，从个人体验的角度出发，他对纳粹集中营的思考也是所有作家中最深刻的。

莱维是意大利犹太人，二战期间参加了一个抗击纳粹的游击队，1943年9月13日，他在意大利北部被捕，1944年2月22日被送往奥斯维辛，同行的650个犹太人，最后只有14人生还。莱维是在1945年1月获得自由的，经过艰难的旅途，辗转回到故乡都灵，从事工业化学工作。但是，从返回家乡的第一天起，他就决定了，自己余生最重要的工作是为奥斯维辛的死难者作证。

好像阿伦特说过这样的话，纳粹的本质就在于它攻击人的差异性。希特勒上台后，开始实行集体惩罚，所有犹太人胸前都要佩戴黄星，以示这是一个独特的群体。关进奥斯维辛后，每个犯人还要在臂上刺上编号，就像牲口一样，莱维的编号是174517，而他的第一部奥斯维辛回忆录就叫《这是不是个人》。

莱维从来都没有想过要去掉自己身上的编号，他不能接受这样一个事实，“那就是一个人并非因他所作所为而接受审判，而是因为自己所属的群体而受到牵连”。他与幸存者谈话，搜集各种资料，从1945年到1986年，他写了十几部有关奥斯维辛的书，几乎隔两年就要向法院提交证言，这一切都是为了抵抗世人的漠视和遗忘。按照他的说法，他一生的写作就是代替那些被淹没者做证词，并且不断地追问“人”的含义：人究竟是什么？人究竟可以达到何等地步？

奥斯维辛的死亡率是很高的，囚犯每天都要干繁重的体力劳动，能活过三四个月以上就算是例外。集中营的劳动不是像古代的奴隶那样是为了创造财富，而是为了最终消灭奴隶。如果犯人因病累倒在地上，看守就会用牛筋鞭抽打他的身体，确认其是否死亡。如果有谁试图逃跑或反抗，就会被当众绞死。尸体一字摆在营区路边，由警卫仔细查看死者臂上刺下的编号，验明正身，然后将死者运往焚尸炉焚化，骨灰就撒在附近的田野里。

然而，死亡对于囚犯并不是最坏的结果，最可怕的是丧失活着的尊严。莱维描写的许多细节让人难以忘却，押送他们的火车每到一站，党卫军就让男女囚犯下车，蹲在车旁大小便，押送人员毫不掩饰他们的兴味，就像是看一场演出。对于犯了狱规的囚犯，有一种惩罚是强迫他蹲在高凳上的脸盆上，双臂前伸，被惩罚者往往会坚持不住滚落在地下，引得周围的看守开怀大笑。

这是一种毫无意义的暴力，将折磨本身变为目的。莱维始终无法理解，纳粹不是把病重的老人杀死在病床上，而是将他们扔上火车，运送到遥远的奥斯维辛，在毒气室里杀死，丝毫不考虑杀人的成本。人类历史上从来不乏残酷的虐杀，但像这样充满仇恨的虐杀前所未有，它第一次将人性的黑暗展现在人类面前。

根据奥斯维辛幸存者西蒙·维森塔尔的回忆，党卫军喜欢用嘲笑的口吻训诫囚犯："不管这场战争如何结束，我们都已经赢得了对你们的战争。你们没人能活下来作证，就算有人能幸存，世界也不会相信他的话……集中营的历史将由我们来书写。"不幸的是，党卫军说的是事实，奥斯维辛的暴行超出了常人的理解能力。尤其是，人的同情是有限度的，同情这种情感无法普遍化，它只能赋予每个人感官范围内的具体的人，随着时间的流逝，即使那些能够理解的人也会渐渐淡忘。

就像人们通常对生者说的抚慰话，活着的人总得要活下去，这是生活的铁律。除了个别亲历者，很少有人会愿意像莱维那样，永远沉浸在过去的痛苦中。而那些幸存者也在不断老去，相继离开这个世界。至于那些更加敏感的人，大多数后来都选择了自杀，博罗夫斯基很早就自杀了，莱维在几十年后也自杀了。

他们无法摆脱这样的感觉，当他们反复诉说自己的苦难时，世人早已感到无聊。他们想让旁人感受到他们的痛苦，得到的却是怜悯，这不免会使他们有一种凯斯泰尔所说的惨败感。但实际上，博罗夫斯基早已冷酷地看透了人的本性，他在小说中描写到，一群妇女被押往毒气室，她们在卡车上裸露着身子，挥着双手呼喊："救救我们！他们送我们去毒气室！救救我们！"然而，所有旁观的男囚犯都保持着沉默，没有一个人动一下，"因为面对死者，活着的人永远是有道理的"。

这是一个只有肉体意义上的活着与死亡的世界。

凯斯泰尔、博罗夫斯基和莱维都很少写到人性的正面现象，包括那些处在灰色地带的特殊囚犯，他们折磨起普通囚犯来同样冷酷无情。在奥斯维辛，人性是退化的。集中营中要定期处死犹太人，所以要想活下去，就要想尽办法让别人排在自己前面。但是，莱维并不想因此断言，在展示人性卑陋的意义上，纳粹赢得了战争。虽然莱维对人性感到失望，他仍然写了一些反抗的事例，例如他写到一位波兰犹太姑娘，她试图逃跑被抓了回来，在绞刑架上，她用流血的手打了党卫军一记耳光。

即使那些最微不足道的细节，莱维也能看到人性的一丝闪光。在运送他们的那列货物列车上，车厢里挤满了男男女女，当女犯们给婴儿喂奶时，囚犯们就在木头地板的夹缝里找到一些钉子，在车厢角落里挂上绳子，披上毯子作为屏风。莱维就此写道："从本质上说，这是一个象征：我们还不是禽兽，只要我们尝试抵抗，我们就不会变成禽兽。"

尽管奥斯维辛的暴行是独一无二的，世界上任何地方发生的暴行都无法比拟，但并不意味着其他地方的暴行就不具有人类性，它们同样指向莱维关于人是什么的追问。读莱维的作品，我常常会想到母亲的遭遇。母亲前年去世了，享年93岁。在她最后的时光，我才知道了一些当年的事。

那一年，我和哥哥被父母送回老家，父母大概已经预见在劫难逃。不久，父母就被分别关了起来。母亲的唯一罪名是家庭出身，她被关在工作单位的一个会议室里，与许多男人关在一起。在那个房间里，只有母亲一个女性，她就用绳子把床单挂起来，把自己的身体遮住。白天，她和一群黑帮戴着黑袖套，在大街上打扫清洁，晚上接受批斗。

母亲从来没有跟我们谈起这段往事，她觉得这是她的耻辱，一说起来她的脸色就会变得阴沉，许多情形都是我们后来从别人那里听来的。但实际上，母亲从来没有忘记过，她牢牢记得那些打手的名字，他们都是单位的同事，其中有个普通的青年职工，母亲平时与他无冤无仇，他却是下手最狠的一个。也许在那一刻，他终于有了一种高人一等的感觉，他并没有任何仇恨的理由，他只不过是想表现这种特权。

在母亲最后的日子里，她老是会不经意地提起那个人，让我们打听他的近况，她永远不能原谅施暴者。结果还真给我们打听到了，那个人很早以前就病死了。母亲知道后，沉默了一会儿，问道："他们为什么就不肯道歉?"

为了不影响母亲的病情，我很快转移了话题。但我知道，很少有施暴者为当年的事感到羞愧，有的人甚至压根就认为自己没有错。

如果一个人相信为了某个目的而牺牲他人是合理的，那么他就会认为恶行不会受到惩罚。何况在作恶者的行为中间，有着一大块灰色地带，其行为的后果还没有处在法律的范围，而是处在良心的范围。因此，在灾难结束后，大多数施暴者往往能平静地度过一生，而那些受害者要在痛苦中度过余生，他们对正义的渴求，只能寄托在一个古老的希望上：善有善报，恶有恶报。

母亲年轻的时候脾气很好，脸上总是露着笑容，后来就完全变了，常常会无缘无故地生气。我永远都体会不到母亲内心深处所感受的耻辱，这世上没有人能代替另外一个人的体验，即使是自己的亲人。有的伤痛是无法用言语来表达的，一说出来就不是伤痛了，因为任何言辞都只能转移痛苦，而不能战胜痛苦。

直到母亲去世，我才在回忆中渐渐意识到，母亲一直没有轻松地生活过，她一辈子都在维护着自己的伤痛，那样的经历不是悲剧，它是人类生活的黑洞，没有尽头。我终于明白，当母亲用床单将自己的身体遮住时，她是在维护做人的最后尊严，尽管在这个残酷的世界上，除了亲人，没有人会在意她的遭遇。

出了奥斯维辛，我蹲下身子，抚摸着田野里的草丛，几株黄色的花在秋日傍晚的微风中颤动，我突然觉得，那些花朵的颜色很像当年犹太人胸前戴的黄星，而这片田野下兴许也埋葬过许许多多囚犯的骨灰，地里的花草才长得如此生机勃勃。我不由得想起博罗夫斯基写的一首诗，结尾像是一个预言：

我们身后留下废铁
和子孙后代空洞的嘲笑声。

前面的人已经走远，这个时候大家一定都感觉到饿了。我回头望一眼高高的瞭望塔，傍晚的天很蓝，很辽阔，夕阳透过薄薄的云层射出金光，照在下方延伸得很远的带刺铁丝网上，呈现出一座悲惨的人世之城。

（原载《随笔》2018年第3期）

他乡的重影

◎葛　亮

今年夏天，我去了圣彼得堡。

这是个值得徜徉的城市。在Airbnb短租了公寓。从窗子望下去就是格里博耶多夫运河，所以也常常下来转悠。运河上的桥很多，桥上有一些穿着宫廷服装的年轻人，在兜售旅游照。他们多半很高大，脸上带着旧贵族的矜持和雍容。但是其中一个掏出手机来打电话，整个人就好像破了功。

这个城市也是如此，完整地保留了三百年前的风貌。天际线依然如帝国时代的低矮。十八九世纪的巴洛克与新古典主义建筑，规整有序地坐落于纵横水道的两岸。经过了彼得格勒与列宁格勒的历史跌宕，苏联解体后，有市民投票，重新回到了最初的名字。这中间或包含积蓄已久的眷恋。在这短暂的日子里，我每天只做一两件自认为重要的事。除此之外，活动范围仅限于基督喋血教堂与圣以撒大教堂的周边。据说那一带，是陀思妥耶夫斯基日常行走的区域。

俄罗斯的饭菜并不算好吃，楼下的一间叫作Mama Roma的意大利餐厅，就成了我的食堂。因为比起欧洲，出奇地价格公道与口味地道，我放弃了房东鼓励自己烹煮的建议。用火柴点老式的煤气灶，本身也是一件极需要技术的事情。所谓重要的事，其实也稀松，不过是去冬宫看艺术品。冬宫的馆藏之丰，其实很见伊丽莎白与叶卡捷琳娜二世两位女皇的跋扈与强烈的占有欲。但是，大而精致的布局，却足让人流连不去。在那里，遇到一个在列宾美术学院学习文物修复的东北人，当时他正在《浪子回头》的原作前驻足。大概彼此都站了很久，就开始分享对伦勃朗的看法，似乎很谈得来。从冬宫出来，去了一家超市，买了一只烤鸡。开始坐在公园里分食，然后继续讨论这个国家与欧洲壁垒分明的审美。的确，似乎很久没有这样酣畅地谈过艺术了。不远的广场上，是一个军事展，已经退役的装甲车与迫击炮，成了游客们喧嚣的背景。一些士兵，脸上带着喜洋洋的表情，投入这热闹。

在圣彼得堡的停留，另一个重要内容是去马林斯基剧场看一场《天鹅湖》。

这对我而言有朝圣的意义。即使不提柴可夫斯基的渊源，基洛夫芭蕾舞剧团，出入过的那些巨星，已足以令它的光华不会因时间暗淡。这里诞生了称霸西方芭蕾舞界的雷里耶夫、巴里什尼可夫和马卡洛娃，当然还有长着鸟的踝骨的尼金斯基。或许预期过高，此次的观看经验并不算很美好。这场演出令人体会到薪火的式微。我的印象停留在马林斯基剧院在十年前的官方录像，Uliana Lopatkina与Danila Korsuntsev依然有着神一样的光彩。所以即使这剧院陈设老旧，你会依然将之理解为某种传统的魅力。但王子的出场与失误，以及在大跳时的笨拙，的确有些煞风景。女主角是不错的，熟练而似乎缺乏激情。直到黑天鹅的段落出现，她才开始迸发出活力。在舞会上，黑天鹅以强势的方式吸引王子。最经典的是第三幕宴会独舞中的旋转，堪称是芭蕾舞炫技的极致。在这一点上，玛格芳婷与安娜尼雅舒薇莉，都曾做出最好的示范。这个女主角，轻松地转了三十二圈后稳稳停住，是不错的表现。其实在这场表演中，最夺目的并非首席，而是小丑这个角色，有着令人惊艳的力量与技巧。但是到了谢幕时，却不见了踪影。旁边一个韩国人告诉我，很可能他是个外聘的演员，还有其他的演出要赶去。但是，谢幕作为表演完结的环节，似乎与尊重相关。韩国人摇摇头说，这些年轻人。

我想，他的感叹或许代表着很多人对这个国家的见识。最好与悠久的传统，渐渐徒具优雅的形式。它还保留着某些文化上的自尊，比如对英语的抗拒。但是，出租车司机也已会娴熟地运用google translater和游客交流。

晚间，格里博耶多夫运河两岸的集市散去，整个城市安静了下来。夜再深沉一些的时候，半梦半醒之间，忽然听到很响的声音，几成喧嚣。打开窗子，看到几艘快艇迅速地驶过，激起层叠的浪花。快艇上缀着霓虹一样闪烁的灯饰，放着高分贝的音乐。这是一些在运河流域“飙船”的青年人，趁着河道通畅玩起了漂移。发现你在看，他们便得意地从船上站起来，向你挥手致意。而河的对岸，不知何时有了一支小乐队。电吉他的声音响起，也是喧天的。主唱的声音粗厚沙哑，让我想起Rod Stewart，但摇滚的活力是年轻的。因为太吵了，楼上的窗户打开。我便听见一个上了年纪的声音，从喉咙管里发出来，我虽听不懂，却知道是清晰而有节奏的漫骂声。小乐队暂停了表演，主唱对着窗口，很绅士地鞠了一躬。动作华丽而有教养。他或许与同伴商量了一下，音乐再响起，很舒缓。主唱开了口，我心里一惊，竟是俄文版的*Field of Gold*。这是我大爱的歌曲，心随意动。他唱得，竟然是无限温柔。在这催眠曲一样的歌声里，窗子次第关上了。

这城市的暗夜，连接着无尽流淌的涅瓦河。在不远处的地方，浩浩汤汤。这条河曾出现在我的小说《北鸢》中。

说是以往，只因十月革命之后，苏联政府宣布放弃俄罗斯帝国在华的特权，天津与汉口的租界自然也交还给了中国。只是，当时的北洋政府有大事要做，无暇顾及海河两岸的弹丸之地。如此，一时间，这里竟成了天津土地上的著名的“三不管”。谁都不要好得很，沙俄的旧贵族们，惶惶然间定下一颗心来。有了落脚之处，建立起他们自己的小公国，颇过了数年歌舞升平的日子。从俄式的面包房、大菜馆，到早上佐餐的酸黄瓜，应有尽有。认起真来，除了没有涅瓦河，比起圣彼得堡并无太大分别。

我外公的少年时，随他的姨父母在天津的意大利租界度过。他的姨父褚玉璞，在北伐之前，是中国最有权势的军阀之一，曾任直隶省长与天津军务督办。外公依稀记得在督办衙门前放风筝的情形。这个衙门，后来被日本人炸毁。多年后，曾有一次去天津的寻访。马可·波罗广场与祖父就读的耀华中学，都还在。但督办衙门如今已了无痕迹，原址建起了一个公园。

意大利租界乃至五大道一带，当时住着一些有来历的中国人。他们被通称为“寓公”。清代的王室贵胄，下野的政要与失势的军阀。他们的人生，或许从未如此暗淡无望。久了之后，有人便甘心下来。如北洋政府的总统徐世昌，归隐自守，工于书画，写出了一部《退耕集》。自然，也有许多不甘心的，在天津这政治后院窥伺着北京，觊觎着东山再起。但无法否认，“大势已去”是这些人的人生共同的关键词。彼时的中国，各种力量经过洗牌之后，已进入了新的格局。无论昔日权倾朝野，或是纵横捭阖，都已经是旧人的明日黄花了。

儿时日子，对外公而言，并不很清晰。那些灰扑扑的中西合璧的陈设，揳入了他的记忆。但是，他记得家中的客人们。大多是中国人，有着和姨父相似的面目与声气。外国人，则有英国人与日本人。有些来了，直接就进入了姨父的书房，许久出来后，便匆匆地走了。但唯有一个，与女眷有更深的交情。是一个旧俄的子爵，曾担任中国的公使，却因为国家的剧变而无法归乡。他的落魄与风趣，给外公留下了同样深刻的印象。他保留着旧贵族的自尊，但因生活所迫。这自尊日益淡去，却仍维持着表面的矜持。这令人觉得荒诞而痛楚。外公天性温厚，这俄国人与他形成了奇异的友谊。子爵怀恋故乡。外公记得他的讲述，有关圣彼得堡的一切。食物、建筑、女人以及财富。所有孩童似懂非懂的东西，如同长篇的连载。他在讲述的终结，会反复吟唱一首歌，关于涅瓦河。

在去夏宫的路上，打了一个电话给外公。说我在圣彼得堡。外公想了想问，替我看一下，他说的那个教堂，还在吗？

在这个城市的市内与城郊，坐落着大小一百多个教堂，外公亦无法准确描述子爵提到的这个教堂的特征与位置。我也想了想，很肯定地回答他：还在。

（原载《散文·海外版》2018年第7期）

敬告

由于编选时间仓促、工作量大，未及与所选作者一一取得联系，请见谅。

现仍有部分作者地址不详，为及时奉上稿酬和样书，请有关作者与责任编辑赵维宁联系。

地址：沈阳市和平区十一纬路25号

邮编：110003

电话：024—23284306

E-mail：249972579@qq.com

微信号：zhaoweining10

辽宁人民出版社

2019年1月